いだてん百里

山田風太郎

目次

いだてん百里

鳴け鳴け雲雀の巻

黄金大名

「およそ、山相をみるには、北より南をみる。南からみれば、日の照りにさえぎられて、山の精気がようみえぬものじゃ。時は、巳《み》から未《ひつじ》のあいだがよいな。それから、夜に雨のあがった、このような日なら、見よ、諸峯の顔色、まるで宿酔のとみに醒めたようではないか」

南蛮渡米の遠目鏡の下で、分厚い唇が、満足げにうごく。

慶長十二年三月の末だ。伊豆国天城峠の頂上。千古斧鉞をいれぬ大原生林――その、松、杉、檜《ひのき》、樅《もみ》、欅《けやき》、栂《つが》、花柏《さわら》の、いわゆる伊豆七木の樹海は、早春の青い日光にもえあがるような壮観だった。

この秘境に、いままで、これほど豪奢《ごうしゃ》な乗物がきたことがあったろうか。すこしはなれたところに、網代溜塗《あじろためぬり》、棒黒漆の貴人用のものと、惣黒漆に金蒔絵《まきえ》、猩々緋《しょうじょうひ》の日覆いをかけた女用のものと、二梃の乗物が下ろされて、まわりを陣笠、野羽織の武士が十数人とりかこんでいる。

これはいいが、さて、そのうしろに坐っている連中の風態の異様なこと、行儀のわるいこと、尻切襦袢《しりきれじゆばん》へむすんだ三尺帯に蔓《つる》巻きの山刃一本ずつと、それぞれ、玄翁《げんのう》やら焼鎚やら、矢割斧《おの》やらをたたきこんだ男たち、膝《ひざ》ッ小僧をまる出しにして、雲をみたり、尻をかいたり。

が、遠目鏡の貴人は意に介する風もなく、

「こうして見て、青翠《せいすい》のなかに、霞光瑞靄《かこうずいあい》、と申そうか、何となく他と異なる毫光《ごうこう》のごときものをみれば、それがすなわち諸金をふくむ山相じゃ。これを遠見の法という」

神秘的な鉱山学講義。

いったいに、この老人大久保石見守《いわみのかみ》長安ほど世にも神秘視されている人物はない。もとは武田家につかえた猿楽師の倅《せがれ》であったのが、主家滅亡後は徳川家に寄って、金山総奉行として金銀発掘という不思議な才能を発揮しはじめた。佐渡の復活、石見銀山の再興、陸奥の新ゴールド・ラッシュ。これがこの人物の怪腕ひとつでひきおこされたのだから、表向きは武蔵八王子三万石の大名だが、その内実は、巡視の途次中、つねに、召使いの上臈《じょうろう》女房七八十人、駅々に新館を設けさせ、飲食の費《ついえ》かぞえがたく、ひとえに天人のごとし、とつたえられても、さしも実際家でけちんぼの家康が、ただただぽかんと口をあけて、いかんともなし難かったくらい。

慾深で、女好きで、贅沢《ぜいたく》で、快楽家にはちがいないが、それだけではない。なんといっても、日本金山史上、不世出の天才だ。おのれの仕事に醒めざる恍惚《こうこつ》の炎をもやしつづける者を天才という。まして、こんどの狩野川沿いの視察の旅で大仁《おおひと》、修善寺、湯ガ島と、数カ所にわたって、その金山の有望性をたしかめ、或は新たに鉱脈を発見した大久保長安、満悦のため涎《よだれ》のたれそうな唇で、

「おお、鶯《うぐいす》が鳴いておるわ。山の旅は寿命がのびるぞ。まして黄金さがしの旅は喃《のう》。わしを見るがよい。とても六十をすぎた老人とはみえまいが。はははははは」

なるほど若い。名前と逆に背がひくい。その上にふとい猪頸《いくび》が、大きなあから顔をのせている。醜男だが、その小さな眼のひかり、脂をぬったような頬《ほお》の色、禿《は》げあがった額ながら、皺《しわ》一本もなく、髪だって、白髪一筋もまじえず、まず五十前後の若さ。八王子の国元をはじめ、全国の金山あるところ、合わせて二十四人の愛妾《あいしょう》のいるのも、不思議でない。

「どうじゃ。旅は気にいらんかの。それとも、女子は黄金《こがね》さがしより、やっぱり黄金を使う方が面白いか。はははは、喃《のう》、お扇」

この、大御所のしぶい面さえ平気な怪物が、これはまたえらく眼じりをさげて、お追従笑いをうかべてふりかえる。

……むりもない。なんという美しさだろう。フンワリと被衣《かつぎ》をかむっているが、それを玲瓏《れいろう》と透けてかがやき出した妖《あや》しの蠱惑《こわく》は、大天城の春の装いを色褪《いろあ》せしむるばかり、年は二十五か、六か、爛熟《らんじゆく》した『女』が、その椿の花弁に似た唇にも、真っ白な円筒のような頸にも、やや肥り肉《じし》のヌメヌメした肌にむせかえるよう。——三年前、長安が生れ故郷の甲府で手にいれて、いまは愛妾中最も鍾愛《しようあい》おかざる寵姫《ちようき》お扇の方。

しごくつマンなさそうに、石見の長広舌をききながしたが、

「…………」

にっと、懶《ものう》く笑った。傾国の美女一笑すれば、満山顔色なし。

況《いわ》んや、狒々《ひひ》爺《じじ》い大久保長安の全身グニャグニャとろけんばかり、大満悦の笑顔にもういちど遠目鏡をあてて、なにげなく南の谷をのぞきこんだが、

「おおっ」

何をみたか、危うく遠目鏡をとりおとしかけて、それからまたひたと眼におしつけた。

この遠目鏡をくれた異国の伴天連《ばてれん》がいかな幻術をつかおうと、これほど妖異の景はみることができなかったにちがいない。

三尺の筒の彼方の、まるいギヤマンに映ったのは……。

いのしし娘

葉と土と血をはねちらして、一頭の猪がはしっていた。

二十貫はゆうに越える巨軀《きょく》に真っ黒な剛毛をさかだてて、眼だけ火のように血ばしっている。傷を負っているのはたしかだが、それよりも猪の眼を狂的にしているのは、その背にかじりついている或るものへの怒りと恐怖だった。

猪ははねた。白い牙《きば》をつきあげた。号泣のような鼻あらしをふいた。茨《いばら》と灌木《かんぼく》のなかを、めちゃめちゃに突進した。それでも背なかにへばりついた者ははなれない。

人だ。その衣服はズタズタに裂けて、真っ白な肉に血の糸がはしっている。黒髪がふきなびいている。それでも赤い腰巻からとび出した二本の足は、蛇みたいに猪の腹にまきついている。女だ。

女の左腕は、猪の頸に――、白い右腕がうねってのびた。そのさきに、きらっと光がはねると、猪ののどからぱっと血の噴水がとんで、前肢ががくと土に折れこみ、巨体が大きく逆とんぼを打った。女はくるっと腹にまたがっている。たたきあげる牙、宙をかく四肢、旋風のようにまわる木の葉と泥、しばらくは美女と野獣のこの世のものならぬ死闘だった。

死闘は終った。うごかなくなった猪から、女はたちあがった。さすがに、乳房が――はちきれそうな、みごとな乳房が、大波のように起伏している。が、短刀を逆手にもつと、その血を横ぐわえにペロリとなめてニンマリ笑った。人間の女というより女豹《めひょう》のような剽悍《ひょうかん》さ、しかしなんたる凄絶《せいぜつ》の美しさ。

と、背後の藪《やぶ》ががさっと鳴る。女はぱっとふりかえった。

「ああ、半べエか。遅いこと。屍骸《おろくじ》になったげ」

「いやおどろき山のほととぎす。おれはこれでも疾駆《おおのり》で追っかけるのでせいいっぱい。名もお狩さまだが、なるほど仁田四郎《にたんのしろう》も顔まけだ。いままでにも猪を殺したことあんのけ？」

藪から出てきて、肩で息をしているのは、これも蓬々《ほうほう》たる乱髪の精悍な男だった。年は三十ごろ、腰に五寸の短刀をたたきこんだだけの山男だが、きりっとしたいい顔だちだ。

「あるもんけ」

女は急にぱっと赤い顔をして、傍の藪から青竹をすっと切ると、すばやく何やらけずりはじめた。みるみるうちに銀杏《いちょう》の葉のかたちをした笄《こうがい》が出来あがる。それを頭にさすとくるくると髪をまいて、

「猪を殺せば、おめえを娘の亭主《ひでんぼう》にする。親分《やぞう》をゆずるって、お父《とと》がいったでねえけ。猪を殺したのはおめえだということにすれば、何もかも円満《やなぎむし》にゆくでねえけ。おれ、そのために、女だてらに――」

顔ばかりではない。全身がももいろに染まった。が、その次に出たふるまいは、いかにも、この野性の女らしい。

ぱっと裸のまま男にとびかかると、頸と腰に四肢をまきつけ、身もだえしながら男の口を吸ったものだ。

「へっ、お狩さま。そうやって、おれののどぶえを山刃でかっ切るんじゃねえけ？　おら猪になりたかあねえよ」

「馬鹿《ぼんくれ》」

半べエ、冗談をいっているようだが、なぜかめんくらって、困惑した顔だ。不安そうに頭をあげて、

「お浮さまはどうしたけ？」

「あの弱虫。猪の出た八丁池のふちでまだウロウロしてるだろうよ。半べエ、もいちど口を吸わせて」

「いや、お狩さま。……」

「お狩と呼んで。もうおめえとおれとは夫婦《つるみ》にきまったでねえけ」

山鳥が鳴く。風が鳴る。だまっているのは、半べエの口ばかり。

まもなく、半べエは猪の屍骸を蔓草で背に負った。まるで風神が風の袋でも背負ったようなな身のかるさ。みるみるこの山の男と山の女は、二匹の獣のように大樹海のなかへのまれ、消えてゆく。

お部屋様御退屈

遠目鏡が、お扇の方の眼からはなれ、だらりと腕にさげられた。

「あれは……」

放心したように散大した瞳だ。

「見たか」

と、大久保石見守苦笑して、

「あれは、たしかに撫衆《なでし》じゃの。あちこちの山で、あの同類をチラチラ見たことはあるが、わしたちの姿を見るや、風か幻のように逃げ去ってとらえることもできぬ。将軍家はおろか金山総奉行のこのわしの手にさえかからぬふしぎな徒党じゃ」

「撫衆？」

「されば、わしもようは知らんがの、金掘師どもの話では、そやつら自ら一味のものをそう呼んでいるとよ。その移ること、地を撫でるように迅《はや》いゆえに撫衆というらしい。山をすみかとする。山の窩《ほら》にすみ、山に粗末な小屋をむすび、渡り鳥のように山から山をわたる。下界とかかわりあるは、ただ撫衆がなりわいとする箕《み》や笊《ざる》や簓《ささら》を売りに下りてくるときばかりじゃと申すわ。いや、山にある不思議は、黄金ばかりではない。奇妙なやからが住んでいるものじゃて」

「女だてらに……手負猪を仕とめましたが、なるほど、不思議なものども」

なぜか、物思いに沈んでいるようなお扇の方のまなざしが、ふいにギラギラと虹に似た妖しい笑いを浮かべて、

「殿さま。いまのふたり、どうぞして捕えられませぬか?」

「捕えて――何といたす?」

といったが、大久保長安、何を心中に思ったのか、にたりと笑った。

「ふむ、あの女か」

「いやな、殿さま」

お扇の笑いがきえた。眼に刺すような冷嘲《れいちょう》が、仄《ほの》かにひかったのをみて、長安、いささか狼狽《ろうばい》した。精力絶倫をほこるさすがの彼も、やっぱり年は年、このお扇の方だけは、夜いささか持てあまし気味なのである。ましてや、あの恐るべき撫衆の女。

「それよりも、殿さま。……大仁のお館にかえれば、このあいだ畠荒しに出てきて、足軽どもに追いまわされ、生捕になった猪がいますわねえ。……」

「おお、左様であったの。それが如何いたした?」

「いつか、イスパニヤの伴天連からおきき遊ばしたという、そのむかし異国の羅馬《ローマ》とやら申す都で、切支丹どもをまるい馬場に追いこんで、生きながら獅子に食わせたという物語。お扇は殿さまから承って面白う思いましたが」

「なに」

と、大久保石見守は、細い眼をひからせて愛妾の顔をみたが、

「ははあ、いまの女と猪との組討ち、もういちど見たいと申すか」

「殿さま。……お扇はたいくつでございますもの」

うっとりとけだるい、甘えるような声だ。夜々、いくどかおぼえのある、長安の心気をとろかし、身体を萎《な》えさせる吐息だった。

ただのたいくつで、眼があんなにイライラとひかるはずがない。石見守がお扇をこの山旅につれてきたのも、実はこの可愛い、恐るべき妖婦《ようふ》の鬱屈《うっくつ》をはらし、消磨させてやるようすがとしようという一面の下心もあったのだが、事、志とちがって、春の巒気《らんき》、またつねにまわりをつつむ兇暴な金掘師たちの汗の匂《にお》いは、いっそうこの女の血をイライラとかきたてたようである。

「なるほど、それは面白い趣向よな」

「殿さま、すぐにあの女を捕えて下さりませ」

「ふむ。じゃが、それがなかなか容易でない」

「ほほ、まあ、日本の山将軍とさえ呼ばれる殿さまが」

「いや、いま申したとおり、撫衆と山の雲ばかりはの。いちど、きゃつめらを金掘師に使ってみようと思案したこともあったが、ふしぎと欲のないやつら。いかにも、黄金は下界に用のないものにとっては、さして欲しゅうもあるまい」

「下界に用のないもの？　……撫衆に武田家の残党がおりましても？」

「な、なんと申す？」

大久保長安、愕然《がくぜん》とした。

「いまみた撫衆の男、あの男をわたくしは存じております。あれはたしかに武田家の旧臣、関半兵衛。いまも主家の再興を忘れぬ男」

「ほう、なぜお前は知っておる？」

たずねたが、これはあり得ることだ。なぜなら、長安もそうだが、このお扇にしても、もともと武田家に縁故のある人間、むろんこの時代は、忠臣二君に仕えざる思想は後ほど強いものではないが、それにしてもいわば武田を滅ぼした張本人の徳川の禄《ろく》をはんでいる二人、まだその武田再興に志ざす人物は、心中あんまり愉快ではない。

お扇の方はしずかに笑った。たんにそれだけの不愉快とは思わない、ぞっとするような笑いであった。

「関半兵衛は……いちどわたくしの夫となるべき人でございました」

「な、なにい？」

石見守なんともいえない表情でお扇の方を見た。こういう場合、この年で、これほどの男でも、唇がひきつれてくるところが面白い。

「そうか。逢いたいか」

「ほ、ほ、ほ、可笑《おか》しい殿さま」

「それで、あの女をおとりに男を誘いよせようというのじゃな」

「ま、そういう軍略もございますか。それでは、そうお考え遊ばせ」

「ええわ、ええわ、よし、望みどおりあの二人の撫衆とらえてやろう。五十人の金掘師どもを勢子にして、天城全山を狩りたててくれる。……誰かある、近う！」

女狩

お狩に似ているが、ひとつちがいの妹だ。

伊豆の撫衆の親分の娘《つる》、お浮。八丁池のほとりで、めざす大猪をみつけて、甲州の半べエと姉のお狩が駆け去ったあと、青篠《あおすず》に赤い腰巻をまいたお尻をのせ、早春の清冽《せいれつ》な水に、白い足をなかばしずめて、澄んだ声で唄をうたっていた。

山の唄を。青春の唄を。恋の唄を。幸福の唄を。哀しみの唄を。――

八丁池は、まわり八丁もある火口湖だった。この湖は面白い湖で、ここに棲む蛙は樹の上に卵をうむ。六月にはまわりの樹々に時ならぬ白い花が咲く。秋には、鹿が多い。――水は蒼《あお》く、春の雲をしずかに映していた。その空からふる黄金《きん》のような雲雀《ひばり》の歌声と、水をすべる銀のような娘の唄声は、ふるえ、もつれて、やさしいトレモロとなった。

半べエは強い。おれ、好きだ。あの猪はきっと屍骸《おろくじ》にするだろう。そしてお父のむすんだ約束《はたむら》どおり、天城の親分《やぞう》になるだろう。お狩姉《あんね》も強い。似合の夫婦《つるみ》だ。うれしい。

――けれど、かなしい。なにしろ、今夜はその猪で、万三郎嶽の瀬降《せぶり》では大宴会《おおふくろあらい》だ。

姉よ、半べエよ、はやく帰って来う。――

ちょいと、お浮は心ぼそくなった。姉とちがって、気のやさしい娘だ。唄にあいて、ヒョイと立つ。ふたりが消えた水生地《すいしょうじ》の方を見下ろしたかと思うと、なんといっても撫衆の娘、まるで牝鹿のように軽快にかけ下りていった。

遠く波うつ猫越の山々、また達磨山、またその彼方にうかぶまだ真ッ白に雪しぶきのかかった富士もみず、いっさんに濶葉《かつよう》樹林をかけて、途中で天城峠の方へまがった。

「あんね！」

お浮は呼んだ。遠くに落葉を踏む音をきいたからだ。

「半べエ！」

「おう。――」

ふいに、傍の灌木から、にゅっとひとつの顔がのぞいた。半べエではない。頭に瘤《こぶ》の《とんがり》ある凄《すさま》じい髭《ひげ》ッ面。大きく両腕をふりあげると、

「いた、いた、いたぞーっ」

ひッさくように絶叫した。

お浮、めんくらい、且、仰天した。

「おれ、猪じゃねえげ」

ヒラリと身をひるがえして飛ぼうとすると、そっちからもにょきにょきと出る顔、顔、顔。遠く近く、わっとあがる怒号と跫音《あしおと》。

ちょうどそこは、密林のなかの青い洞窟《どうくつ》のような場所だった。お浮は恐怖に眼をひからせて、右にはしり、左にはしった。恐ろしい男たちは、まるで雲みたいにムラムラと湧き出して、その数も知れず、いうまでもなく、大久保石見麾下《きか》の金掘師ども。

「こりゃ金掘りよりも面白い」

「油断するな、山刃をもっておるぞ」

「なんの、こんな小娘」

飛ぶ縄、つかみかかる腕、狂暴な笑い。――その恐ろしい鬼ごッこの輪のなかに次第に追いつめられたお浮、あわやというところで死物狂い、さっと身をしずめたかと思うと地を蹴《き》った。

「あっ、飛んだ！」

撫衆の男は八尺の高さをとぶ。まさか、それほどは飛べないが、お浮、みごとに金掘師たちの頭上をとんで、灌木の向うへ。

いけない！　そこにもいた。しかも、六尺ちかい大男。そのうえ、半顔火硝《えんしょう》にふかれて、片眼片耳のない怪物の腕の中へ、すっぽり落ちた。

「わめけ、さわげ、へへっ、撫衆の娘は別嬪《べつぴん》ぞろいとはきいたが、こりゃたまらん、この乳房のくりくりしたことは」

「馬鹿野郎《ぼんくれ》」

山刃がかすめて、金掘師のつぶれた眼から頬へ、ひっかいたような血がはしった。

「やったな、あま」

流星のように山刃がとんだ。激怒ににえたぎる一眼、ふいごみたいな臭い息、あっ、あっ、とお浮が全身をくねらせたのもむりはない。これはいままで、仲間を二人、女郎を四人くびり殺した、淫虐《いんぎやく》無比の穿子《ほりこ》頭《がしら》で、お化けの馬蔵という男。ぐいとお浮のくびに両手をかけた。

「山師、金掘師、人を殺し、山内にかけこむとも留め置き、仔細を改め、何事も山師金掘師の筋、明白相立ち候わば、留め置き相働かせ申すべき事」

大御所家康みずから定めた山例五十三ケ条の中に、かく保証でもしてなかったら、とうていお天道さまの下にこう鼻息を吹いてはいられなかったにちがいない地獄の羅卒。

「あっ、殺すな！　手捕りにしろとのお指図だぜ」

あわてて山師のひとりがとんできた。ぐったりとなったお浮の髪をつかんで、

「これ、もうひとりの撫衆の男はどこへいった？」

「知らねえげ」

「なんだと！」

「ま、待て、馬蔵、いや、撫衆の口はしぶといときく。きいてもすぐに埒《らち》はあくまい。どうせこのちかくにいるのにきまったことだ。おれたちはそいつを捕まえるから、おめえ、仲間のもの四五人と、こいつを殿さまのところへつれてゆけ」

まもなく、お浮は、わッしょ、わッしょと、あらくれ男たちの肩に神輿《みこし》のようにかつがれていった。あけッぴろげの泣声が、密林をわんわん流れてゆく。

「わっ、こいつ、小便をたれやがった」

「それに、うるさいあまだな。しずかにしろい」

樹海の底で、

「おい、泣き声をいっぺんにやめさせてやろうか」

いったのは、お化けの馬蔵、青い暗い光の斑の中で、その片眼がぶきみにひかって、笑った。

「どうじゃい、皆の衆、ここで念仏講とやらかしては」

輪姦《りんかん》のことだ。

みんな、ちょっとだまりこんだ。飢えに飢えた男たちの眼が、いっせいに、むき出しになったお浮の乳房からふとももに吸いつけられる。むっと植物の吐く息のなかで、重っ苦しい欲情の熱気がよどんだ。

やっと、ひとりが、嗄《しゃが》れた声で、

「いけねえ、いけねえ、こいつがあとで殿さまにしゃべくりやがったらヨ。こっちの首が金塊《かなたま》みてえに飛ばあ。殿さま、こいつをどうする気か、そいつがわからねえ上は」

「けっ、なんしろ、妾《めかけ》二十五人の狒々爺いだからな」

「惜しいがの。そう、あきらめりゃ、こいつ、いっそう別嬪にみえやがる。洗えば、ちょいと弥勒《みろく》町の女郎屋にもねえ器量じゃねえか。畜生め」

そして、いよいよ兇暴になった腕と指が、お浮の肉をもみまわしながら、一団の颶風《ぐふう》のように峠をかけのぼっていった。

天城峠の上に待っていた大久保石見守のまえに、お浮は投げ出された。

「これ、撫衆の女」

と、長安は呼んだ。眼が好奇にかがやいているが、腰が少々逃げ腰だ。これがさっき手負猪をしとめた女だと思っているからである。一つちがいの姉妹、それを遠目鏡でみたのだからむりもない。

「おまえのつれの、あの男はいずれへ逃げおった？」

お浮はキョトンとしている。

「知らねえげ」

「知らぬ？　いつわりを申すな。あの男が、もと武田家の旧臣関半兵衛なる男であることも、こちらには相わかっておるのじゃぞ」

「知らねえげ」

「とぼけた奴！　これ、おまえのすみかはどこじゃ。撫衆一味のものが、群をなしてすんでおる場所があろう。それを申せ、申さぬか？」

お浮はやっとじぶんが姉とまちがわれているらしい、と気がついた。この老人侍《じばばざむらい》は、どこかで姉と半兵衛をみたのにちがいない。

なんにしても、いまじぶんは一味《ながれ》の瀬降《せぶり》をきかれているのだ。そして、その秘密をしゃべることは、撫衆の世界で、死を以てしても禁じられている掟《はたむら》であった。

「おれ、知らねえげ！」

「言わいでもよい」

と、お扇の方が薄ら笑いをしていった。

「殿さま、左様な男のことは、どうでもようございましょう。ただ、この女さえ、お館につれてかえれば」

「なに？……半兵衛とやらには逢いたくはないのか」

「ほ、ほ、やくたいもない。わたしの見たいは、ただこの女の猪狩《ししがり》ばかり」

お扇の方は、お浮をじっと見つめたまま、ひくく笑った。しかし、その眼はくらくひかっている。その眸のおくに、なお毒の花のようにシミついているのは、さっき見た半兵衛と撫衆とのあらあらしい愛撫の姿の残像だった。

半兵衛はじぶんが捨てた男である。けれど、黄金にはしったじぶんは、ほんとうにしあわせであったか。いえいえ、今みる半兵衛とこの美しい山の娘との、あんなに明るい、たれはばからぬ獣のような恋にくらべて、このままあブヨブヨした老人のあじけなさというものは。

甚だ得手勝手なものだが、お扇の方、ヤキモチをやいているのだ。冷たい笑顔の裏にうずくような嫉妬《しっと》の炎、陰性のねじれた憎悪、あわれむべし、お浮のあどけなさ、そんな恐るべき女ごころのからくりを知るべくもない。

山の姫君

春の日が、いつしかうすづきはじめていた。

半兵衛は、脛《すね》をたがいちがいに立てて、その膝ッ小僧に頬杖《ほおづえ》をついて、ボンヤリまえの渓流をながめている。傍の草のうえには、例の大猪と、蕗《ふき》とつくしんぼうのたばねたものが投げ出してある。――それから、ぬぎすてられた赤い腰巻と。

「どうも、こまったな」

と、半兵衛はため息をつく。

親分天城の義経の瀬降をはった四千六百尺の万三郎嶽はすぐ南にあるが、いったい、いつそこへゆけることか。嶺から嶺へ、一日に三四十里は駈ける撫衆のひとりとして、天城峠から万三郎嶽まではほんとのひととびのはずだが、さて、いっしょのお狩のいや気まぐれなこと。

蕗やつくしを採ったのも彼女だが、そのほかにも、山鳥を追ったり、猿とケンカをしたり。——そして、こっちを顎《あご》でつかう。冗談をいったら、頰ッペタを二度たたかれた。そのくせ、彼女は今夜半兵衛と婚礼《ちゃづき》をあげるつもりなのである。

「さて、こまったな」

ざぶっ——と、前の渓流が鳴った。まッしろなしぶきをちらしてあらわれたお狩、両手に一尾ずつ、口に一尾、みごと一尺ちかい山女魚《やまめ》をとらえている。この冬のあいだ黒ぐろと錆《さ》びていた山女魚は、いま春の水の洗礼をうけて、つややかな銀青色とかわり、ピンピンと日のひかりをはねた。半兵衛、横をむいて、

「お狩さま、もうよしな。いいかげんにしねえと、黄昏《しおひき》になるぜ」

横をむいたのは、お狩が一糸まとわぬまっぱだかだからで、まんまるく盛りあがった乳房、つやつやしたまッしろな腹、そいつをおてんとうさまへ真正面にむけて、ザブ！　ザブ！　燦爛《さんらん》と水珠《みずたま》をちらしつつ、一直線にやってこられるその眩《まぶ》しさ。

「だって、今夜は、お父からおめえに、山刃譲りの大宴　会《おおふくろあらい》じゃねえけ」

「それにしてもさ。お浮さまがどうしたことかと心配するぜ」

「お浮はもう瀬降にかえっているよ。八丁池にいなかったもの」

お狩、セッせと山女魚を青笹にとおしながら、にこにこして、

「それに、山刃譲りのあと、おめえとおれの婚礼《ちゃづき》があるんじゃあねえけ」

「お狩さま」

半兵衛、ついに思いあぐねたように顔をあげた。

「そいつが――ものは談合だが」

「何け？」

「親分《やぞう》は、猪をとったら山刃をゆずる、娘《つる》をやるとはいったが、お狩さまをおれの女房《きやはん》にするたあいわなかった」

「馬鹿《ぼんくれ》、おれは親分《やぞう》の娘《つる》じゃあねえけ」

「しかし、お浮さまも親分の娘だ」

山女魚を笹に刺す手をとめて、お狩はふっと半兵衛を見つめた。

「半べエ」

「へえ」

「おめえ、お浮を女房にしてえのけ」

半兵衛はだまった。お狩の顔が、夕焼のように紅潮した。眼が獣みたいにひかって、
万三郎嶽をふりあおぐと、

「よし、おれ、お浮を屍骸《おろくじ》にしてやる！」

「お狩さま。……」

「半べエ、おめえ、おれがきれえけ」

「いや、そうじゃねえ。可愛いよ。可愛いが、怖《にく》えんだ。うんにゃ、可愛すぎて、そいつが怖えんだよ。……」

「なんのことけ？　可愛けりゃそれでいいじゃないけ？」

「お狩さま。おれは生粋《はらこ》の撫衆じゃねえ。俗落《さばお》ち撫衆だ。もとは武田さまの家来だ。……」

「知ってらあ。お父も知ってて、それでもおめえを見どころがあると思ったからこそ、親分の山刃《うめがい》をゆずろうとしているんじゃねえけ」

「しかし、おれはなあ。まだ武田家再興の夢が忘れられねえのだ。おめえは撫衆のくらしからとてもはなれることはできめえ」

「できねえ。撫衆ほど面白いものはねえぜ。山ほどたのしいところはねえぞ。――武田の、徳川の、大坂のと――馬鹿《ぼんくれ》、半ベエ！　いいか、おれと夫婦《つるみ》になって、ほんとの撫衆になれ！」

「そ、そいつが怖えんだ。お狩さま。おめえはおれをひきずりこんでしめえそうなんだ。あの蟻《あり》ケ谷の砂谷みてえに。そこへゆくと、あのお浮さまなら。……」

「お浮はおれが殺《あや》める！　その蟻ケ谷へ蹴おとしてやる！」

お狩は絶叫した。

「おれはおめえを、きっと撫衆の世界《せけえ》にひきずりこむぞ！」

お狩は泣いた。泣きながら笹を振ってとびかかってきた。めちゃめちゃになぐりつける青笹の下に、半兵衛は頭をかかえた。頭じゅう山女魚だらけ、山女魚の血と鱗《うろこ》だらけの惨状だ。

「これだから、かなわねえ。お狩さま、祝《ほか》いの宴会《ふくろあらい》はどうするんだ」

「宴会も坊主《なでこで》の頭《とんがり》もあるもんか」

お狩は、蕗も土筆《つくし》も谷川へたたきこんだ。大猪もザンブとばかり投げこんだ。そして大地に裸のからだをなげつけ、身をもみねじってわんわん泣いた。

その凄絶とも何ともたとえようもない、山の娘の怒りと歎《なげ》きの狂乱ぶりを、あきれはててながめていた半兵衛は、突然、はっとして顔をあげた。遠くはしってくる誰かの跫音をきいたからである。

「お、夜目《やんめ》の源太だ」

お浮ではなかった。やはり撫衆の一味のひとりだ。その夜目の源太が血相をかえて、

「おおおおいっ、大変だ。お浮さまが、金山掘りにさらわれていったぞ!」

「なに、お浮さまが?」

「お浮さまが、蓮根《ろうころし》みてえにくくられて、金掘師にかつがれて、湯ガ島の方へつれてゆかれたぞおおいっ」

「しまった。ううむ。そういえば、この二三日まえから、大久保石見の手のものがこのあたりをウロついているときいていたが。——お狩さま、こいつは大変だ」

「ザマみやがれ、お浮の間抜《ぼんくれ》め」

お狩、吐き出すようだ。

「ほうっておけ」

「金山掘りどもはまだウロウロしているぞ。危《やべ》えぞ。危えぞ。はやく逃《ふ》けろ。転場《てんば》し

ろっ」

　転場とは、瀬降の移動のことである。夜目の源太があわてふためいて万三郎嶽の方へ大疾駆《おおのり》ですっとんでいってから、渓谷にぶきみな静寂がおちた。

　突然、お狩が顔をふりあげた。

「それでも、お浮、やっぱり、可哀そうに」

と、つぶやくようにいって、

「半べエ、おめえ、たしかにお浮を女房《きやはん》にするつもりけ?」

「する。するが、しまった。どうしよう」

「するなら、ゆけ。お浮を連れて戻れ」

お狩はすッくと立った。すばやく着物をつけると、山刃を腰にぶちこんだ。

朱盆のような落日が、涙にかがやいたその眼に炎を点じた。

「逆戻《どんでん》だ。ゆこう。おれもゆくぞ、半べエ」

円形劇場

大仁《おおひと》陣屋。

もと、ここの代官であった彦坂小刑部の屋敷を改造して、大久保長安が金山奉行所としたものだが、なにしろ、稀代《きたい》の豪奢ごのみ、いまに黄金塚という名でその跡がのこっているほどの宏壮華麗な金ピカ屋敷だ。その奉行所裏の草ッ原に、五十坪ばかりをとりかこんで頑丈な柵《さく》がつくられた。

「なんだ、なんだ、何をはじめようってんだ」

「撫衆の娘と、こないだ生捕りにした猪と一騎討をやらせるんだよ。――」

「一騎討？　ばかをいえ、あの猪は槍《やり》鉄砲、三十人が半日大汗をかいてつかまえた猪だぞ」

「そいつを娘は山刃一本。いや、天城でほんとにべつの大猪をしとめたというぞ」

「とにかく、そいつは面白れえ、女レスリングより。――」

まさか、そんなことはいわなかったが、それをきいて、八幡、横瀬、瓜生野、前林、大洞などのいわゆる大仁金山の各釜ノ口や丁場やどべ小屋や間歩小屋《まぶごや》から、ぞくぞくと金山掘りたちがあらわれた。ききつたえて、大仁に集った遊女屋の女たちもおしかけてくる。

「えい、寄るな、寄るな」

「特別の思召しを以て、汝《うぬ》らにも見物をゆるされるのじゃ。無礼があってはあいならんぞ」

「あまりさわぐと、猪よりさきに突き殺すぞ」

柵の外の要所要所に抜身の長槍をひからせた足軽たちが立っているのは、群衆整理役をかねて、万一猪か娘が柵の方ににげてきたら、これを突き返そうという督戦隊の用意。

「お扇、したが撫衆の男は、あのまま姿を見せぬものであろうかな」

「さあ、どうでございましょうか」

「実は、そのために、鉄砲まで用意させてある。或は五体全うして捕えることはできぬかもしれんが、それでもよいかな」

「ほ、ほ、殿さま、せっかくのおなぶり、扇にはとんと通じませぬぞえ」

正面に、一段たかく能舞台みたいにしつらえた貴賓席で、盃をかたむけながら応酬している快楽家《エピキュリアン》大久保長安と妖姫《ヴァンプ》お扇の方。――と、そのお扇の方のギヤマンの盃をもった手が、ふっととまった。

わっというどよめきが観衆から起った。柵の一方の隅から槍に追われて撫衆の娘、また別の隅から、檻《おり》に入れられた猪が、えっしょ、えっしょとかつぎ出されたのだ。

――ところで。

「これ、猪、出ろ」

「何を猶予いたしおる。猪武者という言葉もあるではないか」

「はやく、出い、向うは山刀を一本持っておるが、お前も牙が二本ある。空手チョップも苦しゅうないぞ。ゴングは鳴っておる。さっさと出ろ!」

ぜんぜん、いけない。口だけ達者なへっぴり腰の足軽たち、しっ、しっ、と槍で追い出そうとしてみたが、猪はかなしげなうなり声をたてるばかり、一歩も檻から出ようとはしない。このまえ捕まえられたときの恐怖が、いま、わっとあたりに波うつ人間の喚声にかきたてられたせいだろう。

一方、撫衆の娘の方も、両手で耳を覆って、広場のまんなかにオドオドと立ちすくんでいるばかりだ。お浮、はじめてみる人間の洪水に胆をつぶして、猪よりもその方にすっかりおびえているのだ。――このショウは明らかに失敗だった。

「ええ、面白うもない。どうしても動きおらぬか」

長安、苦笑いしたが、ふと盃をみ、お扇の方をみて、

「どうじゃ、お扇、猪に酒をのませてみては、どうであろうな」

「さ、それはよいお考えでありましょう」

と、お扇の方はうなずいたが、急に、にんまりとふしぎな片笑みを浮かべた。

「それよりも殿。いま思いついたことながら、お扇には、もっとよい智慧《ちえ》がございますが」

「と、申すと？」

「猪より、人間同士の一騎討ちの方が面白うはございませぬか」

「人間同士、というと、誰かを猪のかわりに使うのか」

「されば、足軽なり、金掘師なり、なるべく獣にちかい男に酒《ささ》をたべさせて、あの女にかからせるのでございます。なにせ、猪とすら組打つあばれ女、これはよい勝負でござ

いましょう」

「お、それはよい見物じゃ。したが、あの女、ひょッとすると、男をしとめるぞ、猪にまさる男がおるであろうか」

「それで……殿さま、いかがでございましょう、あの女に、それ、あのゆんべほあを混ぜた酒をのませましては」

お扇の方、たいへんなことをいい出した。ゆんべほあとは長安がポルトガル人から手に入れた催淫剤。いまでいうヨヒンビンのこと。

「さすれば、あの女、男恋しさに、争うこともできず――また、争わなければ殺される恐ろしさに、さぞもだえぬくことでございましょう」

長安、まじまじとお扇の方を見つめたっきり。お扇の方はうっとりと春霞《はるがすみ》のかかったような顔で、

「なんなら、男の酒にもゆんべほあを入れてもようございましょう。そして、女を殺さなければ、打首にする、と申してやりますれば、これまたじぶんをもてあつかいかねて、のたうちまわるは必定。――」

「お扇、したが、あのゆんべほあの効験はおまえもよく知っておるはず、ふたりとも、

喧嘩《けんか》もわすれて、無我夢中となり、衆人のまえでけしからぬふるまいを致すようなおそれはないか」

「それでも、ほ、ほ、よいではございませぬか。殿さま。……」

「ま、待て。いや、実はたしかにわしも見たい。面白い。じゃがの、もし左様な見世物と相成ったら、庶民の徳育上いかがであろうか喃《のう》」

大久保長安、妾を二ダースも持っているくせに、もっともらしいことをいっている。支配階級というものは、古今いつもこんなことを憂うるものだ。——だから、あざ笑うようなお扇の方の眼をみると、たちまち狼狽して、

「うん、いや、実はお扇、左様な結構なものを下民どもにみせては、もったいないではないか」

と、本音をはいた。

「それは、何もいまでなくてもようございます。したが、殿さま、ここで皆に見せませぬと、あの関半兵衛をつかまえる折がございませぬぞえ。半兵衛が、もしここに来ていたら、たまりかねてとび出してくるかも知れませぬもの」

なんだか、立場が反対になったようだ。長安のヤキモチを煽《あお》り、からかうようなお扇

の眼。深沈とそのおくそこも知れぬ妖姫の眼。その心に、半兵衛よ、来て見よ、そして苦しむがよいと地団駄をふみたいような惨酷な声が絶叫しているとは、まるで想像もつかない美しいけぶった眼。

ついに長安、ケシかけられた。

「よい、よい。さらば、誰か男をえらんでみよう。さての」

「殿さま。あの天城峠で、あの女をとらえた化け者がいるではございませぬかえ」

「おお、そうか。あれか、あれは馬蔵とやら申す穿子頭《ほりこ》。あれならうってつけじゃ。いや、馬蔵ならば、ゆんべほあをのませるまでもない男じゃぞ。あれを呼び出してみよう。……誰かある、近う！」

掟

車輪のような長槍の環のなかに、お浮は立ちすくんでいた。

おびえて、涙ぐんだ眸が、すがりつくように、遠く天城の山々を見つめている。いったい、おれをどうしようというのだろう？　……こわい。こわい。姉よ、半兵衛よ、はやくたすけに来てくれろ。——

「呑め！」

槍が吼《ほ》えた。足もとに、なみなみと酒をたたえた赤い盃がおいてある。

「呑め！　呑まぬか、撫衆の娘」

お浮はあわててかがみこんで、盃を口にあてた。一口のんで、彼女はむせんだ。ずずっと槍が胸もとにせまってくる。お浮は、泣きながら眼をつぶって、ぐうっと盃をあけてしまった。


槍ぶすまが、さっとひらくと、それと入れかわって、のっし、のっしと、ひとりの男があるいてきた。——いうまでもなく、このたわけたシロクロのチャンピオン、お化けの馬蔵氏。片一方だけの耳がピンとつっ立ち、たった一つの眼が血いろに濁っている。そして、火傷につぶれた半面は、酒にかきたてられて、また焼けただれたよう。——馬蔵、ゆんべほあ入りの大盃を、いっきにのみほしてきたところだ。猪よりも恐ろしいことはたしかな人間だった。

「娘。……殺してやるから、ヒヒ、じたばたするな」

むりなことをいう。——恐怖の息をながくひいて立ちすくんでいたお浮は、この怪物が無造作に両腕をひろげてつかみかかってくるのをみると、必死にうしろに飛んで、さっと山刀をぬいた。天城でつかまえられたとき山刃をうしなったので、これは彼女の手にあまる金掘師の山刀、しかし、あたえられたその武器の是非をとなえている場合ではない。地ひびきたてて襲ってきた馬蔵の腕の下をかいくぐりながら、死物狂いに刀をふった。

「あっ、やった!」

どっとあがる群集の叫喚のなかに、馬蔵、ちょっと静止した。その三尺帯がパラリときれて、毛だらけの胸と太鼓腹がむき出しになったのだ。

「しゃらくせえ、このあま、もうこないだのことは忘れやがったか」

眼をそむけたいような姿ながら、さすがに馬蔵、まだ素手だ。

それは、すっかりこの娘にたかをくっているのと、もうひとつ、彼の全身をふきあげてくる獣慾のせいだった。

絞殺すのはあとだ。何をしてもよいといいたげな、へっへっ、あのお扇さまの口ぶりだったぜ。

大鷲《おおわし》に狙《ねら》われて逃げまどう小雀のようなお浮、いつしかこれまた袖はさけ、裾《すそ》はちぎられて、みるも無惨な姿に見物人は有頂天によろこんだ。虐殺と肉慾をかける恐るべき子をとろ子とろ。馬蔵の意図がわかって、群衆の上を、熱っぽい昂奮のうねりがわたった。みんな歯をむき出し、涎を顎にたれている。

「尻むくり、尻むくり、
　尻むくりの番は、
　どなたの番じゃ」

獣の咆哮《ほうこう》に似た馬蔵の唄声。ひッさけるような笑い声。

お浮、飛ぼうとして、その足をつかまれた。山刀がきらめいて草に落ち、馬蔵のくそ力がその足をぶんとふると、ぱっとひらいた赤い腰巻に、白い裸身が、花の中のおしべのよう。

「尻むくりの番は、
　女《あま》ッこの番じゃ」

胸にひきずりあげて、抱きしめて、ごりごりと頬ずりした。

乳房をつかみ出した。

まるで猫が鼠をいたぶるような、むごたらしい愛撫《あいぶ》。

いまやその全血管にゆんべほあが荒れ狂っているのだ。

「すってんか、合点か、
合点なら、こうじゃ」

ふしぎなことに、お浮はもう抵抗をやめていた。あきらめたのではない。恐怖に麻痺《まひ》したのではない。頭のおくでは、畜生、畜生、と絶叫しているのだが、じぶんをもみくちゃにする金掘師の兇悪な腕が、全身に痛みの快感をかきたてるのだ。宴会《ふくろあらい》で酒をのんだことはある。けれど、こんな大波にゆられるような気持にさせられたことはない。

健康な血潮が媚酒《びしゅ》にあおられて、お浮を美しい獣にかえようとしている。彼女は手と足を金掘師に搦《から》みつかせた。

「……ああ！」

ひくい、むせぶようなうめきをあげたのは、お扇の方ばかりではない。群衆すべて、この凄惨妖美の光景に、にぶいどよめきの波をうつばかり。

そのときだ。どこかで女の声がした。

「お浮――撫衆《なでし》の掟《はたむら》を忘れたか。――」

大久保石見とお扇の方は、はっとして顔を見合わせる。

広場では既に裸の肉塊が、ひとつとなってもつれかかっている。腸《はらわた》もちぎれるような悲壮な叫びが、またきこえた。

「笄《こうがい》があるげ――お浮――死ね！」

突然、どこをどうされたか、馬蔵がはねあがって、飛びのいた。お浮、鞠《まり》のようにはねおきている。片手に青竹の笄をぬきとったまま、片膝をついて、

「姉《あんね》！」

と、白いのどくびをあげて叫んだ。と思うと、そののどへ笄をぶッすり刺して、しばらく声のきこえた群衆の方へ眼でかきさぐっていたが、やがて何を見つけたのか、にっと可憐な笑いを笑って、それからがくと前へくずおれた。

天魔疾風

雨よ。ふれ、ふれ。夜よ。涙を、哀しい犠牲《いけにえ》を埋めた地にそそげ。

暗い夜だ。竹の皮笠に雨をうたせながら、お化けの馬蔵、千鳥足で狩野川沿いの堤をあるいてきた。闇も、雨も、ましてそんなセンチメンタリズムは、この男の心にひッかかることではない。

背なかにゆれる一升徳利。いや、そのまえにこの馬蔵、もうさんざん喰い酔って、ひるま遂げ得なかった獣慾のうっぷんを大あばれにまきちらしてきて、これから間歩小屋にかえるところだ。

「あのあま――惜しいところを――位牌《いはい》野郎め」

ぱっとゆくてに燃える火がみえた。雨にゆれる人魂のような火。

鼻唄まじりにちかづくと、これは松明《たいまつ》だった。松明の人間は、ピチャピチャと雨音をはねてやってくる。仲間のひとりだろうと思いながら、すれちがおうとして、

「お頭――こんばんは」

女の声で呼びかけられて、馬蔵、妙な顔をふりむけたが、そのとたん、

「あっ――うぬは？」

たまぎるような叫びをあげていた。とび出さんばかりの一つ眼。

「化け物め！」

てめえのことを棚にあげている。が、馬蔵が棒立ちになったのもむりはない。松明の炎に浮かんでいる女の顔。その恨みにかがやく美しい眼、いかな獣にちかい智能程度とて、馬蔵、まだ忘れるにはちとはやい。

一升徳利を宙になげると、馬蔵、なんともいえない絶叫をあげておどりかかったが、その瞬間、がく、という異様な音がして、その右腕が、肩のつけねから、ブランとたれた。肩胛骨《けんこうこつ》の関節をはずされたのである。

「痛《つ》う！」

よろめきながら夢中でふる左手を女にとらえられたかと思うと、がく、とまた左の腕が鳴ってダラリ。恐怖に蹴あげる右足が空をながれたとたん、どこかに骨もたたき折られるような一撃をうけて、その股関節《こかんせつ》が脱臼《だっきゅう》した。ひっくりかえる馬蔵にとびかかった女は、こんどは左の股関節をはずした。

「あっ、あっ」

馬蔵は苦鳴をあげた。しかし、四肢は鉛の棒のように泥の中に投げ出されたっきり、もうごかない。

「撫衆の恐さを知ったのけ」

冷たい炎のような女の声。雨はふる。雨はふる。雨はザンザとふりしきっている。

その雨しぶきの銀粉をちらしながら、馬蔵の上に馬乗りになった女は、正確に、その両腕の肘《ひじ》、手くび、指、膝、足くび、足指と、一本ずつ関節をはずしてゆく、いかなる秘伝かまるで魔のように恐るべき術だ。

「こっ、殺せ、殺しやがれ！」

「たのまれなくても、殺《あや》めてやるげ。ただ、ここでは殺めねえぞ。天城の山で、ゆっくりと屍骸《おろくじ》にしてやるげ。お浮の恨みを骨のずいまで思い知らせてやるげ。――」

「た、た、たすけてくれえ。娘を殺したなあ、おれじゃねえ。お扇さまのおいいつけだ。おれは、おれは――」

「よし、それをきけば、もうおめえはしずかになれ」

ぽん、がくり、と音がした。それきり、馬蔵はしずかになった。顎をはずされたのである。

「おほほ、おほほ、あはははははは！」
雨音をつらぬくような女の凄じい笑い声であった。

――同じ夜の夜明前だ。大久保石見守は、あわただしい近習の声によびさまされた。閨《ねや》にお扇の方をのこし、隣座敷に出て、報告をきくと、実に奇怪な注進である。大仁の町を、えたいのしれぬ牡牛のごとく、幼児のごとき泣声がはしってゆくので、人々があやしんでのぞいてみると、巨大な男をかついだ娘が、風のように南へ飛んでいったという。

「その男めが、どうやら穿子《ほりこ》頭のかの馬蔵。娘は……殿、何と昨日死んだ、あの撫衆の娘らしゅうみえたそうにござります」

「なに、きのうの娘？」

「されば、なんとも解せぬ話ながら、もしや撫衆めらが不敵な返報をたくらみおりはせぬかと、心にかかるまま、一応、お訴えつかまつります」

「たわけたことを！　左様な妖異が世にあってたまるものではない。よい、よい。たかが乞食《こじき》にひとしき撫衆ども、夜があけ次第、人を配ってよくあらためてやろうぞ」

一笑して寝間にもどった大久保長安、ふいに愕然として立ちすくんだ。

「扇！」

呼べど、応《いら》えなし。むべなり、たった今しがたまでお扇の方の妖艶《ようえん》なからだをつつんでいた豪奢な夜具もろとも、それだけのひろさにたたみ二畳、ぱっくり黒い穴をあけて、ふうっと吹きあげてくる床下の妖風。

「お扇！」

まろぶがごとくかけよって、危険もわすれてのぞきこんだが、床下にあるは空っぽの夜具ばかり。そしてその床板とたたみを切っている刃物のあと、その切れあじの何たる物凄《ものすご》さ。

総身、水をあびたように立ちすくんだ大久保石見、とみには声も息もなく、ただむき出した眼ばかりぎょろぎょろさせていたが、ふと、その恐怖にみちた眼が、壁の一カ所にとまった。

壁面に、まだぬれているだろう、矢立でかきなぐった数行の墨痕《ぼっこん》、ところどころ血かと見えるばかりに滴って、

「春日煦々《くく》、天城の山河にやすらかに撫衆の群を養う。なんぞ汝の恩をうけんや。況ん

や汝ただ土中の金を猟《あさ》れば足る。なんすれぞ罪なき撫衆の少女を狩りて非業の最期をあたえしや。悪鬼馬蔵、すでに汝の妾お扇の命なるを吐く。よって兇悍の羅卒とともに毒念の妖婦を奪いて天誅《てんちゅう》を加え、少女が亡魂を弔わんとす。汝なお天命を恐るところなからんか、撫衆一統、天魔の術を以て、日本全山の黄金かまえて汝の手にわたすことなかるべし。

慶長十二年三月　　　　天城の撫衆」

死の谷図絵

南の疾風《はやて》が、雨雲を北へ追いちらしていた。

夜明方、風をついて、奉行所の侍や金掘師の一群が、人馬もみあいながら、南へ南へとかけていった。点閃たる刀槍《とうそう》のひかりはもののしかったが、意味をなさぬ叫喚は、恐怖の尾をひいていた。

けれど、奉行の愛妾を拉《らっ》し去った妖しの撫衆の姿はついにその影をすらみず、ただ息たえだえに天城の峠にたどりついたとき、遠く万三郎嶽の雲に浮いて、無数の黒い影が乱舞しつつ、まるで下界の人間のうすのろさを嘲笑《あざわら》うように、万三郎嶽から万二郎嶽へ、遠笠山から矢筈山へ、空の逃げ水もかくやあらんと思われるばかり、漂々ときえてゆくのを見たばかりだった。

誰が知ろう、その重畳たる天城連山の中に巨神の刀痕のごとき一条の谷、その谷底にうごめく虫にも似た小さなふたりの人間があろうとは。

両側はそぎ断ったような大絶壁、太古ながれていたであろう渓流はいま涸《か》れて、真っ白な砂だ。鹿もとおらぬこの砂谷にすんでいる主は、ただ無数の赤い蟻ばかりだ。

この蟻を撫衆たちは、山刃蟻《うめがい》とよんでおそれている。人でも獣でも、かみついて、刺して、白骨にしてしまうからである。

その死の谷になげこまれ、のた打っているのは、お化けの馬蔵とお扇の方。

いや、ふたりとも全身三十五ケ所骨のつがいをはずされて、のたうつことも、うごめくことも出来ないはずだが。――それでも、ふたりの身体は、重々しく、水母《くらげ》みたいに痙攣《けいれん》しているようだ。とくにお化けの馬蔵は、

「女……女……女……」

だらりとひらいた醜い唇が、ふるえつつ、よだれと熱い息を吐く。

そのにごった一つ眼が、吸いつけられたようにお扇の方のむき出しの肌を追う。

こうなっても、エライものだ。この獣欲のかたまりのような男は、じりり、じりり、とお扇の方へ這《は》いよってゆく。これまた一種の天才かも知れない。

「獣……獣……獣……」

だらりとひらいた美しい唇が、わななきつつ、よだれと冷たい息を吸う。

しかし、その白い肉は蠟《ろう》のとけたように、うごくすべもない。……ついに、そのふとももに、馬蔵の指がとどいた。関節をはずされたはずの五本の指が、黒い蜘蛛《くも》のように、ふるえる妖姫の肌を這う。

……ながい、ながい、沈黙の時のながれだった。

春の太陽はまっすぐにかかって、爛々とこの死の谷を灼きはじめた。ひかりと肉の匂いに、狂喜した山刃蟻の大群はうごめき出した。

男と女が、瀕死の獣のような息を吐きながら、ものうくもつれあったとき、その全身は肌の色もみえないほど、真っ黒に蟻に覆われていた。

そして、あくまで明るい天城の空は、ただうれしげな雲雀のさえずりに満ちた。
雲雀は死の谷を見下ろしていた。
けれど、もう山脈《やまなみ》の果てへ消え去った撫衆の行方は見えなかったであろう。

飛び散る天狗の巻

呪殺仙丈ヶ丘

「東方阿閦如来《あじやによらい》、金剛忿怒尊《こんごうふんぬそん》、赤身大力明王、穢跡忿怒明王《えせきふんぬみようおう》、月輪中に結跏趺坐《けつかふざ》して、円光魏々《ぎぎ》、悪神を摧滅《さいめつ》す。——」

なんという恐ろしい声だろう。陰々としゃがれて、しかも地獄の魔王のように、きくものの骨までしみとおり、凍りつかせる声だった。

「南無、大忿怒魔王、満天破法、十万の眷属《けんぞく》、八万の悪童子、こたびの呪法《じゆほう》に加護候え。——」

深夜だ。——氷盤のような満月は天心にあるが、信濃と甲斐の国境にそびえたつ標高一万尺の仙丈ケ岳、永劫の風化にさらされた凄壮《せいそう》怪奇をきわめる山相に、さらに異妖《いよう》の鬼気を加えるべく、えんえんともえている炎。

炎をかこんで、岩のうえに、十数羽の鴉《からす》がとまっている。——とみえたが、鴉ではない。十二襞の黒色頭巾《ずきん》をかぶり、鈴かけの衣に結袈裟《むすびげさ》をつけた修験者の一群。炎は、岩上に設けられた三角の鉤召《こうしょう》火炉《かろ》の炎だった。まわりに、香炉、白払《ほっす》、明鏡、法螺貝《ほらがい》、瓶《へい》などが修法にしたがって置いてある。

が、それよりも護摩木のもえている中に立っているものの姿を見るがいい。一本の柱にくくりつけられているのは、白衣の若い女だった。——さっきまで、その口から、どんなに恐ろしい悲鳴があげられ、そのからだが煙にむせて、どんなにのたうったことであろう。いまはもう失神して、ガックリと首と黒髪をたれている。

そして、それよりもっと恐ろしいのは、その護摩壇のまえに蹲踞座《そんきょざ》をくんで、片手に金剛杵《こんごうしょ》をふりたてふりたて祈っている老修験者の姿だった。年はもう六十をこえていよう。銀のようにひかる白髪、髑髏《どくろ》みたいにやせた顔ながら、名状しがたい超人的な妖気が、もやもやとその全身にたちこめている。

「——ねがわくば、閻吒羅火《えんたくらか》、謨賀那火《むかなか》、邪悪心、邪悪人を燃尽《ねんじん》して、円明の智火を、虚空界に充満せしめたまえ。——」

ぱっとまた油びたしにした護摩木を、火のなかへなげこんだ。火のついた護摩木は、ころころと転がっていって、ついに女の裾《すそ》へ、ぽうっと炎をあげた。

「あぁっ」

さすがに女は失神からさめて、たまぎるような叫びをあげ、狂気のごとく身をもみねじる。その苦鳴を圧して、老修験者の凄《すさま》じい呪文の声がたかまった。

「南無金剛夜叉《やしゃ》明王、南無金剛蔵王明王、南無大威徳王――大峯に入る七度、那智《なち》の滝に打たるる三度、二世の悉地《しっち》成就して、金伽羅誓多伽《こんがらせいたか》両童子摩頂印可《りょうどうじまちょういんか》を蒙りたる勤《ごん》行《ぎょう》の劫空しからんや。諸大明王の本誓《ほんじょう》を誤まらんや、権現金剛童子、天竜夜叉、八大竜王、猛風を吹きどよもしたまえ。――」

女はすでに、火の柱と化している。もえあがる炎に袖《そで》がちぎれて、赤い怪鳥のように月明の夜空へ舞いあがった。炎のなかにのけぞった女の口は、いっぱいにひらいて、何か叫んでいた。が、その声を消し、ふりそそぐ幾千匹の金蛾《きんが》のような火の粉の下から、修験者たちがいっせいにとなえる呪文がわきあがった。

「のうまく、さんまんだぼだなん、まか、むたりや、びそなきゃてい、そばか。……」

「なむ、にけんだ、なむ、あじゃはた、そばか。……」

「なむ、あじゃらそばか、いんけいいけい、そばか。……」

突然、そのなかから、たまりかねたような絶叫が起った。

「波っ」

ひとりの若い山伏がつっ立って、全身をわななかせつつ、

「もはや、がまんならぬ。いかに淀殿調伏《ちょうぶく》の護摩とは申せ――いかに波が淀殿に似ておるとは申せ――現在の女房を、かくまでむごたらしい犠牲《いけにえ》に――」

「破壇するかっ――高観坊」

と、ふりかえりもせず、老修験者がいった。ひくいが、ぞっとするような凄絶な憤怒の声だった。狂人のような眼になり、戒刀をつかんでとび立とうとしている高観坊が、思わずひるんだとき、両側の山伏がしっかとその両腕をつかんでいた。

「魔天をおそれぬ不埒者《ふらちもの》め、谷行《たにこう》の掟にかけよ」

と、老山伏は酷烈な声でいって、またたかだかと祈りはじめる。

「南無、金剛忿怒尊、御尊体より青光を発して、淀殿のおん命をちぢめたまえ。――」

そのあいだに、ふたりの山伏は、高観坊をとらえたまま、ズルズルと断崖の方へひきずっていった。高観坊は、何か気死したようになって敢《あえ》て抵抗もしなかったが、絶壁のはしへくると、さすがに死物狂いに身をもがき出した。

謡曲『谷行』に、

「いかに松若、たしかにきけ、この道に出でて、かように病気する者をば谷行とて、はるかの谷に落し入れ、たちまち命を失うこと、これ昔よりの大法なり」

と、あるが、病気にかぎらず、教団の規律にそむいた者は、この恐るべき私刑《リンチ》にかけられるのは、修験道の鉄の掟だった。

「大法じゃ！　観念せよ！」

叫びとともに、高観坊はつきとばされ、月影も蒼々と沈む千丈の絶壁の下へ、つぶてのように落ちていった。

火の柱はなおメラメラと妖炎をあげている。が、犠牲の姿はもうみえぬ。やけただれて下へ崩折れたのだ。老修験者は最多角数珠《いらたかじゅず》をおしもみ、おしもみ、その声は歓喜にしゃがれた。

「南無、赤身大力明王、この大願を成就させたまえ。――」

その声のとぎれぬうち、山伏たちは、「あっ――」という凄じい驚愕《きょうがく》の叫びをきいて、はっと護摩壇の方へ眼をあげた。

そのとき、彼らはありありと見たのである。いま燃えくずれたはずの女が、ユラユラとたちあがって、炎の中で黒い眼をかっと見ひらき、彼らの方をじいっと見つめているのを。——

駆足競べ

さて、仙丈ケ岳でこの妖《あや》しい調伏の修法が行われている前日の黄昏《たそがれ》ちかく。その西北の方、信濃の高遠の山を、鹿のように南へ馳けている二つの影があった。遠く木曾山脈におちかかる朱盆のような落日に、紅葉した全山は炎となってもえあがるよう。

男は尻切繻袢に五寸の山刃《うめがい》をぶちこみ、女も、ほとんどそれと変らぬ粗野な軽装だが、岩から草へ宙をとぶ白い足が蹴出す真っ赤な腰巻だけが、ぞっとするほどなまめかしい。

「さて、日が沈みかかったぞ」

「なに、今夜は満月だげ。真夜中になっても、山アまひるだ」

「お狩さまにアかなわねえ。——おれア腹ペコだあな」

「柿、栗、あけび、なんでも山にアあるでねえけ。——半ベエ、おめえ、くたびれたのけ？」

「ちっとアね。が、それでも本気で疾駆《おおのり》をかけりア、お狩さまを負ぶったって、真夜中まえにア聖嶽《ひじりだけ》につかあ」

「口だけはたっしゃな——馬鹿《ぼんくれ》！」

風のようにはしりながら、アッハ、アッハ、と面白そうに笑うお狩さまの声は、息もきれていない。

「そうじゃ、半ベエ、どっちがさきに聖嶽につくか、賭《かけ》をしようか」

「したっていいが、おれがさきにつくのア知れている。おれア聖嶽の親分《やぞう》にお目にかかるのアはじめてだから、どれが親分かわからねえじゃあねえか」

「ほ、ほ、おめえ、親分の名ア知ってるだろう？」

「うむ、伊那の秀吉」

「だから、猿面さ。ああ、親分がおれをみたらおどろくだろうなあ。もう十年も前、おれがあったのは子供のころさ。親分はいっそう猿に似てきたろ」

「ははは、それはそうとお狩さま、ここはどこだ？」

半べエ、すうっととまった。ぐるっとあたりを見まわして、感無量の顔になる。

「ここは高遠だろう」

「なに、高遠？」

「半べエ、高遠を知ってるのけ？」

「うんにゃ、きたのははじめてだ。ただ、父上が……」

「おめえのお父《とと》が……」

「ここで死んだ」

――お狩は生粋《はらこ》の撫衆《なでし》だが、半べエは、そうではない。これでもともとは武田家の侍の子。――暗然として思い出すのは、母からきいた父討死の物語。今を去ること二十五年前。

「そのとき、あれア甲斐にいて、まだ七つ八つの年であったが……」

英雄機山信玄すでになく、長篠の合戦で大敗した武田家の息の根をとめるべく、織田軍は滔々《とうとう》として信州へなだれこんだ。時に天正十年春二月。木曾口、伊那口、もろくも潰《つい》えて、或は退却し、或は降伏する甲州勢のなかにあって、勝頼の弟仁科信盛のまもる高遠城は、雲霞《うんか》のごとき織田軍に頑として抵抗した。

織田方の投降勧告に対して、こたえて曰く、

「――当籠城《ろうじよう》衆の儀は、一端一命を勝頼の方へ武恩として報い候。早々おん馬を寄せられるべく候。信玄以来、鍛錬の武勇の手柄のほどおん目にかくべく候」

城門をひらいて、決死の突撃に出た武田勢に、織田方は潰乱《かいらん》した。そのなかにふみとどまって、これを迎撃したのは、織田にあって、柴田、丹羽、羽柴とならんで四天王とうたわれた滝川左近将監一益《たきがわさこんしようげんかずます》。

彼は蜘蛛手《くもで》にはりまわした木柵《もくさく》のなかへ武田勢をさそいこんで、三列に折敷いた鉄砲隊で銃撃した。武田軍は木柵に蛾のごとくからみついたまま、悲壮な全滅をとげた。

「そのなかに、おれの父上もいた」

と、憮然《ぶぜん》として、関半ベエ。

「それで……その滝川という大将はいまどうなったのけ？　いま、あんまりその名をきかねえが」

「うむ。あれほどの勇将が、ゆくすえは越前で乞食《こじき》となって死んだげな。もっとも、織田も亡び、丹羽も失せ、柴田も絶え、羽柴の秀吉も死んだが……これはあんまりひどい」

「おめえのお父《とと》を殺した罰だげ」

と、お狩は簡単至極だ。半べエは、ちょっと考えていたが、

「お狩さま、おめえ、さきに聖嶽へいってくれねえけ？」

「え、おめえは？」

「話にきいた土地の安排《あんべい》から、父上の討死されたところを探し出し、野菊の一輪も手向けてゆこうよ」

「おれもいっしょに」

「うんにゃ、おれだけでいい。おめえはさきにゆきな。なあに、おめえの足なんぞ、いっときのまに追いつくさ」

断乎《だんこ》としていったのはこの関半べエ、ふとしたことから撫衆の仲間に入り、親分《やぞう》天城の義経の眼にかけられて、その娘のお狩とちかく祝言をあげることになっている。お狩を愛していることに神も照覧まちがいはないが、さすがに武士の倅《せがれ》、討死した父の霊を弔うのに、撫衆の許婚者《フィアンセ》とともにその地に立つのに、ちょっと気恥ずかしいものがあったからで。

そうとは知らぬお狩さま、足の早さをあなどられて、ぱっと顔を朱に染めた。

「いったな、半べエ、おれに追いつけるか、つけぬか、それ飛ぶよ！」

叫んだかと思うと、ぱっと鳳《おおとり》のように五尺も向うの岩へとんで、ふりむいて、ペロリと可愛い舌を出した。

と、みるまに、おお、なんという恐るべき足、まるで平地を疾駆するように、山の斜面を、たッたッたッたッと遠ざかってゆく。

これ一日にらくらくと四十里は山をはしる駈足《かけまく》の走法。


南へ――南へ――半べエにまけてなるかと、いっしんふらんに駈足をつづけてきたお狩、ふと、とッぷり暮れた夜空にそそり立つ仙丈ケ岳に、チロチロともえている妖しの火を見た。

のんきなもので、いま、あれほど怒って急いできたのに、天衣無縫の撫衆の娘お狩、ヒョイとその火に好奇の心をかきたてられて、かきたてられたかと思うと、もう岩から岩へ、猿《ましら》のように仙丈ケ岳へのぼってゆく。

燃える護摩の火。それをかこんで奇怪な呪文をとなえている山伏の群。――眼をいッぱいに見ひらいて、ヒョイと炎のこちらからのぞきこんだお狩、その利那《せつな》、ひッ裂くような絶叫をきいた。

「あっ――呪法が破れた？」

狂天狗

「あっ――呪法が破れたっ」

とは、火あぶりの犠牲《いけにえ》になったはずの女がよみがえったのではなく、よく似てはいるが、別の妙な女がのぞきこんでいると知ったときの老山伏の声。

それっきり、四辺は、しーんとした。どっちもびッくり仰天して、とみには息も出なかったのだ。ただ、パチパチともえはぜる護摩木の音のみがたかくなったとき、

「おお……おお……お茶々どの……」

しぼり出すようにうめいた老修験者、その手から、ポロリと金剛杵がおちると、憑《つ》かれたようにヨロヨロとたちあがった。

その眼――洞窟《どうくつ》のようにおちくぼんだ眼窩《がんか》のおくに、煮えたぎる炎の色をうつしている眼をひとめ見た瞬間、なぜかお狩は、魔魅《まみ》に魅入られたように、ふらっとした。なん

こそ。

ともいえない超人的なものを放射している眼であった。

——が、頭をふって、からくも声をふりしぼったのは、天空海濶《かいかつ》の山の娘お狩なれば

「何け？　おめえたちは——」

呪縛からのがれるように、必死に身をひるがえして、ヒラッと巌頭に立つ。とたんに、これまたはっと夢からさめたような老修験者。

「かっ、かの女めをひッとらえろ！」

声に応じて、夜鴉のはばたくように立つ山伏の群。手に手に金剛杖をひッつかんで、雪崩のごとくお狩の方へもみよせる。

「斬《き》ってはならんぞ。手どりにせよ！」

お狩の立つ岩はぐるりとかこまれ、四方から、ニョキニョキと手がよじのぼりはじめた。立ちすくんで、あっけにとられて見下ろしていたお狩、ぞくっと全身をふるわせた。岩に吸着する守宮《やもり》のような山伏たち、その身のこなしの柔軟さと剽悍《ひょうかん》さ、彼女は撫衆以外にこのような恐るべき種族がこの世にあろうとは知らなかった。

「おん、はばまく、のうぼばや、そわか——」

「おん、ばさら、ぎに、ばら、ねんばたな、そわか——」

ぶきみな呪文をとなえる兇悪な顔が、四方の岩のふちからあらわれた。

「ええーっ」

気合というより、恐怖の悲鳴をあげて、お狩は二間も向うの岩上に飛んだ。

さすがにはっとしたらしい。ちょっと茫然《ぼうぜん》とした顔をふりむけたが、次の瞬間、おお見るがいい、これまたからす天狗《てんぐ》か木ノ葉天狗のごとく、ヒラッ、ヒラッとその岩めがけてとびうつる。

「おん、びさふら、なつらこつれい、ばさら……」

「うん、じら、うん、はった！」

これ、虚空網といって、虚空に金剛網を張って魔をふせぐ呪文。

「手にあまらば、足ぐらい折ってもよいぞ！」

老山伏の命令とともに、うなりをあげてぶン廻ってくる三本の金剛杖。

「たっ」

お狩、両足をちぢめてまた飛んだ。飛んだのは、まだもえている護摩の火の上。ぱあっとまいあがる火の粉のなかからお狩、一本の護摩木をひろいあげると、老修験者めがけて投げつけた。

「あっ、ぷっ」

からくも体をかわす老山伏のうしろから、投げる、投げる、お狩、山伏たちめがけて、めちゃめちゃに燃える護摩木を投げつけた。

さすがに、修験者たちは混乱した。彼らの祈る聖なる火を、かくも乱暴に蹂躙されては、あっとばかりうろたえる以外、とっさになすすべもない。まるで金色の霧のごとく渦巻く火の粉、しばらくは口も眼もあけられず。——その火の霧が消えうすれたとき、

「や、や、や、や——」

女の姿はない。お狩はにげた。みごとに逃げた！

老修験者はおどりあがった。

「大角坊！」

「はっ」

「多聞坊！」

「はっ」

「いまの女め、調伏成就の寸前に修法を破った大罪人、かならずとらえねば、われわれ

に永劫の冥罰が下ろうぞ」

恐怖と憤怒——それは狂人の眼であった。

「これを救うには、かの女めの血を魔天にささげること一つ。のみならず、いまの女め、波以上に淀殿によう似ておった。犠牲には波よりもかの女めをと、魔王のわざとさしつかわされたのかもしれぬ。かの女めをとらえて参れ。かならずとらえて参れよ。もし叶わざッたら、うぬら、谷行を申しつけるぞ！」

谷行

満月の山から谿《たに》へ、飄々《ひようひよう》とすッとんできた撫衆の半べエ。

「ホイ、おくれたぞ。こいつアまたお狩さまにとッちめられる」

ニヤニヤ笑っているのは、あの壮快で野性美にみちたただッ子みたいな娘の顔を思い出したからだ。武田家再興の夢いまだ胸中を去らないが、またすべてを忘却させて、大自然を友とする山窩の群へひきずりこんで悔いさせぬ強烈な魅惑が、あの娘にある。

——ばさ！　突然、木下闇《このしたやみ》で物音がした。猿か、むささびか、気にもかけずに駆けす

ぎようとした半べエ、そのとき、

「ううむ。……」

と、いう人間の唸《うな》り声をきいて、はっとして立ちどまった。この時刻、こんな場所に、よもやなみの人間がいようとは思われない。もしや、お狩さまが？　――ぎょっとして、半べエ、うなり声の方へちかよった。

樹立をもれるまばらな蒼《あお》い光の斑、その下にうごめく兜巾《ときん》、袈裟、戒刀。思いきや、血みどろになったひとりの山伏。

「おおっ、どうなすった？」

「な、波……波……」

「なんだって？」

「なみ、南無、愛染明王……孔雀明王……」

半べエ、すっかりめンくらってしまった。腰にさげた瓢簞《ひょうたん》から、酒を口にふくんで、ぷっと山伏の顔にふっかけると、瀕死の男はウッスラと眼をひらいて、

「お……おぬしは？」

「おれは、通りがかりの山のもの。いったいこれは、どうしたことで？」

「谷行。……仙丈ケ岳の断崖から、なげこまれた。……」

「だれに？」

修験者は、肩で息をしていた。眼はもうすっかり白くつりあがって、いまにもガックリいきそうだ。しばらくして、

「おぬし……たのみがある。仙丈ケ岳、そこの絶壁の上に……石が……鈎召金剛炉《こうしょうこんごうろ》に似た岩がある。……そこに、わしの女房が焼き殺されておるはず……その屍《しかばね》とわしをいっしょにして、おなじ土に葬むってくれい。……」

「なんだとっ？　おめえさんの女房が？　だれに、なんのために焼き殺されたんだ？」

「じゅ、呪殺の修法の犠牲《いけにえ》……それをとめようとして、わしも仕置を受けた。……」

「呪殺？　呪殺とはだれを？」

「淀……大坂の淀どの……可哀や、わしの女房が淀どのに似ておるそうで、それがこの禍《わざわ》いのもと。………」

「なんだか、よくわからねえな。それじゃ、仙丈ケ岳に誰かいるのか。おめえさんの仲間か何かが、そこで呪殺の修法をしたというのか？」

うなずく山伏。うなずいた首がダランとたれて、全身に力がぬけてきた。

「修法におめえさんの女房をやき殺したってんだな。な、なあんて、むごたらしいことを。……いってえ、おめえさんたちア、羽黒か、大峰か、白山か……」

山伏はかぶりをふった。

「た、た、た……」

「え？」

「たきかわ、さこん、しょうげん。……」

山伏は、もうじぶんでも何をいっているのかわからないらしい。死相に濃くくまどられた眼窩に、ドロンと白くひかる眼が、アリアリと恐怖の色を浮かべていた。が、急に重くなったその男にも気づかず、関半べエ、愕然としている。

「なにっ、滝川左近……将監？」

赤い月

地面に炉をきり、一本、自在を傾斜にたてて、七分目の力場に細引をまき、そのさきに木鈎《きかぎ》をつける。木鈎には鍋がかけられて、なかから、グツグツとうまそうな匂いと湯気がたちのぼっていた。

二本指をついて、こころもち上体をまえにかたむけて挨拶《あいさつ》するお狩に、

「ふうん、おめえが、あの天城のお狩け？　美《にく》い娘になったもんだ。ほほう。……」

しきりに口をすぼめ、眼をほそくして感服しているのは、炉の向うに左足を投げ出して坐っている小さな老人。年はもう七十くらいか、眼だけぎょろっとしているが、色はまるで羅漢さまのよう、いや、羅漢さまというより、痩《や》せた老猿そっくりの顔。

「伊豆から木曾へ、経ケ岳に瀬降《せぶり》をうつしたことアきいていたが、そりゃあ義経の親分《やぞう》もてえへんだったろ。それで、お父は丈夫《やなぎむし》け？」

「丈夫でごぜえます」

と、さすがにお狩、神妙だ。

「先ず、それはめでてえ。めでてえ上におめえが婚礼《ちゃづき》をあげるとア――わざわざお迎えをうけるまでもなく、是非ともおれは祝《ほか》いにゆかにゃなるめえが」

と、信濃の大親分《おおやぞう》伊那の秀吉、ちょいとうらめしそうに足に眼をやって、

「お狩、おれあ左足がきかねえよ」

「え」

「はッはッはあ、中風になったげな。御覧のとおり、左足ア屍骸《おろくじ》だ」

と、笑ったが、秀吉、寂しそうだ。お狩は一言のなぐさめの言葉もない。山から山へ漂泊する撫衆として、足がきかないとはなんという気の毒なことか。秀吉は親分《やぞう》だから、輩下《ながれ》のだれかが背負ってゆくとして、それでも万一危急の場越しのさいは、掟《はたむら》によって、のどをついてみなの足手まといにならないようにすることもあり得よう。これを老人眠り《としよりせぶ》という。

涙ぐんで見つめるお狩に、秀吉親分は洒然《しゃぜん》と笑って、

「お狩よう、安心《やなぎむし》、安心、おめえの婚礼《ちゃづき》にア、きっと祝いをとどけさせら。え、何か欲しい？」

と、いいかけて、はたと膝《ひざ》をたたき、

「おお、おめえの花婿《おさち》にゃいいものをやろう。能一野の将門からでえぶ前にもらったもんだが、唐冠《とうかむり》のかぶと」

「かぶと？」

「ほんものの太閤《たいこう》のかぶってたやつと、そっくりだげな。はッはッはア。――ところで、かんじんのおめえの花婿《おさち》はどうしたけ？　女房《きやはん》より足のおそいようじゃこまるで

ねえけ？」

お狩、恥ずかしさに顔を真っ赤にした。半べエめ、あんなにえらそうな口をききやがって、おれは仙丈ケ岳でへんな鴉天狗どもとひと騒動やらかしてきたというのに、どこをマゴマゴしてるんだろ？

「あの馬鹿《ぼんくれ》。――ちょッと、見てきますげ」

――お狩は瀬降を出た。月はすでに西の山脈《やまなみ》に沈みかかり、朦々《もうもう》と湧き出した山の霧に模糊《もこ》として銅盤のように赤い。

夜霧にしとどな草をわけて、五歩、十歩、――ぱっと、雷鳥が羽搏《はばた》くような物音がした。

とたんに、うしろから、むンずとひッかかえられたお狩、

「あっ、何するけ？」

たた、たたたたとうしろへよろめいて、空に蹴あげた足を、そのまま、もうひとつの黒影にしゃくりあげられた。

「しめた！　多聞坊！」

「このまま――それっ、大角坊！」

呼び交して、魔風のように疾駆する二つの影の肩にかつぎあげられたお狩、やっぱり、女だ、思わず必死の悲鳴をあげた。

「半べエ！」

とっさのあいだだが、むろんさっきの、鴉天狗どもだと思う。そしてお狩が恐怖の悲鳴をあげたのは、この鴉天狗どもの凶暴さより、あの首領の老山伏の眼を思い出したからだった。

燃えるあぶら火と妖煙のなかに、じっとかがやいていた暗い眼――思い出してさえうなされそうな恐るべき魔の眼だ。

「たすけて――半べエ！」

風のうなる耳もとに、そのとき、どぼっ、という妙な音がした。同時に、もんどり打って草のなかへほうりおとされたお狩の眼に映ったのは、宙にまいあがった一本の腕と、つんのめってゆく一人の山伏。

そして、月影くらき霧のなかに相対しているもうひとりの山伏と、もうひとつの影。

その影の手にうすびかる山刃《うめがい》のきっさきから、ポトリ、ポトリ、と滴をたれているのは、いま大角坊の片腕をかききった血潮だろう。

お狩は狂喜して叫んだ。

「半べエ！」

――が、半べエ、声も出せない。金剛杖を斜めにかまえて、炬のような眼でにらんでいる山伏の姿、彼は、侍のなかにもこれほど恐るべき敵とあったことがない。深山幽谷に凄絶の荒行をつむことを以て日常としている修験道、これは人よりも野獣を相手として鍛錬された杖術であった。

「とうっ」

頭上から、うなりをあげてふりおろされる八角の金剛杖、からくも身をかわす間髪をいれず、びゅんッ、と横なぎに旋転してくる。半べエ、飛んだ。五尺も飛んだ。これは武士としての修行ではなく、撫衆の世界から学んだ体術であった。

「やった！」

お狩が手をたたいた。飛んだ半兵衛が、そのまま、蝙蝠《こうもり》のように山伏に襲いかかって、そののど笛を山刃《うめがい》でかき裂いていたからである。

――さて、それで不思議なことには、さっき片腕をきり落されたもうひとりの山伏の姿が、どこをどう探しても見当らない。あれだけの深傷《ふかで》をうけて、どこへ天翔《あまがけ》っていったのか。——その恐るべき気力に、お狩と半べエ、顔見合わせて、ぶるっと戦慄《せんりつ》した。

魔像

燃える、燃える、仙丈ケ岳に燃えたぎる呪法の炎。

三角の火炉の向うに、白い絵絹に描かれた肖像がみえる。それは呪術者の毛髪でつくった筆で、呪術者の血と、犬と牛の血とまぜて、本来なら、魔天の像をえがくはずなのが、これは美しい女の顔であった。

「南無諸天、大忿怒魔王、魔粧女人を招来して、剣刃下に伏滅せしめたまえ。……」

最多角数珠《いらたかじゅず》をもみちぎらんばかりにおしもんでいのる老修験者は、身に黄色の法衣をきて、西北にむかって賢半伽足《けんはんがそく》をむすんでいる。

弟子たちも憑かれたごとく呪文をとなえはじめる。

「おん、あろきゃ、いけはつ、そわか。——」

「おん、あろきゃ、いけはつ、そわか。——」

この老山伏は、そも何者ぞ。これ、すなわち、曾《かつ》て高観坊が断末魔に口ばしったごとく、その前半生の名を、滝川左近将監一益という。

およそ人間の性格あるいは運命ほど神秘的なものはあるまい。なかんずく、この人物の一生を思うとき、うたた感慨にたえないものをおぼえぬ人はなかろう。

彼の前半生は、まさに天馬空をゆくがごとく、老人雑話という本にも、「信長の時は、天下の政道四人の手にあり。柴田、秀吉、滝川、丹羽也。左近武勇は無双の名ありて、度々関八州の者は、滝川の名をきいても畏《おそ》れしほどなりし」とある通りだ。

しかるに、それにつづけて、

「末に至って散々なり」

とあるは、そもどうしたことか。

彼の武運に暗い翳がさしはじめたのは、信長死後、柴田とくんで秀吉に抗したときからのこと、これは御存知のごとく柴田は敗れて、滝川は秀吉に降った。秀吉は彼の武勇をおしんでこれをゆるしたが、それ以後の彼は、まるで雲を失った竜か、神通力を奪われた孫悟空のようなものだった。

小牧長久手《こまきながくて》の戦いに際し、彼は秀吉の一軍として蟹江《かにえ》城を攻め、城主前田種利に重賞を約して開城せしめながら、ひとたび家康軍が奪回に来るや、種利を殺して助命を請うという、戦国武士には稀有《けう》な卑怯《ひきょう》な振舞をみせて天下の笑い物になった。

さらに、その末路を人のつたえるには、この失態で浪々の身となった一益は、越前丹羽氏の食客となり、はてはみじめな餓死をとげたとか。

それが事実なら、人間の転落も奇怪なくらいだが――しかし彼は生きている。狂える山伏となって生きている。

いったい彼の心を狂わせ、運命を狂わせたものは何であったろう？

それは、信長の姪お茶々への恋慕だった。恋はむなしく、お茶々は秀吉の寵姫《ちょうき》淀君となった。あらゆる大事のとき、この絶望と憂悶《ゆうもん》が、彼の思考力を狂わせた。――この心情は実に一篇の小説をなすほど興味あるものであるが、それはまた別のお話。

日の沈む冬の枯野を蕭殺《しょうさつ》としてさすらうとき、うらぶれの修験者左近のおちくぼんだ眼は、しばしば金鼓千瓢押しの猿冠者の軍勢のまぼろしと、妖艶《ようえん》な淀君の笑顔のまぼろしを見た。曾《かつ》ては彼より下級の将であった藤吉郎、曾ては彼の憧がれたお茶々、それがやがては天下の豊太閤と淀の方。――かくて、武将滝川一益はいちど呪詛《じゅそ》に死に、そしていま修験者玄妙坊として呪詛に生きている。

この玄妙坊に、誰が淀君呪殺の修法をたのんだか、その依頼者はとうまでもあるまい。彼がその秘呪の地に仙丈ケ岳をえらんだのは、それが修法に適った山相だからであろう。

ところで、いま、護摩の火のなかに祭られた女の画像。

大半の山伏には、その顔が若き日の淀君そっくりとみえようが、岩かげに横たわって、蒼い秋の空をみている片腕の大角坊は、それが西北の方、経ケ岳に不可思議な小屋をくんだ撫衆の娘、お狩の顔だと知っている。なぜなら、それを描いたのは、彼だからだ。――思うだに、恐るべし、あの深傷《ふかで》をうけて、なお執拗《しつよう》にお狩の行方をつきとめてきた超人的精神力。

――その大角坊の眼に、うすい膜がかかって、

「殿。……」

唇がかすかにこうごいたのは、山伏になる以前からの一益との主従関係が、死にゆく脳裡《のうり》によみがえったからだろう。

「殿。……」

その首が、がくと垂れた。

それとは知らず、山伏たちの呪文はたかまっている。

「のうまくらたのうたらや、だもかりちえい、まかやくしてい。……」

「ばきゃたさばさちば、のうばそくりきりたえい。……」

「しばたい、ねいちらかつち、さつばきゃばからだえい、そばか。……」

これ、お狩を呪殺しようという秘法ではない。淀殿を呪殺する犠牲《いけにえ》に、お狩を経ケ岳から呼びよせようとするのだ。

いまでいう遠距離催眠術。――これが念力如何で必ずしも不可能でないことは、現在の超心理学《パラプシコロギイ》の証明するとおり。

狂える老修験者玄妙坊は、右手に戒刀をぬきはらって、

「南無金剛夜叉王……ねがわくばかの悪女を神火のもとに来たらしめたまえ。………えええいっ」

と、人間の声とも思えぬ叫びをあげて、ぶすっと画像をつらぬき通した。

ああお狩、えらいものに見込まれた！

雲の眼

日はややかたむいているが、カラーンとはれあがった真っ蒼な空。

海抜七千五百尺の高原には、秋草が離々《りり》となびいている。

風がふくたびに、白い綿毛のようなものが、銀のようにひかりつつ飛んでゆく。——木曾山脈は経ケ岳のなかの草原だ。ここに、大きな円陣をえがいて坐っている異形の一団。面はいずれもおとらぬ珍にして獰猛きわまるものだが、それが、妙に粛然としてかしこまっている。それもそのはず、これは撫衆の世界での祝言《ちゃづき》なのだった。神妙な顔をしていながれているのは、天城の義経の輩下《ながれ》一同と、招待された信濃一帯の親分《やぞう》たち。

その義経親分は、山着のうえに袴《はかま》なしの裃《かみしも》をつけてえらい上機嫌だが、恐ろしい出ッ歯でちんちくりん。吹き針の名人だそうだが、出ッ歯と肺活量の強さが一致すると、どういうわけで吹く力を増大するのか、その物理的因果はよくわからない。

それよりふしぎなのは、この義経親分が、お狩のように美しい娘を生んだことで、これは、全然、若くして死んだお狩の母の遺伝だろう。

そのお狩は、花嫁らしい装いといえば、白いかいどりを一枚羽織っただけ、それだけで、日に映えて雪の精のような美しさ、惚《ほ》れぬいた半べエと夫婦《つるみ》になれるうれしさで、顔はもう酔ったようだ。

半べエは、これまた袴なしの裃つけて、膝っ小僧はまる出しだ。ときどきテレたような苦笑が顔をかすめるのは、お狩よりも複雑な感慨が明滅するからであろう。

ふたりのまえには、三組のかわらけをのせた三方、またうしろには、撫衆の祝言特有の祝《ほかい》として、塩鮭《くさらず》、蓮根《ろうころし》、人参の三品《やけひばし》をはじめ、山海の珍味――というほどでもないが、茸、鶫《つぐみ》のだるま焼、鶏、川魚、それに何百本という竹徳利の酒。各親分たちの贈り物のなかで、断然、異彩をはなっているのは、伊那の親分からの例の唐冠の兜《かぶと》で、これは花婿《おさち》のうしろにピカリと黒光りして鎮座している。

今夜は満月の夜を徹して、すばらしい大宴会が展開されることだろう。凄絶でユーモラスな山刃踊《うめがい》の乱舞もみられるにちがいない。

だが、いまは、厳粛なる山の結婚式。

厳粛も厳粛。撫衆の世界で、夫婦《つるみ》の掟《はたむら》ほど厳粛なものはない。これと、仲間に迷惑をかけること、目上のものに反抗すること、これが撫衆の法三章で、この掟をやぶればすべて絞首刑《つりあやめ》だ。

で、そのおごそかな式典がしだいにすすんで、盃事へちかづくのを、みんな、いっしんに見まもっていたから、誰も気がつかなかったが。

真っ蒼な空に、ふっと一団の雲が出た。どこから流れてきたのでもない。蒼空から泌《し》み出した幻のような白い雲、それがみるみる薄墨色に変りつつ、夕焼の西空をながれている。

「――盃――」

と、荘重な声がした。

三々九度の盃、木曾の田村麿親分が、おみきの奉書をぬいて、竹徳利を右手に、盃を左手にもって、花嫁花婿のまえにすわる。――と、そのとき、すうっとあたりがうす暗くなった。

「おンや?」

みな、いっせいに空をふりあおぐ。

真っ黒なひとかたまりの雲が、渦をまきつつ、朱い太陽をつつんでいる。空気が急に冷え冷えと湿ってきた。

妙な顔になりながら、田村麿親分は徳利をとりなおしたが、このとき経ケ岳一帯まるで薄暮のように変った。みんなの顔が蒼ざめて、まるで幽界のよう。

半べエから、お狩へ、三々九度の盃が、二度までくりかえされたときだ。お狩の手から、ぽろっと盃がおちた。

「お狩っ……どうしたのけ？」

義経がさけぶと同時に、お狩、ふらっと立ちあがった。立ちあがって、じっと落日を覆う雲を見ている。

撫衆たちも、その雲を見た。変てこりんな雲だと思った。それは渦まくようにうごいていた。彼らにはみえたのはそれだけだ。

が、お狩は、その渦をまく雲のまんなかに、異様なものを見た。

「……眼！」

眼だ。暗く、鈍くかがやいている恐ろしい眼——あいつの眼だ！　その思いが脳裡をかすめたのは一瞬のことである。すうっと深淵に吸いこまれるように、お狩はじぶんの頭がぼうっと霞《かす》むのを感じた。

「お狩！」

義経が、ぎょっとしてさけぶ。お狩の表情が、生命なき蠟《ろう》細工みたいに変ったからだ。

とたんに、彼女のからだが、ツ、ツ、ツ——と、すべり出すように。

金剛網

重畳たる山嶽を一日四十里とぶといわれる撫衆の足。

左肩をまえにつき出し、からだをひねって、まるで腰から下はないもののように走る。その走法は撫衆独特のもので、とくに親分の娘お狩さまの足の疾さは、男の撫衆でも一目も二目もおくところだが、しかし、その時のお狩の駈足《かけまく》にはみんな胆をつぶした。腰から下がないどころか、全身、眼にみえぬ気流にのってながれているよう。

アレヨアレヨといっているうちに、経ケ岳をかけ下り、伊那盆地をとびすぎて、高遠から、東へ、南へ、南アルプスの峻峰にわけ入ってゆく。

「おういっ、お狩さま！」

「いってえ、どうしたのけ？」

「祝言《ちゃづき》がうれしくって、気がちがったのけ？」

めんくらいながら、必死に追っかける撫衆の群――みんな顔が真っ蒼になって、口から泡をふいている。

「あっ、どんな密使《さいぎょう》の駈足でも、こんなに苦しかったことアねえ。ここはどこけ?」

「ここは、ボストンの心臓破りの丘だ」

「嘘《ほけなす》をいえ」

そのなかで、最も仰天しているのは、むろん花婿の半ベエと、父親の義経だ。なかんずく、ただごとでない顔色になったのは花婿の半ベエ。

「や、お狩は仙丈ケ岳へのぼってゆく。――親分《やぞう》、こいつあ、ひょっとすると……」

「半ベエ、なんだ?　お、お狩は、どうしたっていうのけ?」

「おれにもわからねえが、どうやらお狩さま、途方もねえ化物に魅込まれたようだ」

真っ赤な夕焼けにぬれて、お狩は息もみださず、蠟面のような表情で山を上ってゆく。いや、吸いよせられてゆく。

ふいごみたいな息を吐いて追っかける撫衆のまえに、つと左右の大岩のかげから、ふたりの山伏があらわれて、路をさえぎった。

「待て、賤民《せんみん》どもめ」

「ここ通ること、罷りならんぞ」

金剛杖を横に、両手でつかんで仁王立ち。

「な、なにけ？」

「お狩さまを、どうするのけ？」

このあいだにも、向うへかけていったお狩は、断崖のはずれのひろい岩盤のうえに、七八人の山伏たちに手どり足どり、白木の磔柱にくくりつけられている。

修験者がのどを空にさらして笑った。

「かの女め、大魔王の御意にかない、壮厳行者の法による修法の犠牲《いけにえ》にささげられる。有難く思え」

「な、なにい？」

義経が発狂したような声でとびあがった。恐ろしい十字架が、三角の護摩壇の向うに立った。まわりに護摩木がつみあげられた。その中にお狩は、依然夢みるように笑っている。……

「今夜、月の出とともに、大日法身の智火燃えて、かの女は浄土に入る。うぬら、そこに坐って礼拝せよ」

「ふっ」

と、義経が口をとがらせて、何か吹いた。

とたんに、山伏が片手を眼にあてて、あっとよろめく。その指のあいだから銀のようにキラキラひかっている吹き針の針。――そのまま、狂乱したごとく駈けよろうとする義経の足を、よろめきつつ山伏の八角棒が打ちはらってきた。

飛鳥のようにとぶ義経、そのまま横っとびに走ろうとするところへ、もうひとりの山伏がおどりかかる。義経はからくもかいくぐって、また、「ふっ」と針をふいた。

「かっ」

両眼から血をふきつつ、山伏、ひッ裂けるような声で呼ばわった。

「円定坊！　雲林坊！　出合い候え、林光坊！　薬師坊！　ゆだんならぬ奴ばらでござるぞ。出合い候えっ、吉祥坊、普明坊、阿含坊っ」

声に応じて、岩かげから、雲の湧き出すようにムラムラとあらわれた山伏の群、いっせいに戒刀をぬきはなち、どっと殺到してきた。

「お狩っ」

血声をあげたが、天城の義経、肩で息して地団駄ふむばかり。いま、二度身をかわしたのがせいいッぱい。

「危いっ」

半べエ、思わずそう叫ぶと、義経のえりくびをつかんで、ポーンとそのからだを撫衆の中へ放って、そのまま、タ、タ、タ、とお狩の方へはしり出した。

「待てっ」

追いすがる数条の戒刀の、そのまた背後から、数本の山刃《うめがい》が襲いかかる。凄じい絶叫とともに、山伏のひとりがつんのめり、同時に二三人の撫衆が血けぶりをあげてもんどり打った。

混戦乱闘の幕はきって落された。朱と金をながしたような夕焼けの空の下、峨々《がが》として、獅子《しし》のごとく竜のごとくわだかまる奇岩怪石をめぐって、とぶ、とぶ、とぶ、剽悍の山伏と撫衆の群。死闘のなかに、ぎょっとしているのはどっちもどっち。山伏にとっては、これほど身の軽捷《けいしょう》な、生命しらずの敵にあったことはない。同時に撫衆にとっても、山でこれほど獰猛な、粘強な人種を見たこともない。——血の匂いに呼ばれて、燃える大空に胡麻をまいたような鴉が、カア、カア、カア……とぶきみな歓喜の声をあげて飛びめぐっていた。

このあいだにも、半べエ、山伏の金剛網を突破して、しゃにむに、お狩の方へすすもうとしている。

「やるなっ」

「くたばれっ」

左右から薙《な》ぎ出される真っ赤な閃光《せんこう》——残光に灼けた戒刀だ。半べエの手がそれをかいくぐると、その山刃《うめがい》のさきから血の霧がほとばしる。ふだん、諧謔《かいぎゃく》の好きなのんき者の半べエだが、さすがにいまは死物狂いだ。

どっとたおれる三人ばかりの山伏のあいだから、半べエは猪のように突進した。

「お狩っ」

そのまえに、一つの白い盾がさえぎっていた。盾——ではない。人間の背なかだ。護摩壇に坐っている白髪の修験者の背。——おお、この首領は、この期におよんでも、ふりかえりもせず、冷然とお狩を見つめたまま、何やら呪文をとなえつづけている。すっと光がかげった。日がおちたのだ。

「どけっ」

半べエがさけんだとき、老修験者ははじめてしずかに頭《こうべ》をめぐらして、はたと半べエをにらんだ。

「外道《げどう》、退りおろう」

みじかい、ひくい、荘重な叱陀《しった》。——が、その一瞬に、半べエ、全身が金しばりになってしまった。

ああ、滝川左近将監一益。——半べエは、この老首領の正体を、うすうす感づいている。曾て信長制覇のころ、この信濃をはじめ東山道の総督として、東海道の家康、北陸道の柴田、山陰道の明智、西海道の丹羽、山陽道の秀吉と相ならんで、その光を失わなかった勇将だ。老いたりとはいえ、末路はいかにもあれ、その貫禄の差に、半べエ、おさえつけられたのか。

それもあろう。が、半べエを射すくめたのは、その狂とも魔ともつかない、超人的な瞳光の放射であった。

——ふりかえれば、うしろの撫衆たちは、いまや山伏たちに斬りくずされて、岩から岩へ、鵜《う》のように逃げとぶのが精一杯の様子だ。

日は沈み、空の紅は淡い蒼みに、そして濃藍《のうらん》に変ってゆく。

まもなく、その地を遠くからとりかこんで、歯がみしながら焦繰している半べエや撫衆たちの姿が見られた。

「――月がのぼるぞ。もう一刻もするうちに、月がのぼるぞ」

しぼり出すような義経の恐怖のうめき声。月の出とともに、お狩が火あぶりになるとは、さっききいた山伏の言葉だ。

血ばしった眼で東の空をにらんでいた半べエが、やっとうめいた。

「親分、お狩さまを助けられるか、助けられねえか。とにかくもう考えられるてだては一つしかねえ」

「なんだ、そ、それは――」

「あの山伏の大将より強え奴をつれてくることだ」

「麓の村役人でも呼んでくるのけ？」

「ばかな、あんな魔物に、木ッ葉役人など。――まして、あいつらはどうやら大坂の淀君調伏の修法をしている様子。むろん徳川の息のかかった仕事だろう。ここらの役人なんぞ、たよりにゃならねえ」

「それじゃ、だ、だれをつれてくるのけ？　あ、あいつより強い奴が、おいそれとちかくにいるのけ？」

「ただ、あっちがどうやら正気じゃねえらしいのが唯一のつけめ。——出来るか、出来ねえか、ともかくもやって見るよりほかに法はねえ。——」

半べエは、ふりかえって呼んだ。

「野ぶすまの銀公はいるけ？　生きている？　生きているなら、経ケ岳へいって、伊那の親分からもらったかぶとをとってきてくれ。この大疾駆《おおのり》は血へどを吐くぞ。いいか、死んでも月の出るまでにだぞ！」

アルプスの太閤

月が出る、月が出る。——

南アルプスの黒い山巓《さんてん》が、ぽっとあかるみはじめたのを血眼で仰《あお》ぎつつ、半べエは必死に駈けている。間にあうか。経ケ岳へいった野ぶすまの銀太は間にあうか。いいや、こっちが月の出るまでに間にあうか？

半べエは背に何やら大きなものを背負っていた。転場のさい、瀬降一式を背負って走るのは撫衆のならいだが。

その背なかの物体がいう。

「半べエ、こないだお狩が、おめえの駈足《かけまく》が口ほどでもねえといっておったが」

「いや、あれはその途中で――」

「うんにゃ、わけはきいたが、やっぱりあんまり疾くねえ。義経親分のあとをつげるかどうか、おら心配《しんぺい》だぞい」

「へっ、これでも死物狂いだが、仙丈ケ岳で化物とあばれた疲れが出たとみえますげ。おれも色々おっかねえ目にあったが、こんどくれえおっかねえ目にゃあったことがねえ」

「おれなんざ、おめえの年ごろ、熊野から秩父まで三日で走ったこともあるぞい。半べエ、弱音をふかねえで、もっと、走れ、走れ」

背なかにのっかっていて、伊那の猿冠者、いい気なもんだ。当人は中風のヨイヨイで、十歩も満足にあるけない。

言うにやおよぶ。――半べエは、足も折れよと走る。野ぶすまの銀太を経ケ岳へやると同時に、聖嶽へ秀吉親分を呼びにきた半べエだ。あばらは波うち、吐く息は炎のよう。

岩、杉、崖、檜《ひのき》、坂、松、谷——そしてうしろへ渦まきとぶ風。

「月が出る。月が出るぞ。——」

空をぐるっと見まわして、うごく右足だけバタバタさせた秀吉、何思いついたか、

「待て、半べエ」と、声をかけた。

「とまれ。とまって、あそこの薮《やぶ》から竹を一本切ってこい」

半べエ、めんくらって立ちどまったが、秀吉のかさねての命令に、薮へとんでいって山刃で、竹を一丈ばかりに切ってきた。

「親分、どうするのけ?」

「このままじゃ間にあわねえげ。半べエ、見ろや、伊那の秀吉、一世一代の大疾駆《おおのり》をしてみせるぞい。——」

「……?」

あっけにとられている半べエをかえりみて、秀吉親分、口をすぼめてきゅっと笑ったかと思うと、その竹を小脇にかいこんで、タッタッタッ、右足一本で飛び出した。

「それ、半べエ、おくれるな!」

叫んだ瞬間、その竹がまえにのびて、トンと地に刺さると、サーッと虚空たかく老人

のからだが弧をえがいた。

「おおっ」

　半べエが思わずおどろきの叫びをもらしたときは、またタッタッタッタッと一本足で向うへ——そしてまたもやみごとな棒高飛びでビューッととび去ってゆく。危急存亡の際とはいえ、いや、たいへんなヨイヨイがあったもの。

　一方、妖風ソヨと頬《ほお》を吹く仙丈ケ岳。

「ああ、月が出る。月が出るぞ。——」

　岩かげにしがみついた撫衆のなかから、両腕をもみねじってのびあがった天城の義経。血を吐くような叫びだった。その前面には、ズラリとならんだ兜巾の山伏。凄じい戒刀のバリケード。

　向うの護摩壇のまわりには、結跏趺坐、金剛合掌の修験者たちがいっせいに物凄い火界呪のコーラスをあげている。

「なうまり、さらば、たたきゃていびやり、さらばもっけいびやり、さらばた、たらた、せんだ、うんき、ききき……」

「なうまり、さんまんた、ばさらたん、せんた、まかろしやた、さばたや、うんたらた、かんむん！」

「かもんな、まいはうす」

そんなことはいわないが。

磔柱のお狩は眼をとじて、しかも首をあげて、眠っているとも、醒《さ》めているともつかぬ恍惚《こうこつ》たる表情だった。

左近将監の玄妙坊は半眼の眼をうッすらとひらいて、東の空を見た。月はのぼりつつある。魔王の眼のごとき蒼白い月は、ぽっかりとゆらめき浮かびつつある。……

「南無、毘盧遮那如来《びるしゃなにょらい》、北方不空成就如来、十方世界諸仏、智火に不祥を焼き、浄瑠璃《じょうるり》のひかりをはなち、魔粧女人を摧滅したまえ。南無、火王焔魔王、火の音を天鼓になさしめ給え。——」

祈りながら、玄妙坊は、ユラリとたちあがって、手にした油びたしの護摩木を、はっしとお狩の足もとに投げつけた。

一瞬、真っ黒な油煙が、濛々《もうもう》と磔柱をつつむ。——

その煙がしだいにうすらいだとき、玄妙坊は、何やら異様な叫びをあげて立ちすくんだ。

思いきや、お狩の姿は見えない。磔柱もない。

そこにすッくと立っているのは、白衣に唐冠のかぶとをつけた小さな老人。

「珍らしや、左近将監」

莞爾《かんじ》として呼びかけた。

三歩、四歩、よろよろとあとずさる玄妙坊、かっと瞠《みひら》いた眼にうかんだ恐怖と驚愕の光。

「おお……殿下……殿下……」

しゃがれた声でうめいて、ぺたと腰をついた。

月光がその人を蒼々と浮かびあがらせた。まさに、太閤秀吉だ。その一喝日本六十四州を摺伏《しようふく》せしめ、その一挙手支那六百四州を震駭《しんがい》せしめた関白秀吉だ。――その偉大さを、曾て歯ぎしりするほど反抗しただけに、心魂に徹して思い知らされた曠世の大英雄。その姿を幻影とはねのける判断力が、玄妙坊にあったか、どうか。――おそるおそる頭をあげかける一益に、秀吉の語気が、雷のごとくに変った。

「いかに一益、先夜よりこの呪殺の修法、徳川よりたのまれたか、さりとは恩知らずの大たわけよ。柴田誅戮《ちゆうりく》の合戦のみぎりのわが軍配を忘れたるか」

――もとより、これは伊那の秀吉。半べエのつけぜりふながら、いい心持そうだ。中風のくせに、声だけは大きい。

「その折、汝の首刎《は》ぬべきを、同輩のよしみを以て助けとらした恩をわすれたかっ」

「――へへっ」

玄妙坊は地に伏したきり、身うごきもしない。

「加うるに、蟹江の失態、天下の笑い物となりたるを、なお命ゆるせしに、いま豊臣に呪殺の修法をかまえるとは、なんたる人非人、一益っ、面をあげい」

「殿下……おゆるしを願い申す。……」

「わびる？　わびるとな？　わびるあかしは、如何いたす？」

玄妙坊は土下坐したまま、ズルズルとすざっていった。フラリと立った。背を見せた。そして、トボトボと、おしひしがれた幽鬼のごとく断崖へあゆんでゆく。

「おお。……」

声なきうなりをあげたのは、輩下の山伏たちばかりではない。撫衆たちも凝然と――半べエも、伊那の秀吉も、あっけにとられて見送るばかり。

あわれ、敗残の将滝川左近将監よ、月暗き仙丈ケ岳をどこへゆく。崖へ、崖へ、千仭《せんじん》の死の谷へ。——どうっと吹きあげる風の声も、狂える耳朶《じだ》には、千成瓢簞の鯨波《とき》のどよめきときこえたのではあるまいか。彼は、断崖のふちで、いちど修験者たちをくぼんだ眼でふりかえった。

「汝ら……太閤殿下へのおわびに……わが谷行の供をせよ！」

そして、満月の空へ、大鴉のような影が羽ばたくと、そのまま、ふっとかき消えてしまった。

どろん六連銭の巻

木曾の狼

もう五月も近いというのに、木曾街道は、山のひだひだにまだ、まだら雪がひかっている。春を求めて、雲と逆に南へいそぐ旅人の足ははやい。

その足のはやい旅人たちが、だれも胆をつぶしたほどはや足のふしぎな一団がある。ふしぎな――というのは、八人の猿廻しだが、塩尻峠から南へ、トットとあるく足は、あるくというより、ながれているようだ。しかも、宿場でない、またほかの旅人もいない山中の往還にかかるとそのうちの五人が、妙な歩行法をやる。

からだをよこにして、股《また》を大きくひらき、蟹《かに》のようにあるくのだ。あきらかにこれは忍者の走法。そういえばこの五人は、いずれものんきな猿廻しの顔ではない。軽捷精悍《けいしょうせいかん》、しかもなかなか知能的な顔である。

あとの三人は、これはふつうのまえだちの歩行法だ。ただちょっと左肩をまえにつき出し、ひねりかげんのからだが、まるで蛇みたいに柔軟なかんじだが、顔は三人ともよくこれほどそろったと思われるほど獣的な顔だ。肩にのせてる猿のほうが、よっぽど人間らしい。

しかも、おどろくべきは、この三人はらくらくとあるいているのに、あとの五人は息せききっていることだ。

「おいまて、ナデコデ」

「よく、そうあるけるの、オシャカの熊」

ナデコデと呼ばれた男は、まだ若い巨大なからだをしているのに、どうしたのか頭はまるで薬罐《やかん》だ。にやっと笑って、

「足じまんの色川の旦那《だんな》が、はなに弱音をふかれちゃ、こりゃおかしい」

「伊藤の旦那、こうノロノロあるいてちゃ、とてもあの撫衆《なでし》らにゃ追っつけませんぜ」

こういったのは、ひげだらけのオシャカの熊。残雪をふく風はまださむいのに、上半身まるはだかで、恐ろしい胸毛が湯気をそよぎたてている。へいきな顔で、となりの狼みたいに犬歯をつき出した男に、

「よう、シャリ八、あの撫衆のなかに、すげえ美《にく》い娘《つる》がいたじゃあねえけ」

「天城のお狩さまのことけ？　ありゃ義経親分の娘だ。眼をつけたってものにゃなるめえ」

「馬鹿野郎《ぼんくれ》、ありゃおれが狙ってるんだ。いろいろと素人《とうしろ》の女を相手《にく》にしてみたが、どうもグニャグニャしてはりがねえ。やっぱり撫衆にゃ、撫衆の娘がいちばん可愛《にく》いじゃねえけ」

と、坊主《ナデコデ》が口を出す。シャリ八が狼のように笑った。

「いっそ三人で強姦《うめぼしもらい》とやらかそうじゃねえけ」

陰語が多いが、とにかく女のはなしとはわかる。この三人の気楽さにくらべて、あとの五人の猿まわしは口から泡をふきながら、

「ウーム、撫衆の足は音にきいてはおったが、実に恐るべきものだな」

「すくなくとも、足にかけては伊賀者のわれわれもとうていおよばぬ」

「なるほど、これを忍者にそだてれば、容易ならん連中」

「さすがに月叟《げっそう》、よく眼をつけた」

街道はようやく奈良井の宿に入る。軒下の檻《おり》に熊を飼ってる熊《くま》の胆《い》屋、獣皮をならべたもんじ屋のみえるのも、いかにも木曾の宿場らしい。

ひとめがあるから、この五人はもう蟹歩きができない。――あきらかにこの一団はなにものかを追跡しているようすで、しかも、そのなにものかは――上には上のあるもので、実に彼ら以上の駿足らしい。したがって、ここで速度をおとしてはいよいよその距離はひらくわけだが、いまはその追跡をあきらめる無念さよりも、足をゆるめて息をつく方が絶体絶命の生理的要求だとみえて、

「み、水――」

ひとりがそうあえぐと、ヨロヨロと一軒の茶屋にころがりこんだ。つづいて四人。

――あとの坊主とオシャカとシャリ八は舌打ちをして、

「しようがねえな！」

大軽蔑《けいべつ》の表情でゾロリとあとにつづく。

ひとしきり茶をのんで息をつくと、小柄なひとり――色川の旦那が亭主にきいた。

「おい、さっきここを妙な連中が通ったろ？　二三十人か、三四十人――」

「へい、笊《ざる》や箕《み》を背負ってましたから、ありゃ撫衆でしょうな」

亭主は眼をまるくして、

「通りました。通りました。まるで疾風《はやて》にふかれるながれ雲みたいで――おっ、そうそ

う、その撫衆のうち、娘と小僧のふたり、いまむかいの茶店にいますぜ」

「な、なんだと?」

坊主とシャリ八がおどりあがって、

「娘がいると? ど、どうしたんだ?」

「へい、どうやら小僧が足をいためたらしく、ちんばをひいてましたがね。そいつと娘をのこして、あとの連中はさきへいっちまいました」

「――そうか、それは」

異口同音に、

「しめた!」

とさけんで、みなドヤドヤと店をとび出して、むかい側にはしる。

六文銭

――と、ちょうどそのとき、むかいの茶店からのれんをかきわけて往来に出てきた娘と少年。娘は十七八か、赤い腰巻のほかは、猟師の山着に似た軽装、くるくるまいた髪にさした銀杏《いちょう》の葉のような竹笄《たけこうがい》は、あきらかに撫衆のしるし。少年は十二三、河童みたいな顔をしているが、河に棲むどころか、これまた日本じゅうの山岳をわが家として漂泊する撫衆の子にちがいない。姉弟とみえて、そのよく似た黒々とした大きな眼に、神秘な太陽の光芒《こうぼう》がある。

「カンパチ、大丈夫《やなぎむし》け」

「ウン、あんね、さあはやく一味《ながれ》に追っつくとしようぜ！」

そのふたりをおしもどすようにぐるっととりかこんだ八人の猿廻しの男。

「おい、待て」

ふたりはけげんそうにたちどまる。

「ちょっと、おめえたちにききてえことがある」

「な、なにけ？」

と、少年カンパチ。

「おめえたちは、撫衆だろう？　……いや、かくさなくとも、わかってる」

「わかってたら、きくことあねえじゃねえけ」

「こいつ、小僧のくせに口のへらない奴だ」

と、ひとりがいきりたつのを、ひとりがおさえ、

「まあ、まあ、小僧を相手にするな。娘の方にきくが、おめえたちは信濃からきて、これからどこへゆく？」

「おめえたち、なにけ？」

娘は眼をひからせた。坊主《ナデコデ》がシャシャリ出た。

「うん、転場の瀬降をいえねえなア、撫衆の掟《はたむら》だ。だが、心配するなよ。おれも上州の撫衆だ。おれは坊主の松、こいつがシャリ八、あいつがオシャカの熊」

シャリ八がにやにや黄色くとンがった歯をむき出して、

「おめえらの一味《ながれ》のなかに、ひとり俗落《さばお》ちの男がいるだろ？　しかも、侍」

「それが、どうしたのけ？」

「そいつの名は、猿飛、とはいわねえか？」

カンパチ、きっと顔をふりあげて、

「やい、おめえら生粋《はらこ》の撫衆なら、山刃《うめがい》をみせろ」

三人とも、はっとして顔を見合せた。

「みせられねえだろ？　おめえら三人、もとは撫衆だったかもしれねえが、いまは素人《とうしろ》

だな。いくら素人になったたって、テンバ迷惑、掟《はたむら》やぶりは吊り殺《あや》めだぞ。わかってるか?」

「な、な、なにい?」

三人は顔いろをかえたが、すぐオシャカの熊が兇悪な笑顔をほかの五人にむけて、

「旦那、おききのとおりです。とてもひとすじなわではゆかねえ。こうなったらあっしたちに、このふたりをまかしておくんなさい」

「どうする?」

「裏の林へひきずりこんで、口をひき裂いても、こっちのききてえことをきき出してごらんにいれますのさ」

そういいながら、三人の眼はもう娘のからだを這《は》いまわってる。さっき話しあった美《にく》い娘《つる》とは、まさにこの娘、ひさしぶりにみる、全身小麦いろのばねでできているような撫衆の女、そのぬれた唇からはき出される花果酒のような息のにおいをかいだだけで、三人とも、もう交尾期の野獣のようにたかぶっているようすだ。

「待てよ、オシャカ」

と、色川の旦那が手をふって、

「われわれは、まだあの無衆たちを敵にまわすつもりはないぞ。あんまりイタメつけては、彼らをほんとに怒らせはすまいか」

「なに、このふたりはどうせ殺《あや》めちまいますから、あいつらに知れっこはありませんや」

ケロリとして坊主の松がいってヨダレをぬぐった。この頭脳構造の単純さには、たしかに動物的な凄《すさま》じさがある。同時に、三人ともぬっと輪をちぢめる。

「あっ、ちくしょう」

カンパチ、さっと山刃をぬいて姉をかばったが、相手はぶきみな八人の猿廻し、おもわずおされて、たたと茶店へおいこまれる。ぞろっと猿廻したちがなかへ押し入った。

「やい、ジタバタするな」

わめくシャリ八のまえに、縁台がつっ立って、舞ってきた。恐れもしらぬ二羽の山鳥。ぱっと羽ばたくと、あれよというまに場所が逆転して、少年と娘は入口の方へまわる。

「待て」

狼狽《ろうばい》して猿臂《えんぴ》をのばす八人をしりめに、さっとふたりはのれんの外へとび出し、つづいてかけ出す男たちの肩で、猿がいっせいにキーッとうなった。なんと、のれんの外からまっくろな、巨大な頭がぬっとのぞいたのだ。

「わっ」

熊だ。ほんものの熊が、血ばしった眼を爛々《らんらん》ともやして入ってきたのだ。

どっと往来で叫喚があがった。なにものかが、となりの熊の胆屋の檻から熊を追い出したのだとわかったのは、よほどあとになってからのこと。そのときは八人、死物狂いににげまわり、いのちからがら店さきにとび出したが、

「おおっ、娘《つる》と童《わっぱ》は！」

もう宿場のはずれを、遠く小さくにげてゆく。しかも、少年は、いつのまにやら強壮なひとりの撫衆の男の背におぶわれて。――わかった。娘と少年を案じてもどってきたその撫衆が、事情を知って熊を追い出し、ふたりをたすけてにげたものだろう。

「あの撫衆は？」

伊藤の旦那が茫然《ぼうぜん》とつぶやくと、色川の旦那がふと足もとをみて、愕然《がくぜん》として爪《つま》さき立ちになった。

地面に、きれいにならんで一文銭六つ。

「——さ、猿飛佐助！」

満月に飛ぶ

それから数日後。

大和国生駒山に瀬降を張っているのは、天城の義経親分の輩下《やぞう》の撫衆。信濃からここへ転場してくるとちゅう、おふうとカンパチ姉弟がふしぎな八人の猿曳《ひ》きにつかまって、すんでのことでいのちさえあやうい目にあわされたことはきいたが、彼らには、それがなんのことやらわけがわからない。そのとき、猿廻しは、妙なことをきいたという。

「一味のなかに、もと侍がいるだろう？」

「そいつの名は、猿飛とはいわねえか？」

もと侍だった男はたしかにいる。すなわち姉弟をすくった関半べエ。いろいろな事情でまだ祝言《ちゃづき》はあげていないが、いつかは親分の娘のお狩さまの花婿《おさち》になるはずの男だが、これはもと武田の遺臣で、猿飛などという妙な名はいままできいたこともない。

「わからねえ。なにかのまちがいだろ？」

と、半べエも首をひねり、のんきな撫衆たちはそれっきり、ぶきみな黒雲がじぶんたちを執拗《しつよう》に追跡していることなど、ゆめにもかんがえなかったが。

「おうい、たいへんだ」

或る夕方ちかく、起伏する草の波をかきわけて瀬降へかけもどってきたのは、夜目《やんめ》の源太という撫衆。

「夜目《やんめ》、どうしたのけ？」

「くらがり峠を四人、猿廻しがあるいていたぞ。峠でバッタリ逢って、はじめは猿を仕入れにやってきたとかなんとかいってたっけが、急にジロジロおれをみて、おめえは撫衆じゃねえか。このごろ信濃から場越ししてきた撫衆の瀬降を知らねえかなどとききやがる。きみがわるくなったから、よこっとびににげ出したが、それと知って追っかけてきた四人の足のイヤ早えこと。あいつら、てっきり、これえだ奈良井でおふうをつかまえかけた連中にちげえねえ」

「ウーム、いってえ、そいつらあ、なにものけ？」

「わからねえ。おりゃ、たしかに侍《さむれえ》とにらんだが、侍にしても、あの足のはやさはただものでねえぞ」

「……お、ところで、そのおふうはどこへいったのけ?」

「おふうなら、お狩さまといっしょに摘み草にいったげ」

——さて、そのおふうは。

笊をこわきに、野草をもとめて、丘また丘をかけまわっているうち、いつしかお狩さまともゆきはぐれた。笊にいっぱい摘みとられた、ふき、さんしょうの葉、藤の花。

——藤の花もまたたべられる。白藤の花のほうがおいしいものだ。はつ夏の山野は大自然のサラダのようだ。

「ああ……」

彼女は思わず立ちどまった。

西のかた——茫漠たる河内の野づらに、そのむこうの海にいま朱盆のような日がおちてゆく。あのあたりに、日本一のお城がある。けれどそのお城をめぐって、また恐ろしいいくさが起りそうだと、いつか半べエが話していたっけ。……こうして山上からみる夕焼けの下界は美しい。けれどまた、血にぬれているように恐ろしい。——

おふうはしみじみと山の娘、撫衆の女に生まれたじぶんをしあわせに思った。壮麗な慶長十三年春の落日をあびながら。……

「——女っ」

突然、うしろで獣のような鼻息がきこえた。

ふりむいて、はっとした。木曾街道で逢ったあの恐ろしい猿廻し、しかもそのうち、坊主の松、シャリ八、オシャカの熊という素人《とうしろ》もどりの上州撫衆。三人、声をそろえて、ゲラゲラ笑った。もえあがる夕日を背にたちすくむ撫衆の娘。しかも芳烈野草のごとき美《に》い処女のすがたに、思わず喜悦の哄笑《こうしょう》がコミあげてきたのだ。

「やあ、こいつあまったく掌《て》にどんぐりがおちてきたようなもんだ」

「ここで逢ったが百年目」

「だれがいちばんにこいつをつまこかす？」

「いっそ三人、いっしょに、この女の可愛《にく》い口、乳房、股ぐらにかかろうじゃねえけ」

おふうは身をひるがえした。ゆくてに大手をひろげたオシャカの熊のたか笑い。きらっと空をとんだのは、彼女の山刃をシャリ八がはねとばしたのだ。坊主の手がのびて、藤蔓《ふじづる》でまいた女の黒髪をうしろからムズとつかんだ。

「あっ」

のけぞる白いくびの曲線の美しさ。身ぶるいしてシャリ八がかぶりついたが、なにしろ、あの歯だ。愛撫《あいぶ》がすぎてこの狼男、やわらかなのどぶえを、ぎゅっとかみきってしまいそう。

——と、その抱きしめた両腕のつけねが、ぽん、がくり、と鳴った。

「痛《つ》う」

よろめいて、おさえようとして、その両腕の肩がみごとに脱臼《だっきゅう》させられたのを知って、シャリ八仰天、糸のきれたやっこ凧《だこ》みたいにふりむいた。どうじに、ほかのふたりも、鞭《むち》にうたれたように一間もとぶ。

「お狩さま！」

おふうが絶叫した。

草のなかに、義経親分の娘お狩がたっていた。この娘の牝獅子《めじし》のような精悍さは、知る人ぞ知る。ただ、日がおちて蒼《あお》みはじめた風のなかに、彼女は美しい彫刻のように立っている。翡翠《ひすい》のようにあおくひかる眼が、三人の男を見すえた。

「ふん、おめえら、たしかにもとは撫衆だな」

と、彼女はひくくいった。

「おれたちを天城の義経の撫衆と知ってそんなまねをしやがるのけ？」

なにかうなりかけた坊主の口、おどりかかろうとしたオシャカの足を、お狩の凄烈《せいれつ》な叱咤《しった》がはたと制した。

「叛逆者《さからいもの》！」

この言葉がいかに恐るべきものであるかは、撫衆の世界にいちど籍をおいたものなら、心肝に徹して知っている。

「叛逆者は、お六字《ろくじ》にしたうえ、十度勘当が撫衆の掟《はたむら》だぞ！」

われをわすれて、三人はどっとにげ出した。お六字《ろくじ》とは、南無阿弥陀仏、死罪のことだ。十度勘当とは、十度生れかわっても、未来永劫《えいごう》、撫衆の仲間には入れてやらないぞということだ。素人《とうしろ》もどりのはずの三人が、この声に背なかをたたかれたように逃げ出したのは、野獣が火をみて恐怖するにも似た本能的行動である。

――あっ、馬鹿《ぼんくれ》め、おれたちゃ、もう素人《とうしろ》じゃあねえか、その意識が胸にのぼったのは、三つ四つの丘をこえてにげはしってきてからのこと。

「けっ、ざまあねえや！」

坊主《ナデコデ》が、ぺっ、と唾《つば》をはいた。オシャカの熊が眼を血ばしらせて、

「にげることあなかった。ちくしょう、もういっぺんひきかえそうか」

「シャリ八をみろ、いまにもぶッたおれそうだぞ」

お狩さまにみごとに肩の骨をはずされたシャリ八、満面蒼白《そうはく》、苦痛に口をゆがめていたが、ふとその顔を月にさらして、

「おや？　……あれはなんだ？」

満月。——その山上の月輪にこだまする気合と、生き生きとした少年の笑い声。

「すげえな。おじさん、それほど飛べるのは、撫衆のなかにもいやしないぜ」

「はははは、そうか、そうでもあるまい」

そしてまた快活な気合が満山にひびく。

けげんな顔でその方へしのびよっていった三人は、その丘のうえに世にも異様な光景をみた。

満月を背景に、少年カンパチが兎《うさぎ》のようにはねている。いや、兎どころか、鳥みたいに五尺も宙をとぶ。——そして、それとわざをきそうように、またともにあそびたわむれるように、七尺から八尺、ときには実に一丈の空を跳躍する黒衣の人。その身のかるさは、まるで幻影の黒い胡蝶《こちょう》のよう。人間ばなれのしたやつの多い撫衆の世界にも、な

るほどカンパチがあきれたように、これほどの超人はあり得まい。

「おじさん、え、おじさんはどこからやってきたひとなのさ?」

「カンパチ、おまえの瀬降をおしえてくれたら答えてやろう」

頭巾《ずきん》のあいだからいたずらッぽく眼が笑う。

「おじさん、なんて名なのさ?」

「カンパチ、仲間に半べエという人がいるだろ?　そのひとに逢わせてくれたらおしえてやるよ」

声は虚空からふってくる。――しばらくして、カンパチのよくとおる声が、夜の山上をはねあがった。

「あっ。……もしかすると、おじさんは……あの猿飛というひとじゃない?」

猿

「異風の装束にておゆるし下されい。突然ながら、関どの、御一党の撫衆どのらを追って、さきごろから八人の猿廻しがこの界隈《かいわい》を徘徊《はいかい》しているのを御承知か?」

「知らぬでもねえが、なんのことだか、ちっともわからねえ。……いってえ、あいつらあ何者ですね？」

「八人の猿廻し、そのうち五人は徳川の隠密、伊賀の忍者です。あとの三人は、その手先となっておるもと上州の撫衆」

「はてな、徳川の隠密が、なんで？」

カンパチに瀬降からつれ出されて、けげんな顔でやってきた半ベエ、草むらのなかからしずかにたちあがった黒装束の怪人に、いきなり思いもよらぬ話をきり出されて、いっそう狐につままれたような表情になった。

「されば。その仔細《しさい》を申しあげるよりまえに、あなたはこの南、紀州の九度山に隠棲いたす月叟なる人の名をききおよばれたことはないか？」

「月叟、やあ、真田左衛門佐《さえもんのすけ》」

「御存知のはず。甲州の威武さかんなりしころは、あなたとおなじ武田家の禄《ろく》をはまれた方でござるもの。八年前の関ケ原の役にさいし、信州上田の城に三万の徳川勢をひきつけてついに関ケ原のいくさに加わるを得しめなかった天下の名将。ただいま九度山に隠棲しておられるが、なお徳川家のもっとも畏怖《いふ》する大軍師です」

なぜか半べエ、にやにやと笑った。あんまり手ばなしでほめたてるからである。黒装束の眼も、可笑《おか》しそうに笑っている。

「いうまでもなく、徳川と大坂の手切はふたたびせまっております。その日をひかえて、目下両陣営のあいだのスパイ合戦たけなわなりというところ」

さすがは猿飛佐助、忍術で、英語でもなんでも知っている。

「ははあ、スパイ合戦」

「そこでその大軍師のかんがえられるには、です。その隠密、細作《さいさく》に撫衆の力をかりればいかがであろう。あの恐るべき足、眼、体術——とうていやわな忍者などの力も術もおよばぬ一党、しかもその数は、日本じゅうで何千人か。……」

「いえ、それはだめでしょうな、せっかくだが。天下の名将、真田大軍師の御家来」

と、半べエは声をたてて笑った。

「いかにも撫衆は、その力と術をもっておりますさ。しかし下界の血なまぐさいいくさにまきこまれるのはひらにごめんこうむるというでしょうよ」

「されば、そのことは、ここ数年わたくしさぐってあるいてみて、たしかに思い知らされました。そこで考えたのは、こっちの都合のみで手軽に撫衆にちかづこうとしても、一朝一夕にそうはとんやがおろさない。それより、どこぞ、徳川に宿怨《しゆくえん》ある亡家の遺臣で撫衆の仲間に入っておる侍はなかろうか、それを手づるにさがした方が効果があろう――と思っていたところに相わかったのが、天城の撫衆をひきいる武田家の旧臣関半兵衛どの」

「いや、おれはただの輩下半べエです。親分《やぞう》は天城の義経」

「ところで、真田の家来かく申す猿飛佐助が、そういうのぞみで山々をあるきまわり、またついに天城の撫衆に眼をつけたのを、どうして知ったかさすがは徳川の隠密群、そうはさせじと追っかけてまいる。あわよくば、逆に徳川方の走狗《そうく》とせん――とかんがえておる様子」

「ぷっ、いずれにしてもこっちの知ったことではない。トンでもねえめいわくなはなしだ」

と、半べエ、吐き出すようだ。猿飛佐助はじっと半べエの眼に見入った。おどけたような微笑をうかべているが、そのおくから、妖《あや》しいひかりが放射して、こちらの胸の深奥まで照らし出されそう。

「しかと、左様かな？」

——余談になるが、さきの太平洋戦争でも、軍部は特別の秘密連絡に山窩部隊を使用しようと計画したことがある。二十世紀の科学戦においてすら大まじめで参謀がこんな計画をたてるほど異常な体術と能力を会得しているこの種族を、隠密にしたてあげようと着目したのは、さすがは真田左衛門佐。

いや、それを待たず、実はこの関半べエが、そもそもこの撫衆の群に身を投じたのは、武田家再興のため、それと大同小異の着想を胸にいだいたればこそであった。

だから、いま、

「しかと、左様かな?」

と、ふしぎな催眠術師的な眼で見入られて、半べエ、ちょっと動揺した。

そうだ、武田家にとって千年の怨敵は徳川家康。それに一矢むくいようとする真田の麾下《きか》にはせ参ずることこそ、わが宿望をはたす千載一遇の好機ではあるまいか。

が、まぶたをとじれば浮かぶ、春の山脈《やまなみ》、白雲とともにとぶたのしげな撫衆の姿。耳をすませばきこえる、明るい満月の下の酒宴の唄《ふくろあらい》。

動揺する半べエから、そのとき佐助しずかに身をひいて、

「いや、突然かような話をもち出しても、御一存で御決着も相なるまい。ただ、これは

おどしではござらぬが、下界は、今や、敵、しからずんば味方の修羅場でござる。この修羅の鬼に眼をつけられたうえは、よほどお気をおつけにならぬと、むりむたいにその鬼めの手につかまえられ申すぞ。いずれまたあらためてこの御返事はうけたまわる。おさらば！」

いったかと思うと、草のうえを三度四度はねたかとみるまに、それは大地というより満月の空へとび去ったように、ふっとかききえてしまった。

——生駒山の山腹をまわってはしるこの忍者のゆくえをだれ知るまいと思いきや、そのあとを必死に追う影がある。すなわち、撫衆くずれの坊主、シャリ八、オシャカの熊。

「ええ話をきいた」

「あれが猿飛」

「なるほど、これじゃ伊賀の旦那がたが追っかけるのもむりはねえ」

「だが、そうすると、あの半ベエという野郎と猿飛とはべつものだな。なにしろ猿飛という野郎は、名だけきこえていてその顔を見た奴がねえんだから、たよりねえ話だったものさ」

「こいつあ一刻もはやく旦那がたに知らせざあなるめえ」

剽悍《ひょうかん》無類の三人が、追われているとは知らぬはずの猿飛の姿を、ともすれば見失いそうになる変幻の身のかるさ。両腕ブラブラのシャリ八がみるみるおくれたほかは、追うものと追われるもの、月蒼き生駒の山路を、浮かみつ消えつ、ふもとの方へかけおりてゆく。

「やあしめた」

「旦那方だ！」

夜目もきく彼らが、月光の下にあきらかに見とめた四つの影。いかにもそれはあの猿まわしの連中だ。これこそ家康手飼の伊賀者、伊藤文六、中村右陣、間淵小伝次、大須賀一平。ほかにもうひとり色川武右衛門は、きのうの瀬降さがしに足をくじいて茶店にねている。

「おおいっ、猿飛」

「猿飛が、旦那、そっちへにげてゆきましたぜ！」

そのただならぬさけびをいちはやくきいて、頭上をきっと仰《あお》いだ四人の忍者。

「やあ、あれは坊主とオシャカの熊だ」

身がまえる彼らと上の三人のあいだ、路がひとつまがって角に茶店がある。実はこれが彼らの宿としている家で、ちょうど一日じゅうさがしあぐねたくらがり峠から、いまそこへたちもどってきたところだったから、四人、疲れもわすれておどりあがった。

——と、みる、タタタタと上からかけおりてきた黒衣の影。こちらをみて、はたとたちどまり、また上をみて一瞬ためらったが、いきなり横にすッとんで、その茶店にかき消えて、ハタと戸をとじる。

「猿飛がこっちへ」

「うぬ！」

戸を乱打してうちこわしたところへ、三人の撫衆くずれもかけつける。その耳に、なかからひびいてきたわっという悲鳴、入ると、休んでいたはずの色川武右衛門の姿がない。

たちまち、裏手にあたって、ウームといううめきがきこえた。泡をくってとび出すと、庭のはずれに、ひっくりかえっている武右衛門。どうしたのか、まるはだかだ。ザザザと庭を切る崖の灌木《かんぼく》が鳴って下にきえていったのは、いうまでもなく猿飛がとびおりていった音だろう。

しかも、この転瞬の間に、いかなる神変の術か、あて身をくらって眼をまわしている色川武右衛門のおへその上に、あざわらうがごとく、満月にひかる一文銭六枚。

撫衆狩

大和と河内をわかつ金剛山脈、太古の静寂を、ただ満月がてらす。

——と、みえたが。

その山と野をくぐって、その夜、獣ではないが獣のように、風ではないが風のように、ひそやかに、しかも迅雷のごとくうごいた人間のむれがある。まず生駒山に瀬降していた撫衆の一団。

「転場だ」

「場越しだ」

まっさきに、みずから瀬降の道具一式を背負ってはしる親分天城《やぞう》の義経。ちんちくりんで恐ろしい出ッ歯という怪異な人物だが、これが案外の平和主義者である。

その夕、お狩とおふうが、れいの撫衆くずれの三人組に襲われたこと、また半ベエが猿飛と名のる奇怪な忍者に会ったこと、などから、大和国ばら安穏ならずとみて、人臭をおそれる野獣のように、南紀へ、熊野へ、大疾駆《おおのり》で転場にかかったのである。

そこには、熊野の親分将門にひきいられる撫衆がいるはず。すでにひと足さきに、輩下きっての快足野ぶすまの銀太が西行《さいぎょう》（連絡）にとんでいた。

――ところで、この撫衆の神速に一歩先手をうって、闇中に行動をおこしていたものがべつにある。すなわち徳川の隠密伊賀衆のめんめんと、その手先の三人の上州撫衆。

「――や？」

森のなかで、ふいに天城の義経がたちどまった。そばの大樟《くす》の幹に手をあてて、じっとくびをひねっている。

ありあけちかい月光の斑に、おぼろに浮かんでみえるのは、幹にきざまれた一個の矢じるし。

むろんこれは野ぶすまの銀太が、熊野の将門の瀬降へみちびく符牒《ふちょう》だ。一斉場越しや、火急転場のさい、彼らがもちいる連絡《さいぎょう》密報の秘密《むす》。三角、四角、矢じるしなどの切りきずで、あとからくる仲間の場越しの方向や、つぎの瀬降までの里数や、歩度までも知らせるもの。

いままで、それが野ぶすまの符牒だとゆめにもうたがわずとんできたが。

さっきから、少々妙だとは思っていた。むろん彼らは月や星をみてはしる。が、南へゆくからといって、いかに彼らといえども一直線に空をとぶわけではないから、地勢によって或は西へはしり、東をまわることもある。それにしても、いつまでたっても、わたるはずの紀ノ川がない。——と、みる、眼下の蒼茫たる闇を這ううす白い長蛇。

「親分、あれが紀ノ川じゃねえけ?」

と、半ベエがいった。

「ウム、その紀ノ川が妙なむきにながれてる」

その川は、いかにも彼らの走向とは直角でなく、平行にながれているようだ。——彼らが南へではなく、西へ——金剛山脈から葛城山脈へまよいこんでいることがわかったのはすぐそのあとのこと。

「やあ、ここは木の目峠だ!」

夜目《やんめ》の源太がすッとんきょうなさけびをあげたとき、まわりの密林から、どっとあがるわめき声。ぱっとひとつ松明《たいまつ》がともったかと思うと、三つ、七つ、十、みるみる幾十百の火が、峠の前後をかこんでしまった。

「あっ」

仰天してたちすくむ撫衆たち、天城の義経の悲痛なさけびが、

「くものすにかかった！　二百十日だ！」

――いまの言葉でいえば、警戒線にひっかかった、一斉検挙だ、という意味にちかい。たちまち、

「逃《ふ》けろ！」

「逃けろ！」

むら雀のように散る撫衆たち、それが猛獣狩に追いつめられた野獣の姿に似ているなら、それを追う松明は、まさに火でつくられたくもの巣のようだった。いかなる陣法か、さすが変幻自在の撫衆たちが、あっちへとび、こっちへとんでは、バタバタと狩りとられる。

「それ、そっちへにげたぞ。ひとりものがすな！」

意気揚々とさけんでいるのは、たしかに色川武右衛門の声。前夜猿飛に醜態をみられているだけに、必死にもなっているのだろう。

みるみるひッくくられる撫衆たちより、もっと恐怖すべき運命に追いこまれていたも

のがひとりある。おふうである。

ふかい藪《やぶ》のまえで、危険をわすれて、少年カンパチは絶叫していた。

「半べエ！　姉《あんね》をたすけてくれ！　半べエやあい」

その藪のおくで、おふうは三人の上州撫衆につかまって、瀕死の鳥のようにもだえていた。はや、着物をひンむかれて、まるはだかだ。

みだれる黒髪をひっつかんで、オシャカの熊が、あえぐ唇にすいついている。坊主はそのはちきれるような乳房をもみねじっている。肩の脱臼を整復してもらったシャリ八の手が、達者なものでそのまッしろな腹をなでまわしている。おもてをそむけずにはいられない凄惨淫虐《いんぎやく》の光景だ。

「あんね！　あんね！」

カンパチは泣いた。とびあがった。地団駄をふんだ。

夜明《おやどり》の風に藪が鳴って、しぼり出されるようなおふうの悲叫がふっと絶える。

よろめくカンパチの肩を、そのとき誰かがおさえた。かすんだ眼でにらむと、ニヤニヤしているのは、色川武右衛門のおどけた顔。

「小僧、ついでだから、おまえもしばってしまう」

そのとき背後の藪がまたガサと鳴って、三人の撫衆くずれがあらわれた。すぐまえに色川の旦那をみて、ぎょっとしたようだが、すぐ坊主がニタニタ笑って、

「旦那、うまくゆきましたね。みんなつかまりましたかい」

「ウムと、首領と、あの半べエ、そのほかざっと十人あまりのがしたが、お狩をはじめ大半はひっくくった。かたじけないぞ、おまえたちのはたらきだ。……藪のなかには、まだかくれている撫衆はいないか？」

「へえ、さがしてみたが、ひとりもいねえようです」

なにくわぬ顔でペロリと口をふくオシャカの熊の手の甲に、ベットリついた鮮血のいろ。――くらくらっとしてカンパチは気をうしなってしまった。

「おや、どうしたんだ、この小僧」

と、色川の旦那はけげんな顔でのぞきこんだが、やおら、腰からながい縄をはずして、

「まず、これであとはうまくゆくだろう。あとはあの撫衆たちを手なずけるだけだ。おまえたちの役目はすんだ。約束どおり褒美をやるぞ」

「殺《あや》めろ！」

と、笑顔で手をふると、縄はびゅっと空をおどって、三人のからだをひとまとめに、蛇みたいにくくってしまった。

「あっ、これは！」

「だ、旦那！」

胆をつぶして三人は身をもがいたが、おそらく伊賀者特有の縄の秘伝だろう、さすが兇悪なこの三人の撫衆の力で、ひッちぎるはおろか、逆にギリギリとくいいる縄。

かけつけてきたほかの伊賀衆たちをふりかえり、してやったりという顔つきで、色川武右衛門、ゲラゲラと笑った。

「撫衆はこわいよ。おまえらを自由にはなすと、なんのはずみで今夜のことが、ほかの撫衆につたわらんでもない。まだ日本じゅうの撫衆を敵にまわしたくはないから喃《のう》」

吊首刑

――木ノ目峠を下り、紀ノ川をわたってまもなく、九度山の里には、領主浅野但馬守長晟《ながあきら》所属の陣屋があった。もとよりそれとはいわないが、ここの草盧《そうろ》にわだかまる蛟《こう》竜《りゅう》真田左衛門佐を看視するための陣屋である。

——その陣屋の侍たちが、六年後、この軍師殿にみごとに一パイくわされて、まんまと彼をぬけ出させ、木ノ目峠をこえて大坂城へ入城させてしまったはなしは講談でも有名だが。——木ノ目峠で撫衆狩りの勢子《せこ》となったのは、いうまでもなくここの手勢ども。

さて、その九度山の浅野陣屋に、いそぎつくられた巨大な牢獄《ろうごく》に追いこまれた天城の撫衆たち。まるで檻に入れられた野獣のよう。——親分《やぞう》や半ベエがにげてくれたのはせめてものことだが、その親分も半ベエも、この警戒の厳重さにはとうてい歯がたつまいと思われる。彼らはまったくなぜこういうひどい目にあわされるのか、わけがわからない。ただ、天をうらみ地をうらみ——そして、むかいの牢格子のおくで、日夜口ぎたなくわめきちらしている三人の上州撫衆に、すごい眼をむけるだけだ。とにかくこいつらが、撫衆の掟《はたむら》に叛逆《さからい》して、こんどのじぶんたちの大災難に一役買っているらしいことはあきらかだからである。その騒々しい三人の上州撫衆が、或る日、急にしんとなってしまった。みると、彼らは頭をかかえ、背をまるくして、じっとうずくまっている。

——その朝、この新設刑務所の所長役の色川の旦那が、格子の外で、ニヤニヤしてこうつたえたからだった。

「おい。おかげでせっかく、天城の撫衆たちをつかまえてはみたがの。きゃつら、どうあっても徳川家の隠密になることを承知しおらぬ。いろいろと当方で談合してみた結果、めんどうだから、みんな明朝斬《き》ってしまえということに相成った」

「えっ？　……そ、それで、あっしたちは？」

「めんどうついでに、おまえたちも斬る」

「ひえっ」

――その夜だ。きびしい番人たちの警戒しているはずのこの牢のまえに、忽然《こつぜん》とひとつの黒影があらわれた。

「カンパチ、カンパチ」と、ひそやかに呼ぶ格子のすぐ下にねていたカンパチは、そこに頭巾のあいだから微笑している眼をみて、

「――あ。……猿飛のおじさん」

と、狂喜してさけんだ。が、みるみるその眼に、涙とうらみの火がかがやく。考えてみれば、この災厄のそもそものもとは、どうもこの猿飛という男につながっているように思われるのだ。

「しっ。お狩さまはどこにいる。呼んでもらいたい」

「………」

そのとき、カンパチの頭に異様な感じがはしった。この猿飛佐助が、どうもほかの人間みたいな気がしたのである。が、はっと眼をこらしてよくみると、やはりあの超人にまぎれもない。

「お狩さまになんの用？」

「実は、おまえたちは、あす朝みんな首をきられる。それをこれから助けてやろうと思ってな」

カンパチはおどろいてお狩さまをつれてきた。猿飛は、じっとお狩さまの眼に見入って、

「先日、半べエどのにいったことだが、御一党、是非わたしたちの味方になってもらいたい。下界の争いにかかわりたくないと思っても、それがそういかぬことは、このしまつをみればわかることじゃ。徳川は、そなたたちをみんな斬ってしまおうとしておる。わしはそれをたすけてあげる。ここのところを、山にかえってのち、ハッキリ父御《ててご》や半べエどのにつたえていただきたい」

そういいながら、ふところから大きな鍵をとり出した。

それをみて、カンパチ、あきれた。それは、毎日、あの色川という変な恐ろしい侍が、腰にぶらさげてあるいているものとおなじ鍵ではないか。――突然、カンパチは、「あっ」と小さく口ばしった。眼がどんぐりのように見ひらかれている。

この猿飛という忍者は、おお、あの八人の猿廻しのなかのひとり――いや、いや、なんと、その色川武右衛門と同一人ではないか！

いかにも、この猿飛佐助、天城の撫衆を真田六文銭の旗のもとへまねきよせようとして、神算奇謀をこらしているのだ。それで、先夜、生駒山の茶屋で、まんまと『籠抜《かごぬけ》』をしたトリックがとける。なに、黒装束をいちはやくぬぎすてて大石をつつんで崖下になげこみ、じぶんははだかになってひっくりかえっていただけのことだ。

少年カンパチには、この猿飛のおじさんが、なぜ色川武右衛門としてじぶんたちをつかまえ、姉を見殺しにするような運命に追いこんだのか、わかりようがない。――それは、天空快濶《かいかつ》の撫衆たちにはおもいもよらぬ、まさに彼がいうとおり、修羅のちまたを這う忍者だけがたくらむ反間苦肉の智慧《ちえ》であったろう。すなわち、撫衆に恩を売らんとする。

カンパチの凝然たる視線もしらず、猿飛はその鍵で牢の錠まえをはずした。どっとはね出す撫衆のむれ。

そのとき、数歩はしったお狩、なに思ったかツカツカたちもどり、

「お侍さん、その鍵をちょっとかしてくれねえけ」

「なにをする？」

「ついでにあの上州の撫衆をたすけてやりますげ」

「なに、あの三人を。――その要はあるまい」

「いえ、あいつらを見捨ててにげることは、撫衆の掟《はたむら》にそむきますげ」

佐助はなにかに面をうたれたようである。感にたえたようにお狩を見まもり、すぐに鍵をわたしたが、お狩のいう撫衆の掟が、別の意味でいかに厳粛なものであるかがわかったのは数刻ののち。

牢獄は、一瞬、すさまじい叫喚と跫音《あしおと》につつまれた。あっとばかり牢番たちが仰天したときは、外にふき出す撫衆の颶風《ぐふう》。

「た、たいへんっ」

「出合え！」

「牢破りでござるぞ!」

絶叫したときは、もうおそい。黒雲のようにわき出し、散りみだれてゆく撫衆たち。

追手が鉄騎をそろえたころ、天城の撫衆たちはもう紀ノ川のほとりの竹林の中に、ぐるっと大きな輪をえがいて、まんなかに坊主の松とシャリ八とオシャカの熊をひきすえていた。

「叛逆者《さからいもの》!」

りんと呼びかけるお狩の髪を、凄愴《せいそう》な風がふきみだす。三人の撫衆は全身土気いろにかわっている。——遠くから、大地をゆるがせるの音がちかづいてきた。

「テンバ迷惑の叛逆者め、掟どおりに吊《つ》り殺《あや》めにしてやるぞ。星《しおっぷ》をおがんで、お六字をとなえろ!」

狂ったようにみだれうごめく提灯《ちょうちん》と松明。数十騎の侍たちが、あたりをひるまのようにものすごく照らし出しながら駈けてきたとき、その竹林のなかの路に、三つの影がフラリとつッ立っているのをみた。

手綱もおよばず殺到する騎馬に、その三つの影は、よけようともにげようともせせぬ。

と、みた刹那《せつな》、そのくびまでしなっていた三本の大竹が、大きく空中にはねあがって、月明の夜空に三つの屍骸をたかだかとつるしあげた。どっとあがる笑い声は、もう山か雲のかなたであった。

地雷火百里の巻

木に棲む魚

「おやっ?」

少年カンパチはたちどまった。——古来、木ノ国とよばれる紀南山塊の鬱蒼《うっそう》とした大森林のなかだ。

夜明けにはまだ遠く、天にあるのは、小さな、まるい月ばかり。地には——おそらく、鳥も獣もねむっていよう。ただ、うごくものとては、この山の児カンパチと祖父の天八老人くらいのものだろうと思われるのに、いま、樹間のむこうにこぼれる月光のなかを、ツ、ツ、ツーと、黒い風のようにすぎた影がある。

「な、なにものけ?」

と、天八老人も、ぞっとしてたちすくむ。獣ではない。たしかに人間だ。

もっとも、こっちだって人間だが、これは山をふるさととする撫衆《なでし》の一味《ながれ》で、実は彼らの親分天城の義経《やぞう》は、いま紀伊ノ国那智《なち》の滝ちかくに瀬降をはっているのだが、その娘《つる》のお狩さまが、やがて花聟《おさち》になるはずの半べエと喧嘩して、瀬降をとび出していってしまった。これを追っかけて、半べエもとび出したっきり。——なにしろ、一夜で二十里三十里はへいきでとぶのが撫衆のならい。折あしく病気の親分が呼んでいるのに、ふたりともどこへいったかわからないから、天八カンパチが、さがしあるいているわけだ。

「カンパチ。ありゃ、撫衆じゃなかったげ?」

「うん、黒い頭巾《ずきん》に黒装束だったな」

獣が人をおそれるよりも、撫衆は里の人間をおそれる。まして、いま夜の深山をスタスタあるいていった影の、まぼろしのような身の軽さ。撫衆のほかに、あれだけの足をもつものがあろうとは思われないが。

「はてな、さいぎょうみてえなことをしやがるな」

と、天八がつぶやいたのは、その黒衣の影が、みていると、あっちこっちの樹の幹に、なにやら小柄《こづか》できりきずをつけてあるいているらしいからだ。さいぎょうとは、撫衆なかまの連絡密報のことで、彼らが移動するとき、三角や矢じるしを樹にきざんで、あとからくるものに、つぎの瀬降への方向や距離をしらせることがある。

「なにきざんだか、お爺《じい》、みょうじゃねえけ？」

ふたりは、音もなくはしり出した。

「お……これは、魚じゃあねえけ」

くびをひねった。樹の幹にきざんであるのは、魚のかたちをした傷だった。魚？　魚？　こんな奇妙な符牒《ふちょう》は撫衆のなかまにない。

「カンパチ、かくれろ」

ふいに天八老人が身をしずめた。

「え？」

「あとから、またひとりくるぞ。――」

さっとふたりが草むらにかくれると、なるほどうしろから、またひとつの影があらわれた。樹の間をチラチラもれる月光が、その姿をおぼろに浮かす。――これは、黒装束ではない。投頭巾《なげずきん》をかぶって、猿廻しか、くぐつ師みたいな風態の男だ。それが、これもやはり風のように音もなくあるいてきて、いまの樹の幹を月かげにすかし、

「……む」

うなずくと、また風のように、前の男を追ってゆく。

「お爺、おいら、いまの男、知ってるぞ」

茫然《ぼうぜん》としていた天八老人は、カンパチのささやきにあっけにとられて、

「へ？　おめえが？」

「あれあ、徳川の隠密だ」

と、カンパチはひとりでうなずいた。

カンパチが、その男を知っているのには、わけがある。——曾《かつ》て、この重畳たる山脈の北、九度山にすむ真田月叟という軍師が、家来の猿飛佐助をつかって、撫衆をおのれの駆使する諜者《ちようじや》の一部にしたてようとたくらんだことがあり、それは平和を好む撫衆の天性から成功しなかったが、そのとき、そのたくらみをふせごうとする徳川隠密群との暗闘にまきこまれたので、カンパチはその男を知っているのだ。

「お爺、おいら……さっきいった黒づくめの男、なんだか猿飛ってひとみたいに思われてきたぜ」

カンパチは、はっと顔をあげた。

その真田と徳川隠密の撫衆抱きこみ騒動のさい、隠密の手先となった三人の上州の撫

衆くずれ、坊主の松、シャリ八、オシャカの熊のために、カンパチの最愛の姉おふうがなぶり殺しにあった。この三人は、あとで撫衆の掟《はたむら》によって、吊《つ》り殺《あや》めの制裁をうけたけれど、今は帰らぬ姉のおふう。

胸もしめ木にかけられるような想い出だが、それでもこの少年カンパチの胸に畏敬《いけい》の念をよびおこすのは、そのときにはからずもみた神出鬼没の超人猿飛佐助の姿だ。

「いってみよう、お爺。……なぜ猿飛のおじさんが、いまごろこんなところに魚をきざんであるいてるのか。なぜそれを徳川の隠密が追っかけてるか。――」

少年の眼は、恐ろしさよりも、好奇心にキラキラかがやいている。

「カンパチ、またえれえ災難に会やあしねえか」

「安心《やなぎむし》、安心、この闇夜《からす》の森のなかだもの。……みつからなきゃ、いいんだろ？」

「そりゃまあそうだが……まったく、あの魚は奇妙だの」

と、さすがの天八老人も、いささか猟奇のこころをそそられているらしい。――ふたりは、猫のように跫音《あしおと》もなくはしり出した。

カタリナ姫

しだいにかたぶく月を追って、西へ。西へ。——大樹海をトットとはしる忍者、隠密、撫衆の三祖。そう高くも峻《けわ》しくもない南紀の山々だが、だいぶまえにわたったのは、あれはたしかに日置川《へきがわ》の谷。突然海へおちるのがこのあたり特有の地勢だから、いったい猿飛はどこへとんでゆくつもりなのだろうか。

「——お」

天八がたちどまって、またカンパチの袖《そで》をひいた。樹間から遠く潮びかりがみえる。はやい夏の夜明けがせまっているのだ。

天八たちがたちどまったのは、まえの隠密がたちどまったからで、どうやら猿飛の影を見失ったらしいようすだ。彼は右へはしり、左へはしって、ウロウロしていたが、ふっと棒立ちになって顔をあげた。

——どこかで、奇妙な歌声のようなものが聞えてきたからだった。

「あわれみのおん母…………の涙の谷になげき泣きて、おん身にねがいたてまつる。……あわれみのおん眼を、われらの身にめぐらせたまえ。……」

それは、ひとりの声ではない。何十人かの合唱だった。

ぎょっとしていた隠密が、やがて、その声のほうへソロソロとうごき出した。はるかはなれて、天八カンパチも灌木《かんぼく》をよこに這《は》う。

そこは、巨大な盆のような山のくぼみだった。薄明りの底に、模糊《もこ》としてうごめくものがある。何十人ともしれず、車のように輪をつくって坐している人影だ。そして、そのまんなかに、ちょうど暗い天から一道のひかりがふりおちているように、ひとりの娘が坐っているのがうかびあがってみえた。

傍に立つ一本の木に、一枚の画像がかけてある。それがどうやら幼児を抱いた女の絵らしくみてとれるのは夜目遠目の異常に発達した撫衆の眼なればこそだろう。

こりゃいったい何事だろう？　この人間たちはなんだろう……あまりにも妖異《ようい》な光景に、息をのんで見下ろしているふたりの眼に、娘が額の上にくんでいた両手をしずかにおろすと、胸に十字のひかりが燦《さん》ときらめくのがみえた。

「そなたたちに、おわかれをしなければならないときが参りました」

しみいるように、美しい声がきこえた。人々はかすかにどよめく。

「では、やっぱり——」

「ああ、おいたわしいカタリナさま。――」

と、いった呟《つぶや》きがきこえた。

「あなたたちのなかば――肥後からわたしについてきてくれた者たちは知っているはずです。恐ろしい、執念ぶかい悪魔の手が、なおわたしたちのあとを追っていることを。――このあいだから、わたしの身のまわりを、十何人かの山伏がウロウロしています。あれは、きっと、肥後からの刺客にちがいありません。あれたちは、わたしを殺して、小西の血を根だやしにしないと安心できないのです。そして、このままでいると、わたしばかりではない、あなたたちみんなに、かなしい破滅がふりかかってくるでしょう。……」

黒髪がゆれて、美しい顔が夜明けの天をあおいだ。急にカンパチが祖父の腕をつかんだ。

「お爺。あんねだ。……」

「おお！」

と、天八もうめく。

実際、その娘のきよらかに可憐《かれん》な顔は、死んだおふうそっくりだった。が、おふうにあった撫衆特有のあらそえぬ野性の匂《にお》いのかわりに、その娘には神々しいほどの気品があるし、また、死んだおふうがそこにいるわけもない。

「わたしは、じぶんの命は天帝《ゼウス》にささげてありますけれど、この信仰のつどいがあとかたもなくふみにじられることを恐れます、……さいわい、江戸にあるソテロ司教さまから、ひそかにおまねきをうけております。わたしはひとり江戸へにげましょう。……西国はしらず、江戸の将軍のひざもとならば、いかに兇暴な肥後とて、そうほしいままにうごかせますまい。……」

「姫。……」

と、だれかが不安げに呼ぶ声がきこえた。

「江戸へ、おひとりで？　……大丈夫でございましょうか？」

「されば、たとえ、五人や十人ついていってくれても、あの手だてをえらばぬ肥後の刺客にどうなるものでもありますまい。それより、ひとりのほうが……」

と、ふしぎなその娘は、さびしげに微笑した。

「案じてたもるな。わたしには、敵の眼をのがれるいいかんがえがあるのです。……おお、もう夜があける。里に出てうたがわれぬよう、みんなはやく散って……また、やがてきっとくる栄光《グロオリヤ》の日を待つように。おさらば！」

「いとうとき秘蹟、尊まれさせたまえ！」

祈りの声があがると、やがてこの奇怪な一団は、薄明のなかを、霧のように散ってゆく。――

夢に、夢みるここち、とはこのことだろう。

天八老人もカンパチも、茫然、そこにうずくまったまま、彼らのゆくえを追うはおろか、猿飛や徳川隠密の存在すらもわすれている。

ふと、カンパチはその肩をたたかれて、ふりむいて、眼をまるくした。

「あ。……やっぱり猿飛のおじさんだ！」

そこに、頭巾をといて、莞爾《かんじ》と笑っているのは、猿飛佐助だった。

「みたか？」

「――え、あれは、なに？」

「切支丹」

「きりしたん？」

「天帝《ゼウス》とかいう異国の神を信じる連中だ」

そういわれても、依然としてふたりにはわからない。

「おじさん、おいらたちのこと、知ってたのけ?」

「知っておった」

「あの樹にきざんでいた魚はなにけ?」

「あれは、切支丹仲間の符牒だ」

「おじさんも、きりしたん?」

「そうではないが、ただあの徳川隠密をおびきよせるためにな」

「え、おじさん、それも知ってたのか? ……それじゃ、あいつはどこへいった?」

「ははは、あのばかめ、いまの切支丹のなかのだれかをわしとまちがえたとみえて、さっきあわてて追っかけていったわ。……それより、カンパチ、たのみがある」

「——なにけ?」

「いまの娘をみたろう。あれはもと去る大名の姫君だが、恐ろしい連中に狙われておる。白良浜《しらはま》のほうへおりていったようだが、そこには姫をねらうものどもが、網をはって待っておるのだ。すてておけば、その命のなくなるは必定。——わしがたすけてやろうと思っていたが、なにせあの徳川の隠密めがウロチョロするのが小うるさい。おまえいって、姫をたすけてやってくれぬか？」

「あの女を狙ってるって……そりゃ山伏じゃねえけ？」

「おお、いまの姫のことばをきいたか。そうだ」

「……おいらにたすけられるけ？」

佐助は微笑した。

「大丈夫だ。……うまくいったら、カンパチ、高野の九度山にこい。一丈らくにとべる術を伝授してやるぞ」

水礫

白良浜――いまの白浜こそ、ほんの最近ひらかれた温泉だが、ここにある、もうひとつの湯崎のほうは、有馬道後とならぶ日本最古の温泉で、日本書紀にも牟婁《むろ》のいでゆとして、天皇御幸の記事がみえ、この温泉への道がのびて、のちに熊野街道になったくらい。
夏の太陽は、さんさんとしてのぼっているが、まだ朝ははやく、銀沙をまきちらしたような名だたる白い浜に、湯治客らしい影もみえないが。
　そのかわり、いまも三段壁の奇勝とよばれる断崖のうえに、鴉《からす》のようにとまっている
いくつかの影がある。ことごとく頭に兜巾《ときん》をかぶり、背に大きな笈《おい》をつけた山伏の群だ
が、そのまんなかにひきすえられているのは——あの山中でカタリナさまとよばれ、姫
とよばれたふしぎな娘だった。
「呉葉姫と申されるか？　はじめて御意を得る」
と、山伏のひとりが、しゃがれた声で呼びかけた、首領らしい関羽ひげの男である。
娘はきっと白い顔をあげて、
「呉葉姫、しらぬ。わたしは——」
「またの名を、カタリナ姫」
　山伏たちは、どっと笑った。
「おん身の父御《てて ご》は、またの名を、ドン・アウグスチノと申されたからのう。……左様な
たわけた邪教御信心の天罰あって、小西摂津《せっつ》どのが、京は六条磧《がわら》にてきられ、その一族
ことごとく御誅罰《ちゅうばつ》を受けられたはすでに慶長五年のむかし。ただそのうち当時十歳の
呉葉姫のゆくえのみ相わからなんだが、その後八年、呉葉姫いまだ御存生あって、肥後

の国にてなおなにやら陰謀をたくらんでおられることがわかったのだ」

「陰謀？　陰謀ではない。あれは天帝を信じる遺臣のつどいじゃ」

「そうれ、かたるにおちた。あははは、それそれ、それこそ、法華教を信じたもうわが殿の御我慢相ならぬところ」

「ああ、さてはそなたら、やはり主計頭《かずえのかみ》の手のものじゃな」

「されば、姫かいずこへ姿をかくされようと、かならずその御命頂戴《ちょうだい》してまいれとの殿の御上意じゃ！　姫、お覚悟あれやっ」

さっと数本の戒刀がすべり出た。武器ひとつ持っているとはみえぬかよわい乙女ひとりのまえに。――

大きな岩のこちら側にへばりついているカンパチは、もうすこしでさけび出しそうだった。なんだかよくわからない。わからないが、こんなひどいことがあるもんか。死んだ姉に似た女を。――

「――カ……カンパチ……」

うしろで、必死に祖父の天八がおさえている。とび出したところでどうなるものか。それ、数えてみろ、恐ろしい大男が十三人。しかも、山伏。その剽悍《ひようかん》さにおいてこの山伏という奴が撫衆に毫《ごう》もひけをとらぬことは、山の生活で身を以てよく知っていることではないか？

すると、思いがけないことに、呉葉姫の、しずかな、微笑をふくんでいるような声がきこえた。

「え、わたしの首をきるといいやるか？　――それなら、わたしの望むところ、殉教《マルチリ》こそは天帝のみもとにゆけるいちばんちかい路なのじゃ。さあ、はやくきってたも。

――」

山伏たちは、刀をふりかざしたまま、顔を見合わせた。ただ、濤《なみ》の音のみが、寂寞《せきばく》の天地をしめた。朝の満潮がせまっているとみえて、絶壁の下からひょうひょうとふきあげる霧のような潮しぶき。――

「いや、そうはさせぬ」

と、そのひとりが、残忍な声でいった。

「そうやすやすと御命頂戴しては、殿の御意にそむき申す。また祖師日蓮さまのお叱《しか》りをうけよう。姫、かならず邪教をすてさせ申すぞ」

「ほ、ほ、わたしはけっして天帝にそむかぬ」

「そのけなげな言葉が、つらぬけるか、つらぬけぬか。――それ！」

さっと、山伏の腰からひとすじの縄がとんで、呉葉の足に、キリキリッとまきついた。同時に、もうひとりが、その体をどんとつく。あっという悲鳴もあげず、呉葉の姿は断崖からきえ去った。

その胡蝶《こちょう》にも似た姿が、ヒラヒラと舞って、虚空にさかさに宙吊りになった。山伏たちは、ザイルを次から次へとつぎ足してゆく。

音にきこえた三段壁。たかさ三四十尺の大絶壁は、ほとんど垂直に深碧《しんぺき》の海へおちこんでいる。さかまく怒濤《どとう》に、蛇のようにのたうつ呉葉のからだと黒髪。

山伏たちはその縄のさきを大岩にくくりつけて、

「水磔《みずはりつけ》じゃ！」

「いまに潮が頭にのぼるぞ！」

「それでも邪宗門をすてぬか。あはははははは！」

また、そっくりかえってどっと笑った。修験者たちは、ひどい奴らもあったもので、てんでにいらたか数珠をおしもんで、

「南無妙法蓮華経！」
「南無妙法蓮華経！」
と、いっせいにとなえはじめた。
カンパチは、小さなからだをねじくれさせる。声もたてられぬ天八老人は、孫を抱きとめるのに死物狂いだ。
——と、そのとき、遠く、美しい唄声が風にのってながれてきた。
「わが恋は
月にむら雲
花に風とよ。——」
山伏たちは、ぎょっとしてふりかえった。白砂の浜のむこうから、五六人の人影が、ブラブラとあるいてくる。そのなかのひとりは、その華麗な色どりからみて女らしく、いかにもその女の声が、
「光明遍照十方世界
念仏衆生摂取不捨
なむあみだぶつ

なむあみだ」

ふしは今様ぶりだが、文句はすこし異様だ。

山伏たちは「ちえっ」と舌打ちし、そのひとりが縄をきろうと、いきなり戒刀をふりかざした。

「人殺しっ」

はじめてカンパチはさけび声をあげた。姿はみせず、声だけで、

「人殺しーっ」

と、けたたましい金切声をふりしぼると、山伏たちは意外なほど狼狽《ろうばい》して、

「邪魔が入った。無念」

うめくと、いっせいにとび立ち、まるで蝙蝠《こうもり》のように岩から岩へ羽ばたいて、いずこへとなく散りうせてゆく。

青い手裏剣

縄一本、きろうと思えばきれるのに、なぜかひどくあわてて修験者たちがたち去った

理由はよくわからないが、それをきらなかったのはもっけのしあわせ。

天八カンパチは岩のかげからとび出して、縄のところにかけつけた。えっしょえっしょとたぐりあげると、呉葉はガックリとぬれた花のようによこたわる。

「お爺。……この女、もう死骸《おろくじ》になったのじゃねえけ？」

「うんにゃ、まだ息があるぞ、みろ」

と、天八は帯のあいだから、慶長小判ほどの小鏡をとり出した。このしわくちゃの撫衆の爺いが鏡をもっているのはガラにもないが、実は、これは死んだ孫娘おふうの遺品だ。裏に鶴亀を透《すか》し彫《ぼり》にした白銅の、柄のない、小さな唐鏡。――その鏡を、女の白い鼻さきにおしつけると、鏡の面が、かすかにくもる。

天八は、こんどは腰につるしていた竹筒をぬき出して、なかの木の実酒を口にふくむと、ぷっと吹きかけた。――女の唇が、かすかにうごく。

「それ、気がついた」

女のまぶたがピクリとふるえて、うすく眼がひらいたとき、三人の上に、すっと黒い影がさした。

カンパチ、ふりかえって、はっとした。ちらっと浜辺のほうをみると、唄声の主をまじえた六人の人影は、まだなにも気づかず、ブラブラとあるいてくる。いや、それをみるまでもなく、そこに立っているのは、山でみたあの投頭巾の徳川隠密。

おうへいにながいあごをしゃくって、

「おい、きさまら、あっちへゆけ」

と、天八カンパチにいった。

「なにけ？」

「その女は、わしがもらってゆく。ききたいことがあるのだ」

と、うずくまって、

「姫。……小西行長どのの御息女、呉葉姫と申される方ですな。いや、かくされることはない。はからずも、さっき山での切支丹のつどい、またいまこの三段壁での修験者たちとの問答をたちぎきしたのだ」

「そなたは？」

「そいつは、徳川隠密だ！」

と、カンパチがどなった。姫と隠密は、どっちもぎくっとした。

呉葉がはっとしたのは、一難去ってまた一難、いうまでもなく彼女が小西行長の遺児

ならば、父を斬《き》った徳川の手のものは、不倶戴天《ふぐたいてん》の敵だからだ。が、それにおとらず愕《がく》然《ぜん》としたのはその投頭巾の男で、

「なんだと？　この小僧、知っておるのか？」

ぬっくとたちあがると、眼がぎらっとひかって、

「ええ、めんどうだ。小僧、だまって退散せぬと、いのちはないぞ！」

いきなり、腰の小刀をひっこぬいて、かるくなでつけた。

「にげろ、カンパチ！」

と、天八がびッくり仰天してとびのくより早く、剽悍無比の山の怪童カンパチは、大きく宙にもんどりうって刀をかわしている。その手に、きらっとひかったのは、本能的にひきぬいた山刃《うめがい》だ。

「やあ、手むかいするか！」

狼狽しながらも、急にむきになって追いすがる隠密。――峨々《がが》たる岩を猫のようにとぶカンパチを、みるみる追いつめてゆく身の軽捷《けいしょう》さ。その容易ならぬ体さばきは、ただの隠密ではなく、たしかに忍者できこえた伊賀者にちがいない。

遠く、なにかさけび声がした。浜辺の連中が気がついたとみえて、たちどまってこち

らを見ている。そのとき、呉葉がよろめきたって、そのほうへのがれ出した。あわてて追っかけようとする投頭巾のくびったまに、山刃をもったカンパチの小さなからだがとぶ。

「カンパチー！　カンパチ！」

天八老人はとびあがったり、両腕をふりまわしたりしているが、カンパチ、もうのぼせてしまって、こうなれば、なんのためにこの隠密と喧嘩しているのか、じぶんでもわけがわからない。

「えっ、こやつ！」

隠密はカンパチをふりおとすと、さっと横なぐりに刀をふるったが、少年のからだはすでに五尺もはなれた岩上にある。

浜辺のほうをみると、呉葉はあの五人のなかにかけこんで、こちらを指さしながら、くびをふってなにかうったえている。あきらかに、たすけをもとめているのだ。たちまち、四人が、砂けむりをたててこちらにはしってきた。

隠密は、手こずると同時に、ほんとうに激怒したらしい。

「小僧、死ね！」

顔を朱にそめ、野獣のような声をあげておどりかかろうとしたその手くびに、ピンとなにかつッ立った。——竹だ。ほそく、手裏剣のようにけずった青竹だった。

岩のうえに四人の男が立っていた。

ひとりは白い髯《ひげ》にうずまったような爺い、またひとりは、頭に一本の毛もない大入道、つぎは青黒いとんがった顔に、手足のいやにながい男、もうひとりはまるで猫みたいな顔の小男だが、どれもむっと吹きつけてくるような強烈な野性がある。いま、ふしぎな竹の手裏剣をなげたのはどの男だったか——四人とも、こっちをみて、ニタニタ笑っている。

「ちっ……おぼえておれ！」

手くびをおさえて、血ばしった眼でにらみつけた隠密は、次の瞬間、身をひるがえして、岩と岩のあいだを、鵜《う》のようににげていってしまった。

四人の男は、ヒラリヒラリと岩からとびおりてきて、

「おう、おめえたちゃ、撫衆じゃねえけ？」

カンパチは、けげんな顔でふりかえる。この四人の男、どこやら仲間らしい匂いもあるが、服装がどうも撫衆ではない。——下界の人間に、撫衆の世界のことをうちあける

のは掟やぶりだが、むこうはいやになれなれしく、

「そうだろ？　撫衆だろ？　いまおめえのもってるのあ、山刃《うめがい》じゃあねえけ？　……だから、たすけてやったんだ」

「おめえたち、なにけ？」

「おれたちゃ、上州の撫衆だ」

「あっ、やっぱり、そうか。……親分《やぞう》はだれで、どこに瀬降をはってるんだ」

「瀬降か。……瀬降は――そこの湯崎の宿だ。あっはっはっはあ」

ゲラゲラと笑う。カンパチがまたけげんな顔になったとき、ひとりが岩ごしにうしろをふりかえって、大声でさけんだ。

「旦那《だんな》あ。……ちょっとむかしの仲間にあいやした。話があるんで、さきに宿にかえっておくんなさい。――」

姫をたすけて、こちらをみていた男と女は、うなずいて、もときた方角へ去っていった。

山刃に誓う

「ところで、いまのさわぎはなにけ？」

と、白髪の爺いがいった。カンパチは眼をパチクリさせて、

「なんだかよくわからねえ。いまの女が、この崖に、そこの縄で逆吊りされて殺《あや》められようとしていたから、おいら、たすけてやろうとしたんだ。すると、いまの男が、その女をむりにつれてゆこうとするから。——」

「あの男は、何者け？」

「徳川の隠密」

四人の男は、ぎょっとしたらしく、顔見合わせて、

「こりゃいけねえ」

と、蒼《あお》くなって、隠密のきえたほうにのびあがり、にげ腰になった。が、やっと大入道がふみとどまって、

「ちょっときくが、この紀州に、天城の義経の輩下《ながれ》の撫衆が瀬降をはってるそうだが、どこにいるのか知らねえけ？」

「義経親分は、おいらの親分だ」

と、カンパチは胸をはってこたえた。

四人はまたはっと顔を見合わせたが、やがて気味わるくうなずきあい、ぎらっとひかる眼でカンパチと天八をみた。

「ううむ、おめえたち……義経親分の輩下か。サ、瀬降はどこだ。いえ！」

突然、様子がかわったので、カンパチは急にそっぽをむいて、天八のほうをみて、

「お爺、山へかえろうぜ！」

「待て」

と、大入道が手をのばしてその小さい肩をつかみ、

「やい、いわねえか？」

「それきいて、どうするのけ？」

「仇をうつのよ」

「かたき？」

「おお、この春、上州の撫衆、ナデコデの松、シヤリ八、オシャカの熊が吊り殺めにされた。吊り殺めにしたのあ、天城の義経の一味ときいた。――」

「あっ、さては、てめえたちは！」

カンパチ、ばねのようにとびのいて、

「馬鹿野郎《ぼんくれ》、あいつらはおいらの姉《あんね》を殺め、おいらの瀬降のもんに大めいわくかけた叛逆者《さからいもの》じゃねえけ。お六字になるのはあたりめえだ！」

「おめえさんたちゃ、あの叛逆者の何け？」

おそるおそる天八が上眼づかいにきいた。

「おれはナデコデの松の兄貴、入道金五郎」

と、大入道が厚い下唇をにくにくしそうにつき出すと、猫みたいな小男が、きんきん声で、

「おれはむささびの吉、そこにいる蜘蛛《くも》の音若と、どっちもシャリ八のいとこだい」

「おれは、オシャカの熊のおやじで、あぶら火の門兵衛」

と、白髪の爺いがいった。

天八はだんだん蒼くなりながら、

「それじゃあ、テンバ迷惑は吊り殺めだという撫衆の掟は知らんはずはあるめえげ」

「ところがおれたちゃ撫衆じゃねえ」

と、蜘蛛の音若がぶきみな嗄《しやが》れ声でいった。

「いまは素人《とうしろ》だ。そして、おめえらに殺められた熊や松やシャリ八も素人だった。掟《はたむら》はきかねえ。けんとうちげえだ」

「やい、天城の義経の瀬降をぬかせ！」

と、わめくむささびの吉を、カンパチ、白い眼でにらんで、

「おいら、いわねえ」

「ふむ。いえめえ、撫衆はそうたやすく仲間の秘密をあかすもんじゃあねえ」

と、うなずいたのは、あぶら火の門兵衛だ。髭のなかから、冷たいうす笑いの眼で、

「おい、さっきの女をその縄でこの崖に逆吊りにしていたといったな。おれたちの伜《せがれ》や弟は竹藪《たけやぶ》に吊り殺めになった。かまわねえから、そのふたりを宙吊りにして、責めてやれ」

「合点だ！」

四人の男が、四方からつかみかかってきた。しかも、おどろいたことに、これは、さっきの隠密よりもしまつがわるい。いや、おどろくことはないかもしれない。この男たちは、いまは素人にしても、すくなくとも曾ては撫衆だったのだ。

「おいぼれ、にげるか！」

むささびの吉の嘲笑《ちようしよう》とどうじに、その右手があがり、天八がツンのめった。そのくるぶしに、はっしとあの青竹がつき刺さっている。

「あっ、お爺っ」

「カンパチ、逃《ふ》けろ！」

一体となってふしまろぶふたりの上に、四人の男がなだれかかった。そして彼らがたちあがったとき、天八もカンパチもグルグル巻きになっていた。

これはもう、山で蜂に襲われている女をたすけてやったら、こっちが毒蛇《にく》にとびつかれたようなもんだ。

蒼い潮はかたまっている。三段壁の大断崖に、逆さに吊られた少年カンパチ、必死にからだをのびちぢみさせて絶叫しているのは、眼、耳、口にたたきつけるしぶきの苦しさのみのためではない。一寸でも祖父のほうへちかづこうとしてもがきながら、

「お爺、死ぬなっ、しっかりしてくれろっ」

「カンパチ……おら、もういけねえ、頭《とんがり》がはじけそうだ……」

「死んじゃいけねえ。お爺。――」

よびかわす声も、怒濤にふきちぎられる。——太陽はのぼり、やがてその声もまったく絶えた。

岩上から口々に、瀬降の場所をあかせとわめいていた五人の男たちも、ふたりがブランとうごかなくなったとき、いつしかかきけすようにいなくなっていた。——にげるときに、大入道が、天八の岩上においたままの例の小鏡をちょいとふところにいれていったのは、ゆきがけの駄賃だろう。

どうせそれを白状するような撫衆ではないとあきらめたのか。それとも、弟や伜の吊り殺めにされた応報のつもりなのか。——いや、それより、そこにいれちがいにあらわれたふたつの影のせいだろう。

ひとりは、蓬々《ほうほう》たる乱髪を藤蔓《ふじづる》でたばね、山着の腰に五寸ばかりの山刃《うめがい》をたたきこんだ三十ばかりの山男。

もうひとりは、赤い腰巻をまき、髪に銀杏の葉のかたちにけずった竹笄《たけこうがい》をさした美しい若い女。

いうまでもなく典型的な撫衆の風俗だが、どちらもまるで青嵐《せいらん》のように颯爽《さつそう》とした雄々しさがある。これが、親分天城の義経の娘お狩と、やがてその花婿になる関半べエ。

「――はてな、あの猿飛が、カンパチ天八にふとたのみごとをしたばっかりに、とんでもねえとばちりを受けさせたようだから、はやくいってみろといったが」

「あの男、ひどくあわてていたではねえけ」

と、ふたりが不安そうな表情でウロウロしているのは、さっきそこの山のなかで、あの猿飛佐助にあって、急報をうけたとみえる。

「あっ、あれだ！」

「おお、あんなむごい目に！」

やっと気がついたふたりが、断崖に宙吊りになっていた天八とカンパチをすくいあげたときは、あわれ、天八はすでにこときれ、少年カンパチも死の一歩まえ。

カンパチは泣いた。抑制というものをしらぬ自然の子の怒りと涙は、みるもいたましかった。小さなからだは、祖父の屍骸《おろくじ》を抱いて、傷だらけになって岩山をころがりまわった。

「お爺い、お爺いよう。……お爺い、よくきけ、この仇は、仇はきっととってやるぞ！」

「――カンパチ」

暗然として声もなかった半べエが、腕ぐみをといていう。

「おれも手伝ってやろう」

「おめえがゆくなら、おれもゆく」

と、お狩も涙で双頬をあらいながら、

「いいや、天城の義経の一味《ながれ》をあげて、きっとその叛逆者をお六字にしてやろう！」

放下師

慶長十三年、夏、京洛《けいらく》。

これは、時もちょうど関ヶ原と大坂ノ役の中間にあたるし、場所も豊臣家と徳川家の勢力の交錯するところにあたる。

だから、町をゆく、侍女にさしかけ傘をかざさせたどこかの姫君の被衣《かつぎ》の、眼もあやな華麗さはもとより、異国風の笠《かさ》をつけ、赤い帛《きれ》で覆面した放下師《ほうげし》や、赤ふんどしに大きな雁《がん》くびのきせるをさした駕舁《かごか》きにいたるまで、桃山の遺風がみえる半面、なお太平は万世ではないということを予感させる殺伐《さつばつ》な武具屋が、いたるところに金唐皮の鞍《くら》や鐙《あぶみ》や陣笠などをきらつかせている。

げんに、巷《ちまた》には、それをうらがきするようなさまざまな噂《うわさ》がながれているのである。

三年まえ、家康秀忠が上洛参内して征夷大将軍授受の儀式をおこなったとき、大坂からも秀頼の参列をもとめ、淀君がこれを峻拒したため、人々に素破《すは》と思わせたが、このときは駿府の大御所は老獪《ろうかい》にこれをひっこめた。

が、また大御所はちかく上洛して、秀頼との会見を内々強要しているというのだ。それは、極力機会をつかんで秀頼に臣礼をとらしめるのを天下に宣伝したいという、家康の遠望によるものとも思われたし、またさらに事態は深刻で、なんとかナンクセをつけて開戦の口実をつくり、大坂に最後の打撃をあたえたいとねらっている、七十歳の大御所の強引な苦策だというわさもある。

これが決して根拠のないうわさではなかった証拠は、事実二年後、このうわさどおり、家康は二条城に秀頼をまねき、秀頼に供奉《ぐぶ》した加藤清正が、懐中に短刀をのんで、万一不慮のことあればと決死の覚悟で秀頼をまもった話は有名だし、またこのときの首尾を案じて、京大坂の下民の動揺ははなはだしかったことでもわかる。

さて、それはさておき。

ながい夏の日もややかたむいたころ、空也堂と本能寺の焼跡のあいだのさびしい通りを、ゲラゲラ笑いながらやってきた四人の男。

「お、まだやってるな」

「なむあみだぶつ」

「なむあみだ」

酒気をふくんだ声で唄ったのは、大入道と猫みたいな小男で、これは十日ばかりまえ、紀州白良浜にいた入道金五郎とむささびの吉という男だ。あとのふたりは、いうまでもなくあぶら火の門兵衛と蜘蛛の音若。

四条の河原のほうから、風にのってはなやかな鐘や鼓の音がながれてきた。音に名高い女かぶきの小屋がかかっているのだ。

——と、本能寺の大溝にそってあるいていたあぶら火の門兵衛が、ふっとたちどまった。

「——親方、どうした?」

「しいっ」

と、門兵衛はひくく制して、

「おい、しらぬ顔をしてあるけ。……うしろから、あの男がつけてくるぞ。――」

「あの男？」

「うむ。投頭巾の男。白良浜の三段壁で逢った――徳川の隠密とかいう男。――」

みんな、さっと顔いろをかえたが、ふりむく者もなかったのはさすがである。むささびの吉は、しくじった子供みたいに舌をだして、

「いや、あれは大しくじり。そうとは知らねえものだから――おれのいとこのシャリ八や、オシャカの熊は、徳川隠密の手先になってはたらいて死んだというのに。――」

「親方、あやまっちまおうか？」

と、入道金五郎がささやくのに、門兵衛は首をふって、

「むだだろう。オシャカの熊やナデコデはそうとしても、おれたちゃなんの顔見知りでもねえ。それにとにかく、青竹で手くびを刺したからの。……」

「いっそ、殺《あや》めちまったらどうだ」

と、蜘蛛の音若がぶきみな眼をひからせて、

「こんなあとくされの尾をひいちゃあ、親分、江戸へけえっても、枕《まくら》をたかくできねえ

るいてくるようだ。……にげよう」

ぜ」

「そうさな、毒くわば、皿までか。――」

と、あぶら火の門兵衛は陰々とつぶやいたが、やがてそっぽをむいて、

「いや、だめだ。ひとりじゃあねえ。あの隠密のずっとうしろを、もうひとりつけてあるいてくるようだ。……にげよう」

「にげて……阿国さまのほうはどうするね？」

「なに、あっちはもう名古屋さまに話はついてる。たとえ阿国さまがいやでも、旦那のほうが承知なら、女かぶきが江戸へくることあまちがいはねえ。……このまま、すぐ江戸へとぼう」

「え、すぐ江戸へっ？　……そりゃあ、あんまり……」

と、大入道はくびすじをかいて、なにか不服そうである。

「やっぱり、親方、もういちど阿国さまに逢って――」

「おい、金五郎、おめえ、ガラにもなく阿国さまに気があるらしいが、名古屋の旦那に気をつけろ」

と、あぶら火の門兵衛が眼をぎらっとむけて、

「あの旦那、面《つら》あ女みてえだが、ああみえて、恐ろしい使い手だぞ。——それより、いいから、にげろ。いいか。……この四人、そこの辻《つじ》で四つにわかれろ。そして、あの隠密をまくんだ」

さすがは、もとの撫衆だ。その辻にくると、さっと四方に散ったが、いや、その足のはやいこと。夕日をかげらす築地《ついじ》の下を、四羽のこうもりみたいに、あっというまにヒラヒラと舞いきえてしまった。

——ところで、そのなかの入道金五郎、どこをどうはしったか、しばらくすると、やっぱり四条大橋のうえに立っていたのは、うまく隠密をまいてやったという自信と、それから門兵衛に図星をさされたとおり、女かぶきの阿国とやらにみれんがあったせいだろう。

河原には、何軒もの女かぶきが、掛床をならべ、竹矢来のかこいをはなやかな幕でつつんでいる。ここに舞台をかけているのは、出雲の阿国ばかりではない。その流行にのった、佐渡島右近とか、幾島丹後とか、男のような名をつけた遊女あがりのかぶき者が、その華奢《きやしや》を競っているのだ。

幕のなかでは、囃子《はやし》の交響につれて、どっとあがる笑い声、また物売りの声など、いつ日がくれるとも知れないくらいだが、裏木戸のあたりは、夕日のかげにかげって、さすがに人影も閑散だった。

その阿国かぶきの裏木戸に、のそのそあるいていった入道金五郎は、そこの空樽《からだる》に腰をかけて風をいれている男いでたちの女弟子に、

「おい、太夫はいま舞台か」

「え」

と、女弟子はたちあがったが、おじぎもしない。顔を知っているらしいが、義理にも愛嬌はみせかねるといった表情だ。

「旦那は？」

「お留守」

「え。きょうの舞台は、旦那ぬきか」

「はい。ひるすぎ太夫といさかいなされて、ぷいと外へ――」

「はははははは、旦那は留守でも、客の入りは変らねえの。いや。大きにそうだろう。みんなくるのは、阿国さまのお顔みたさのほかに余念もねえ。――どりゃ、それではおれもひとつ」

といって、なれなれしい顔で、楽屋のほうへずいと入っていってしまった。

——と、遠く橋の上から、それをじっと見つめていたひとつの影、なにやらうなずいて、凄《すご》い顔で河原のほうへおりかけた。いうまでもなく、あのくぐつ師の姿をした徳川隠密。

すると、その肩を、

「——いや、いかい御苦労であったな、大須賀氏」

と、ぽんと太鼓の撥《ばち》でたたいたものがある。ぎょっとしてふりかえって、その男の眼がひろがった。

黒火薬

「お、お、おぬしは——」

「かくしてもむだだろう。御存じ、真田左衛門佐家来猿飛佐助」

と、太鼓はもっていないが、その放下師《ほうげし》の服装をした男は赤い覆面の上で眼を笑わせた。

「そ、そんなもの、わしはしらぬ」

「など、そらっとぼけるのは情ないだろう。おなじ隠密稼業、むかしから何かとおつきあい、かたじけない。だいいち、おぬし、わしを九度山から白良浜まで、闇のなかを追いまわしていたではないか。あの山中を、あの尾けっぷり、さすがは大御所子飼いの伊賀者大須賀一平と、内々わしは感服していたのだ。……女かぶきの小屋を、橋の上でみていたってしかたがない。まあ、河原へおりよう。背なかがチクチクするだろう。蚤《のみ》ではないぞ。それは匕首《あいくち》だからかくことは無用だ」

ニヤニヤしている佐助にくらべて、徳川隠密大須賀一平の顔色は土気いろだ。

まもなく、ふたりは肩をならべて、河原へおりてゆく。芝居小屋の喧騒からはなれて、さびしいところへブラブラあるいてゆくくぐつ師と放下師のうしろ姿は、はなはだのんきそうだが。

「ところで、一平氏、なんと思っていまの男をつけておる？　……おい、殺されても口をわらぬ隠密の習いは、御同業のよしみで、加茂の水にながしてくれ。わしもおぬしの知りたいことを教えてやるのだ」

と佐助、右手はやっぱりピタリと匕首を背なかにつきつけているが、左手は大須賀一平の左手をとって、どこをどうしているのか、なにかのはずみで一平、恐ろしい激痛の表情。

「う、うぬ。……わしを竹串で刺したにくい奴らめ、生かしてはおけぬ」

「ははは、なるほど。ところで、あの連中、何者だと思う?」

「それが、まだ、よくわからぬ」

「おぬしの味方だよ」

「なに?」

「と、申してもわかるまいが、おぬしら、前に、隠密の手先きに、上州の撫衆くずれをつかったことがあるだろう。あの連中の一族だ、もっともいまは撫衆ではない。江戸の、くぐつ師、放下師、蛇つかい、狂言役者、カラクリ芸人――要するに、大道芸人の総取締り役だ。ただし、おぬしらが知らぬくらいだから、べつに将軍の御朱印をいただいておるわけではない。そういう公儀の手のまったくとどかぬ世界の……あれでも大名だ。とくに、あの白髪あたまのあぶら火の門兵衛、あれが闇大名、巷の将軍格の男だな」

「……?」

「といっても、もとは撫衆だから、撫衆をたすけるために、うっかり三段壁で貴公をいたい目にあわせたのだ。まあ、大目にみてやれ。……それはそうと、一平氏、おぬし、紀州の山中で、異様な人間のあつまり、またふしぎな娘をみたろう。あれを、どう思う？」

うっ、とまた大須賀一平は左手をひきつらせ、顔をしかめて、

「あれは、切支丹だろう。……それから、あの女は、小西摂津守の娘、呉葉。……」

「あの山伏どもは？」

「姫をねらう肥後の加藤の刺客。……」

「おぬし、なんと思って、その姫をさらいかけた？」

「小西の息女なら、やはり徳川にとってすててはおけぬ奴ではないか」

「いかにも。……したが、貴公があのようなことを知ったのは、わしを追っかけているうち、たまたま知ったまぐれあたりだろう。おぬし、なにを思ってわしを追っかけていたのだ」

一平はだまったが、佐助の手がちらとうごくと、また全身をつッぱらせて、額からタラタラとあぶら汗をながした。

「さ、真田左衛門佐にふしんのことがある」

「ほう、なんだ?」

「九度山で、ひそかに火薬をつくっておる」

「ははあ、三日まえ、浅野但馬の手のものが、九度山にふみこんで大捜索をやってさわぎまわったのはそのことか。……鉄砲一梃《ちょう》も出なくって、あっけらかんとした顔でひきあげてゆきおったが。——隠密どののお眼鏡ちがい、と主君は笑っておられたぞ」

「眼鏡ちがいではない。……たしかに、おびただしい硫黄と炭、それから、だいぶまえから、大量の魚の腸《はらわた》、獣の糞など地中にうずめたことまでわかっておるのだ。このごろ、それらを掘り出し、煮つめて、硝石を採り出したことも。——硝石と硫黄と炭、これをまぜて黒火薬をつくる。——手入れをして、それが見えなんだのは、一足ちがい」

「左様かな。それははなはだ以て御愁傷」

「そのことも感づいておった。大量の火薬をどこかへはこび出した。——そのうたがいがあったればこそ、きさまなど追っかけていたのだ」

「大量?　どれくらい?」

「容易ならぬ量だ。まず、長持に半分以上。——」

「それだけのものが、どこへいったかわかったか？」

ふたりは水ぎわに立っていた。大須賀一平のわらじをサラサラと水があらっているが、蒼白《そうはく》な顔の一平は、それも気がつかないらしい。

「わがらぬ。……ただ……」

「ただ？」

「…………」

「おい、いわぬか。そうれ」

「つ！　痛う。――な、なかまの伊藤文六がさぐり出した内状には……左衛門佐め、それをちかく江戸におくって……もし大御所さまが御上洛あって、秀頼公に不慮のことあったなれば……ひきかえに江戸城を木ッ葉みじんにとびちらせる企てだと……左衛門佐のやりそうなことだと、大御所さまもいたく御心痛になっておる……」

「あははは、狸《たぬき》おやじめ、腹をなでずに首をなでておるか」

「ただ、その証拠がない。左衛門佐め、にくいやつだ」

「いかにも、にくい。おい、さすがは伊賀者、よくそこまでさぐった。感服のあまりそっと教えてやるが、その火薬は、もう江戸へむかってノコノコあるき出しておるぞ」

「……むう。江戸へは、つかせぬ。途中で、かならずとめてみせるわ」

「みごと、ふせいでか、それだけの火薬、きっと道中でひっとらえてみせる」

「ふせがいでみるか？」

「おもしろい。地雷火道中、首尾よく江戸入りと相なりましたら、お手拍手喝采《ぴょうしかっさい》とねがいたいところだ。……いや、おぬしの話も面白かった。よくそこまで打ちあけてくれた。礼をいう。カンカン照りの西日で、さぞ暑かったろう。まあ、暑さばらいに、この梅酒でものんでくれ」

と、腰の瓢簞《ひょうたん》を、大須賀一平の口にさしよせた。よくそこまで打ちあけてくれた、などいって、しゃべらずにはいられないようにしたくせに、ひとをくった奴だと、一平、梅酒にむせかえったあと、無念の形相。

「やい、もうよかろう」

「もういい。ゆくがよい。……ところで、一平氏、おぬしはわしを追っかけているうち、たまたまあの呉葉姫のことを知ったわけだが、おぬし、あれをまぐれあたりだと思っておるのかな？」

「なにい？」

「隠密ともあろうものが、あれがわしの罠《わな》だとはいちどもかんぐったことはなかったか？　さりとは、正直者――あれはな、一平氏、そもそも火薬のゆくえは。……」

と、佐助は大須賀一平の耳に口をよせて、なにやら囁《ささ》やいた。一平の顔が、驚愕にひきつった。

「おや、顔いろがわるくなったが、大須賀氏、梅酒がつよすぎたか」

一平の無念の表情が、急に苦悶《くもん》の形相にかわった。佐助はあわてて抱きとめながら、

「いや。これはいかん。おい、水をのめ、水を。――」

といいながら、うつ伏せに川へ一平の頭をおろしたが、一平は水のなかへ、ダランと顔をつっこんだきりだった。

遠くからみれば、はいつくばって水をのんでいるような姿だ。だが、その口からせせらぎへ、すうーっとながれてゆくひとすじの赤い糸。――血だ！

「……これで、うぬの役目は終った」

赤い帛《きぬ》で鼻口を覆面した猿飛佐助は、うす笑いして、その美しい水のながれを見下ろしていた。

名古屋山三郎

——それより、すこしまえ。

三条大橋ちかく、軒をならべた水茶屋で、——柳と一枚のれんに西日をさえぎった店頭の縁台に坐っているのは、関半べエ、お狩、カンパチ、それから輩下のひとり、野ぶすまの銀太の四人。

冷たい井戸水がございます、と看板のよこにかいてあるから、カンパチの請いにまかせてたちよったのだが、ここは水よりむろん酒を売る店だ。入ったときは、隅っこのほうで、紫ちりめんの五尺手拭《てぬぐ》いで頬《ほお》かぶりした武士ともなんともえたいの知れぬ男が、ひとり酒をのんでいるのが眼についたくらいだが、いつのまにやら、どっと客がこんできた。身分職業は種々雑多だが、みんな一様にはなしているのは、四条河原の女かぶきの評判だ。

奥には小座敷もあるらしく、濃化粧した女たちが、ひっきりなしに客をくわえこんでは店さきにおくり出すところをみると、これは色を売る店でもあるらしい。

——とは知らないが、山の児カンパチには、水さえのめば御用ずみ、あとは本能的に

居心地わるいらしく、

「お狩さま、ゆこうじゃねえけ」

「うん。……じゃあ、もう一ぺえ」

と、お狩がのんでいるのは、水ではない。酒だ。酒に恐ろしく強いのは、男女をとわず撫衆の習性だが、なんといっても山でのむのは木の実酒。灘《なだ》からとりよせる京の酒をひとくちのんで、もうはてもないのはむりもない。いわんや酒に眼のない野ぶすまの銀公などは、ひょっとこ面の口は、いよいよたこの吸口化して、ちょっとやそっとで盃からはなれそうにない。

半べエ、カンパチをながめながら、苦笑している。酒ばかりではない。お狩さまは、京に昂奮《こうふん》しているのだ。

撫衆は、獣よりも里の人をおそれる。テンバ迷惑の叛逆者《さからいもの》を殺めるという聖なる掟《はたむら》がなければ、あえて下界へおりるお狩さまではなかったろうが、さて、それも熊野から大和へ宇治をよぎり醍醐《だいご》をこえて京までくれば、ここは撫衆だろうが南蛮の黒ン坊だろうが、ふりかえるものもない人間の港。安心するとどうじに、この原始の姫君は、すっかりキラびやかな都の風物に好奇のとりことなっているのだ。

カンパチの祖父、天城の義経の一党《ながれ》きっての古老天八を殺害して去った、四人の上州の撫衆くずれを追う復讐《ふくしゅう》の旅。

——あのとき、やっと正気をとりもどしたカンパチの口から、その四人が、「瀬降は、そこの湯崎の宿だ」といったことがわかったので、すぐにそこの宿々をさがしてあるいたが一足ちがい。——連中、ひどくあわてて、ひきあげていったらしい。あとで、やはりこの四人とつれで、別室に男女の一組が泊っていたこともわかったが、それがわかったときは、これまた宿を去ってしまっていた。あの四人も、そのふたりも、宿あるじが首をひねるほどえたいのしれぬ人間らしかったが、なんとしても、ただ京からきた連中だということだけはたしからしい。

京へ。——京まで追ってゆくには、いくらなんでも親分のゆるしがいる。

そこで、泣くカンパチをなだめすかしつつ、ひとまず那智の瀬降までひきかえしたところ、親分の義経《やぞう》、鬼のかくらんで、ガラにもなくこわした腹が、いちじはどうなることかと思われたほどの重病で、やっとこのほど旅に出ることができた次第。

むろん、少年カンパチだけでは心もとないから、武田の浪人くずれの関半べエがこれにつきそう。すると、半べエにベタ惚《ぼ》れのお狩がついてゆくという。いや、お狩さまどころか、瀬降をあげて助けに出たいところだが、ゆくえもしれぬ敵を、この異風の一団が京をおしまわってさがしてあるくわけにもゆかないから、万一のさいの連絡に、撫衆きっての俊足野ぶすまの銀太ひとりがこれについた。

「いや、かぶきもいいが、こう泰平がこのままつづいては、まことにこまる。江戸と大坂、なにやら蔭にこもっておりながら、なかなか火がつかぬ。はなはだ以ておもしろくない」

「江戸の老獪、大坂の卑屈、はたでみておっても、ジリジリするわ」

と、傍で有頂天で阿国《おくに》かぶきを礼讃《らいさん》していた三人の浪人風が、酒が入ると、いきなり殺伐な気焔《きえん》をあげはじめた。

「お、ところで、火がつかぬといえば、このごろ妙な流言があるのを知っておるか」

「ほう、なんだ？」

「駿府《すんぷ》の隠居が、またちかく上洛して、秀頼をよびつけ、なんとかいいがかりをつけてこれを挑発しようとしているという。そこで、これが騒ぎのはじまりとなれば、だな。それを合図に、このごろできたばかりの江戸城本丸を、将軍秀忠もろともに爆発させようと——あの紀州九度山の真田が、ひそかに大量の地雷火を江戸へむけておくったという」

「おお、真田が、――ううむ、あれならやりかねまいて。あれは、とうてい徳川の手におえぬしたたかものじゃ」

「そこで、あれを見張っておる浅野が、眼をサラにしてさがしまわったが、それらしい気配もない、左衛門佐め、剃髪《ていはつ》して蟄居《ちっきょ》中の浪人が、なにして左様に大それたたくらみをいたしましょうや、とニヤニヤしてお辞儀したというが」

「うむ」

「それがたんに風説でないというあかしには、この数日来、東海道、木曾街道の旅人の詮議《せんぎ》が急に厳重になったとのこと。また、肥後の加藤、あれがこの企てをひどく気にやんで多勢の家来にその地雷火を追っかけさせているということだ。それも内密に、というわけは、もしそのことがまことなれば、徳川はたんに真田に腹きらせるだけではおくまい。かならず大坂へのいいがかりとするに相違ないからの」

「ははあ、清正がのう。いや、それもありそうなことじゃ。あの清正め、このごろ大御所の鼻毛ばかりよみおって、ただただ江戸と大坂のあいだに事がなければ、豊家御安泰とする分別顔、昔日の鬼上官のおもかげはさらにないて」

おもわずきき耳をたてていたのは、半べエ、やはりこれでももとは武田の禄《ろく》をはんでいたものの伜のせいだが、すぐに思いかえしてつくづくと下界の修羅をかんがえる。血はあらそえぬもので、徳川をヤキモキさせる真田に好意を禁じ得ないが、それにしても平和な風のみの吹く山岳のくらしをかえりみて、一面、同情をも禁じ得ない。

が、よくかんがえてみれば、その平和な撫衆をこのように巷に吹き落したのも、にくむべき下界からの悪念の業風。


「な、なにい？ 山三《さんざ》がなんだ」

突然、奥のほうで、酒に酔った大声がした。

「山三さま、山三さまと、ほかに世間に男がいないわけでもあるまいし」

「阿国《おくに》かぶきは、阿国だけでもっているのだ。なんぞや、男のくせに、びらしゃらと女の風態して――」

「それをまた、うぬのようなおたふくが、よだれをたらし、眼じりをさげて――」

「役者の色男なら、市川海老蔵。山三なんぞ、海老蔵の尻《しり》にもおよばんわ」

これは、すこしいいすぎだ。なにしろ、歌舞伎の元祖の時代の話をしているんだから、海老蔵などのいるわけがない。

「ま、待っとくれやす。かんにんどっせ！」

大きな物音がしたのは、つきとばされたか、蹴《け》たおされたのだろう。わっと泣く女の声がきこえたかと思うと、おくから、大刀をつかんだ三人の武士がドカドカとあらわれた。

――想像するのに、この三人。

おそらくこれも、かぶきがえりの評判していたところ、店の女の合槌《あいづち》の度がすぎて、役者の礼讃ばかりしているので、気をわるくしたものとみえる。チト、大人げない。

――が、なるほど出てきた顔をみると、これでは女がヤケに役者をほめたくなるのもむりはない。海老蔵の尻どころか、いずれおとらず、モモンガーの尻にもおよばない面がまえだ。

血相かえて、土間をとおりかかった三人の男のうち、ひとりがなにげなく向うをみて、ふと足をとめた。眼をパチパチさせて、あわててとなりの男の袖をひく。

「……？」

「……おっ？」

三人とも、ぎらっと酒乱の眼でうなずきあい、すぐにつかつかとそちらへあるいていった。

「ほう、きょうは舞台に出ておらんと思っていたら」

「こんなところにおったのか」

――隅っこで、ひとり黙々と酒をのんでいた、紫ちりめんの頬かぶりの男である。ちらっといぶかしげに顔をあげたが、すぐそしらぬ顔で、また盃をふくんでいる。

「やあ、これはいい人間をつかまえた」

「もういちど、のみ直しとゆこう」

「これ、奥へ入って、酌をせえ」

「奥に、きさまの低級なるファンがおるぞ。みせてやれ、そのしゃッ面を――」

いきなり、その紫ちりめんをぐいととった。

うす汚ない店の板壁に、満月がうかび出たような美男――というより、まるで女のような美しい顔だった。微笑して、目礼して、また盃をとりあげかかる手をひッつかんで、

「これ、参れ!」

と、侍がわめいたが――一滴の酒もこぼれず、まるで空気にでもつかまれたように、

そのまま唇に盃をはこんだが、これはほかの人間にはみえない。ただきこえたのは、

「もし、おゆるしなされて下さりませ」

という、やさしい声ばかりである。

「こやつ！」

「手向いいたすか！」

めちゃくちゃだ。いきなり傍の徳利をとって、その男の頭上から、ぱっとあびせかけた。――男は、身じろぎもしない。ただ、雨にうたれた海棠《かいどう》の花のようにうなだれていたが、やがて愛嬌にみちた笑顔をあげて、

「おながれ頂戴。……かたじけのう存じまする。つきましては、向後ますます芸道に精進いたしますれば、ごひいきさま、この上ともいよいよ御引立ねがいあげ奉りまあす！」

水もたれるような――事実、酒がしたたっているが、洒落《しやれ》ではない――優婉《ゆうえん》きわまるポーズでぐると店のなかを見まわして、会釈した。みんな、思わずどよめいた。

「山三郎だ」

「名古屋山三郎《なごやさんざぶろう》だ。……」

そんな嘆賞のささやきのなかに、いよいよ引っこみのつかなくなった三人の侍、唖然《あぜん》として見合わせた顔を、みるみる、恥にまっかにそめて、

「うぬ！　武士を嘲弄《ちようろう》いたすか！」

ぱっと大刀の柄に手をかけたひとりが、うしろから襟がみをつかまれたかと思うと、あっというまに、犬ころみたいに往来へほうり出された。

関半べエだ。みるにみかねたのである。山からきた男にはこの一場の劇、どっちが勝ったか、そんな芸術的な味わいはわからない。ただ、あくまで下手にでる優男と、乱暴至極な酔いどれ侍の対照に、義憤を発したのだ。

「あっ、こやつ！　何をいたすっ？」

ふりむくいとまもない。あとのふたりも、つづいて夕日さす赤い路上にもんどりうってたたきつけられて、蛙のようにへたばってしまった。

かぶき剣法

「あやういところをおたすけ下され――」

名古屋山三郎という男は、ていちょうにそんな礼をのべて、

「あらためて御挨拶《ごあいさつ》したいから、是非、わたしどものところへおたちよりねがいたい」

と、請うた。眼のおくに、かすかながら、この異形の山の一党に好奇のいろがある。

山の一党には、もとよりかぶきなどわかりようがない。が、この男が四条河原に小屋をくんでいる阿国かぶきの一座のものらしいということは、大体見当がつく。そして、京に入ってから、ほんのしばしのいままでに、その一座の評判をいくどきいたことか。

——こっちにも好奇心がはたらいたし、また、そんなに人をあつめる見世物なら、ひょっとすると、あの仇の連中にもめぐり合えるかもしれない。

そうかんがえて、半ベエたちは、山三郎につれられて、四条河原のほうへ、ブラブラあるき出した。

愛想よく話しているが、名古屋山三郎、ふっとときどき沈みこんで、物思いにふけっている。

いま、酒をひっかけられたようなことではない。このとき山三郎の心中に鬱屈していたのは——小さくいえば阿国との喧嘩、大きくいえば日本歌舞伎の将来についでだ。

名古屋山三郎。——たとえ信長、秀吉、家康の名は忘れても、この名は忘るべきでは

ない。それら人殺し英雄たちの遺業はいまやあとかたもないが、後世の日本文化に甚大の影響をおよぼし、世を通じてかぎりない人々をたのしませ、いまも世界にはこり得る唯一の芸術、歌舞伎。その歌舞伎の創始者出雲の阿国の情人、名古屋山三郎。

文化勲章を追贈してもいいくらいの功労者でありながら、さてこの名古屋山三郎という人物くらい、よくわからない人間はない。だいいち、出雲の阿国からして史実的によくわからない。出雲大社の巫女だという説もあれば、もともと漂泊《さすらい》の遊女だという説もある。永禄年間、将軍足利義輝にその美貌《びぼう》と伎芸を愛され、信長、秀吉にも愛され、八十七歳で歿《ぼっ》したという説もあれば、慶長十八年六十七歳で歿したという説もある。これからみると、この物語の時代は、白髪あたまの婆《ばあ》さんのはずで。――どうも少々つごうがわるい。

ところで、この阿国の情人といわれた名古屋山三郎。これは蒲生氏郷《がもううじさと》の寵童《ちょうどう》だったともいわれ、またいちじ大坂城で淀君に愛されたという風聞すらある。氏郷は十三年前の文禄四年、わずか三十九歳で死んでいるから、いま生きていたとしても五十二歳、また淀君はこの当時まだ四十ちょいと過ぎだから、山三郎が六十こえた爺いのわけがない。爺いは太閤《たいこう》さままでアキアキしているはずだ。

そこで、山田説によると、阿国、山三郎、御両人ともこのころまだ三十前後、よし阿国を年上とみても、五つとちがわなかったろうとみる。

さて、情人とはいうものの、この山三郎、とても若い燕《つばめ》とかヒモとかいうていの人間ではない。舞台のスターは阿国だが、これに男装させ、じぶんが女装して脇役にまわるという、宝塚少女歌劇とかぶきの女形《おやま》の天才的着想を独創したのも彼なら、歌詞をつくり、踊りの振付をしたのも彼。なんとかドレメの女校長の背後でタクトをふるう亭主どころか、プロデュウサー兼作者兼演出家兼音楽家兼俳優という、八面六臂《ろっぴ》の稀代《きたい》の大才人。

ところで、この山三郎と阿国の、このごろ深刻な争いというのは。

山三郎は、じぶんの創始した芸術こそは、いままでの能や舞いと異って、決して貴族大名の専有物ではなく、新時代の民衆のためのものであるとかんがえる。四条河原に小屋をかけさせたのもその意図からだ。したがって彼はアイデアにことさらに卑俗なエロ味や道化味をくわえる。これに反して、阿国は、自己の芸道の純粋さを求めてやまない。とくに、当代の権門に出入りして一歩もへりくだらないおのれの誇りにかけて、山三の傾向が苦痛でたまらないらしい。

このくいちがいが、さきごろから山三郎が江戸へ下ろうときめてから、ことあるごとに衝突のたねとなった。江戸のような埃《ほこり》っぽい草ッ原へいってなんになる？　汗くさい坂東武者とならず者にみせてなんになる？　というのが阿国のこころで、江戸こそは、好むと好まざるとに関らず、これからの覇府だ。いまそこに渦まく民衆に、阿国かぶきを売りこんでおきさえすれば、将来、きっと大谷竹次郎が豪壮きわまる歌舞伎座をつくるだろうし、市川海老蔵や中村勘三郎も出てくるだろう——と、まさかそこまでは考えないが——これが名古屋山三の開拓精神《フロンティヤ・スピリット》。

で、きょうもふたりが、ふとしたはずみにまた喧嘩して、山三、小屋をとび出して、心の憂さをすてていたという次第。憂さをすてたかわりに、へんな連中をひろってきた。

「さ、御遠慮なく」

山三に案内されて、半べエ、お狩、銀太、カンパチ、キナくさいような顔つきで、裏木戸から入った。はりまわした幕や板羽目のあいだの通路のあちこちに、かけならべられた花笠、花槍《はなやり》、また葛籠《つづら》や長持からこぼれた衣裳の絢爛《けんらん》さ。

——と、突然、その奥で、するどい女の声がした。

「なにをなされる」

それにおっかぶせるような野ぶとい男の声が、

「エヘ、へへ、阿国さま、まあ、そんなに邪険になさらずとも——手をにぎったくらいがなんの——」

「山三郎に告げますよ」

「その山三どのは、おめえさまと喧嘩してとび出していってるのは、とっくに承知だ。……まえから、ぞッこん思いつめていたこの白い手、いちどくらいはにぎらせても——」

たちどまった名古屋山三郎の片頬に、ふっと冷たい笑みがよどんだ。そのまま、ぐいと幕をあげると、阿国の楽屋だ。

長屏風《ながびょうぶ》からぬけ出したような寛闊《かんかつ》な男すがたの阿国の手をにぎっていた大入道が、ぎょっとしてふりむいた。いうまでもなく、あの入道金五郎。

「——あっ。……」

とたんに思わずさけんだのは、何気なくのぞきこんだ少年カンパチだ。思いきや、はやくもめぐりあった敵のひとり。——ドングリ眼をかっとむいて、

「お狩さま、あいつだ！　じょ、上州の撫衆――」

こちらがはっとするより、入道のほうが愕然としていた。カンパチと、そのうしろに立っている半べエたちの姿に、すべてをさとったとみえる。

「うぬ、てめえ、生きていやがったか？」

その巨大なからだが、どうしてこう敏捷にうごくのだろう、と奇怪なくらいに、彼はぱっとうしろへはねたかと思うと、うなりをたててその腕があがった。

「……むっ」

さすがの半べエもうめいたきり、一瞬、手もうごかしかねてたちすくんだまえを、カンパチののどぶえめがけてとび来たった青いひかり。

それが、カラカラッと音たてて四方にとびちっておちたのは、いうまでもなく青竹の手裏剣で、これをはねのけたのは、意外、あの優男名古屋山三郎の鞘《さや》ごめにぬきあげた刀の柄だ。にやっとして、

「おや、ふしぎな業を知っておるの。金五郎。――」

お狩も銀太もカンパチも、あっけにとられた。

名古屋山三、さっきとは別人と化したかのよう、その柄に手をかけたまま、ズイと一

歩すすみ出た姿に、名状しがたい冷炎のような妖気がたちこめて、

「おもしろい、金五郎、もっと投げてみろ」

「だ……旦那……御かんべんを……」

「かんべん相ならんな」

金五郎は、ジリジリ背を板羽目にこすりつけて、にげようとあせりながら、恐怖の眼を見はって、

「その小僧は……あっしの敵の同類で……撫衆の」

「そんなことは、わしの知ったことではない。いま、きさま、太夫になにをしようとしておった？　山三はの、踊りをみてくれる見物衆にはあたまをさげる。やがて見にきてくれるであろう町の人々にも、七重のひざを八重におる。じゃが……きさまは、江戸からわしたち一座を買いにきた男ではないか。いわば、身内だ。身内にして、一座の規律をみだす奴は」

さっと、金五郎の手が、ふところに入ったのは、まだ青竹があったのだろう。が、それより一瞬はやく、鳳《おおとり》のように空をとんだ山三郎の手から、白光がふき出すと、

「斬る！」

まるで、西瓜《すいか》でもわるように、脳天からふかぶかと斬りさげてしまった。

物凄い血しぶきをまいてくずおれた大入道から、一間ばかり音もなくとびのいて、出雲の阿国、豊麗な顔がさすがにまっ蒼《さお》だ。

「……まっ、斬らずともよいものを――」

「いや、太夫、そなたどうみたかしらぬが、こいつ容易ならぬ業のもちぬしであったぞ。あぶないところであった。……のう、半べエどの」

と、微笑してふりむくのに、半べエ、声もなくうなずく。

容易ならぬ業のもちぬし――いま斬られた大入道もさることながら、それは斬った当人のほうだ。しかも、はやくも半べエの腕をみぬいて同意をもとめたその烱眼《けいがん》。……さっき、この人をたすけるつもりで、三条大橋の水茶屋で腕立てしてみせたのが、冷汗ものだ。

いや、冷たい汗をさそうのは、それよりも、この女にもまがう美男の凄絶《せいぜつ》の剣法。

むべなり、半べエは知らないが、この名古屋山三、曾ては武勇一世を圧した蒲生氏郷の荒小姓として、「槍仕《やりし》槍仕は多けれど、名古屋山三は一の槍。――」とうたわれた一代の剣俠児《けんきょう》。

　そのとき、カンパチがまた奇妙な声をあげた。ふりむくと、少年はまじまじと眼を見張って、楽屋の入口のほうをみつめている。

　ちょうどそこに入りかかって、この座のようすにたちすくんだのは、縫箔《ぬいはく》模様の地無し小袖に、小鼓をかかえた女弟子のひとり。

地雷火百里

「うむ、やはり斬らずともよかったかもしれん。実は少々ムシャクシャしておってな。そのはねっかえりで、つい、ひとあばれしたくなったようだ」

「いくら、ムシャクシャしたからって――」

「そこへ、そなたの手などにぎる奴があらわれたものだから、これは好都合だと、つい斬った」

　山三郎、阿国の美しい眼でにらみつけられて、だんだんしょげてきた。

「どうも、こいつの仲間に知られると、まずいの」

「いえ、それは、ほかの三人は、さっき急ぎの用ができて、もう江戸へ旅立ったそうよ」

「なに、もう江戸へ？」

ふたりが、こんな対話をしているあいだ、たちすくんでいたその女弟子が、やっとさびしそうな笑顔をカンパチにむけて、

「このあいだは……紀州でありがとう」

それで、半ベエは、その娘が、カンパチからきいたふしぎな切支丹の娘であることを知った。カンパチのとりとめのない話をつづりあわせてみると、この娘の素性について、もっと想像されることもあるが、それをいまきくことが、彼らにとってどれほどのかかわりがあるだろうか。

──それより、娘がいう。

「おかげさまで、阿国さまにたすけられ、江戸へ参ります」

そうだ、江戸へ！

さて、それから、阿国山三郎がふりむいて、いまの入道金五郎とカンパチらとの因縁をきく。金五郎とは、天八老人を殺したことなど、阿国たちになにも報告してはいなかったらしい。それに対して半ベエが、ことばみじかに答えたが、撫衆なかまの卍巴《まんじどもえ》の

仇討ごっこのことなど、あまり普通人《とうしろ》にしゃべりたいことではない。

また、阿国山三郎も、ただ江戸へゆくについて、そこの興行師（?）四人と打合わせに湯崎温泉にいっていたというだけで、それ以上にふかい関係はないらしい。

呉葉にいたっては、すぐに眼を伏せて、阿国に何やら用を命ぜられると、また小屋のいずこへかかけ去って、改めて半べエたちにじぶんの素性をうちあけるのはおろか、どうやら阿国たちにも秘しているようすだ。

ただわかったのは、半べエたちが、あとの三人の仇、あぶら火の門兵衛、蜘蛛の音若、むささびの吉を求めて、江戸へゆくということ。また数日のうちに、一座をあげて、阿国かぶきも江戸へ下るということ。

「それじゃ、いっしょに」

と、いうことになったのは、山三郎と半べエ、およそこの世の最極端の世界に住みながら、男同志どっか意気投合するような気持があったからで。――

神のみぞ知る。この江戸への旅が、炎と剣の行進曲に奏でられようとは。――

それから数日、京を出た阿国かぶきの一行、或いは駕籠《かご》で或いは馬で、或いは徒歩《かち》で、十幾つかの長持、葛籠を馬につけ、大八車にのせて、それをいろどる紅白の綱、花笠、まして大半が若い女だから、このうえもなくはなやかなこの行列、それに、いつのまにか不吉な魔の眷属《けんぞく》がとりついているとは、だれが知ろう？

　行列より半町もさきに、軽がると歩いている半ベエ、お狩、カンパチの三人。

　野ぶすまの銀太だけが一行からはなれて、熊野へさいぎょうにとんだ。敵は江戸にありと義経親分に報告にいったのだ。そくざに瀬降はとりはらわれるだろう。この街道にはみえないが、剽悍無類の撫衆の群は、ただ山から山へ、飄々《ひょうひょう》としてこの一行と相前後して東へ移動してゆくだろう。

　京から、江戸へ、百二十六里四丁。

　家康が大久保長安らに命じて、東海道に駅伝の制をさだめ、一里塚をたて、道幅を五間とし、また松並木などうえさせたのは、慶長六年から九年にわたってのこと。

　それを下る女かぶきの一行、砂ほこりをまいてゆくはなやかな大八車、また碧空《あおぞら》にひるがえる幟《のぼり》など、宛然《えんぜん》、一篇の風物詩だが。

　彼らは知らないが、あの四条河原で交わされた、真田家の忍者猿飛佐助と徳川隠密との死の問答、かならず江戸へおくってみせる。いや、ふせいでみせるといったその恐ろしい地雷火は、すでに東海道をあゆみ出しているとのことだが、そもどこらあたりを運ばれつつあるのだろうか？

それにしても、死のまぎわに大須賀一平の耳に、そもそも火薬のゆくえはと猿飛がささやいたとき、一平の顔に名状しがたい驚愕の痙攣《けいれん》がはしったが、それほど彼をおどろかせたのは、いかなる秘密であったろう？

虎と狼

——さて、親分天城の義経の娘《つる》お狩さま。

いままで、この物語では、どこにいるともしれぬほどしずかなようだが、事実は、とうていそんなおとなしい娘ではない。——もっとも、この世に生をうけて以来、まったく山と野と森のみのなかに成長してきたこの娘、はじめておりた下界の面白さに心をうばわれているのはたしかだが、なんにしてもいま鈴鹿峠をトットとのぼってゆく三人の撫衆のうち、いちばん奔放で威勢のいいのはお狩さまだ。

あとの女かぶきの一行は、土山の宿を出たくらいのところだろう。——むせかえるような青葉の山気に野性をゆり起されたお狩は、じれったそうに地団駄ふんで、

「ああ、こんな路、京からおれたちなら朝飯まえにこれるでねえけ」

「ウム、なんにしても女ばかりの行列だから——それにしても、おそいな」

京からここまで、まだわずか十七八里。

「いってえ、おめえ、江戸まであいつらといっしょにゆくつもりけ？」

「そうだな。……」

と、うっかり約束はしたものの、半ベエ、いささか後悔している。

もっとも、阿国一行と約束したのは、うっかりばかりではない。名古屋山三郎という男、どこやら好意のもてるところもあるが、またえたいのしれぬところもある。芸と興行にかけては恐ろしく情熱的だが、半面、ふだん、ひどく冷たい、虚無的なところがあり、またいまからかんがえると四条大橋の酔いどれ侍のいいがかりの際、よくあれで辛抱したとふしぎなくらいかんしゃくもちであることも、新しく発見した。人柄に謎が感じられると、彼と江戸の敵との関係もまだよくのみこめない。山三郎が、天八殺害に、ほんとうに関係がないか、どうか。

「おめえ、あの阿国って女に気《にく》があるのじゃねえけ？」

「なにをいう」

と、半べエ、苦笑したが、まことにお狩が気をもむくらい爛熟した阿国の美しさだ。

「お狩さま。やっぱりいっしょにいってやろうヨ。……あの切支丹の女、まもってやらなけりゃ、可哀そうだげ」

と、カンパチ、つぶらな眼を不安そうにひからせて、うしろをふりかえる。——彼は、いつしか、あの呉葉とよぶ姫君に、すっかり同情しているのだ。いままでのゆきがかりもあるが、なにより彼のこころをとらえたのは、あの姫が、死んだ姉に似ているからだろう。

「うむ、それもある」

「あっ、あれも美《にく》い娘《つる》だ。半べエ、おめえ、あの娘に惚れてるのけ？」

「ばかな！」

いや、お狩さまの気をもむこと。これが江戸までつづくかと思うと、ウンザリして、半べエ、また少々女かぶきと同行をまよいはじめる。

「しかし、カンパチ、あの娘《つる》を殺《あや》めようとした十三人の山伏が、肥後の加藤衆のものだといったのは、ほんとだな？」

「おいら、そうきいたが、よくわかンねえ。ただその山伏たち、あの娘を逆吊りにして、おっそろしくむごたらしい奴らだってことだけはほんとだ」

大いにあり得ることだと思う。

小西行長と加藤清正が犬猿の仲たったことは、あんまりにも天下衆知のことだったからだ。朝鮮役で競争の立場にたたされたこと、また文化人的武将と生粋の武断派とその肌合いがちがうこと、などのほかに、ふたりがともに天をいただかざるまでに憎みあった最大の原因は、小西が有名な切支丹大名で、主計頭《かずえのかみ》が熱烈な法華教信者だったこと。

――だから、小西の娘がなお切支丹を奉じて生きのこっているとすれば、清正がこれを草の根わけても葬り去ろうとするのは当然だと、まえはこれでも侍だった半べエ、それくらいの知識と推理力はある。

ただ、一点、心にひっかかって、しかも何が何やらわからないことは、その呉葉姫の危機を、なぜか真田家の忍者猿飛佐助が知っているらしいことだが。――

「……で、その十三人、あの姫が、いま女かぶきのなかにまぎれこんでおることを、まさか知らんだろうな？」

「……知ら――しっ」

突然、カンパチが口に手をあてて、棒立ちになった。

両側は山、その山の青い風にそよぐ林のあいたに、ちらっ——とみえたのは、たしかに兜巾をつけた修験者のすがた。

思わず、半べエにすがりついて、

「……いる！」

「なに！」

「山伏が……」

頭上を見まわして、半べエ、さすがにぎょっとした。ふつうのものなら木の葉がくれにみえまいが、半べエとお狩、一瞬にみた。両側の山の岩かげ、樹かげ、枝のうえに、弓をにぎって、やもりのようにはりついている修験者のむれ。

ひとりなら、石でもなげて打ち落せるかもしれない。片側だけなら、崖の一方にはりついてふせげるだろう。——だがこう両側から、十三人、鏃《やじり》をあつめて狙われては、まんなかの峠をのぼってくる者は、万にひとつの命もない。——

「なある……」

ほど——などと、感服してはおれない。カンパチのことばがいつわりでないことは、たしかにわかった。この弓と矢が満を持して待ちかまえているものが、あの姫であることはあきらかだ。

おどろきがすぎると、半べエ、ちょいと顔いろが蒼くなった。これをいかんせん。

——ひきかえして、急をつげて、阿国一行をとめるよりほかにテがない、と判断したのは一瞬ののち。

「カンパチ、もどろう」

時すでにおそし。

「これ、旅のもの」

頭上から、声がかかった。

「そのまま、ゆけ」

また、むこうの崖の上から、

「ひきかえすこと、相ならん。はやく、ゆけ!」

見あげると、青葉をもれる太陽に、いたるところひかる銀のきらめき、

「ウーム!」

うなったが、手も足も出ない。絶体絶命だ。

半べエ、お狩、カンパチ、歯ぎしりしながら、やむを得ずあるき出した。ソロソロ

と、十歩、二十歩ゆきかかるうしろから、

「なにをノソノソしておる。遠慮なく、うぬらにも矢をとばすぞ。峠をおりろ！」

「そこからは、どこまでも見とおしだぞ！」

　こうしているまも、何もしらぬ女かぶきの行列は、例のとおりはなやかに峠を練りのぼってくるにちがいない。どこかに仲間の撫衆がいるはずだが、まさかこの場に呼ぶいとまもない。……鈴鹿峠をこえながら、三人の背に、あぶら汗がながれるようだ。

　ふりかえり、ふりかえりつつ、心もそらに坂ノ下の宿ちかくおりてきた。――と、それといれちがいに、坂の下のほうからやってきて、峠をのぼってきた一隊。みな陣笠に桶皮胴《おけがわどう》、むきだしの毛ずねにわらじ、槍をついた番卒が三十人ばかり。――そのなかに、編笠こわきに野袴《のばかま》の武士がひとりいる。

　ゆきちがって、

「――や？」

　と、カンパチが小さく叫んで、小首をひねったのは、その武士の顔に見おぼえがあったからだ。これは、いつかみた徳川隠密大須賀一平の仲間、中村右陣という男。

　してみると、これは徳川の手の者に相違ないが、みなひどく緊張して、砂ほこりをまいて、いそぎ足で峠をのぼっていった。

すぐに、半べエ、これまた小西の娘をとらえるためかと気がついた。前門にせまる虎と狼。それをみつつ、ひきかえすこともできないのは、こうなっては救うすべもないというあきらめより、前途の大望と、――それから、お狩さまの野性的なやきもちのせいい。

ジリジリと、手に汗にぎる半刻、一刻。

坂ノ下の路傍の石に腰かけて、峠の安否を気づかって待つ半べエたちのまえに、やがて、例によって緩々と幟をひるがえした女かぶきの一行がおりてきた。

――呉葉はいる。阿国も山三郎も、ニコニコ笑って、これはしたり、なんの、異常もない。

峠に、なんの異変もなかったか？　――ときけば、待ちかまえていた徳川家の役人に、素性、ゆくさき、目的などしらべられたという。……偶然、両者が峠の上でぶつかって、さすがの山伏も手が出なかったとみえる。まったく、間一髪のところで毒が毒を制した結果になったようだが――といって、徳川の番卒たちが、べつに人別をくわしく調べるようなことはなかったらしい。

「なにやら、荷物のほうばかり、胡散《うさん》くさそうにみておったが？」

すると——あの一隊の取調べの目的は、呉葉ではなく——と、ここまで考えて、半べエ、ふっとあの京の流言を思い出した。

火薬！　真田が江戸へ送ろうとしている大量の煙硝、それが彼らの訊問《じんもん》の目的であったにちがいない。

「あれだな、半べエどの」

と、山三郎、ニヤニヤと笑った。

「え？」

「それ、京の茶屋で、浪人どもが、噂していた真田の地雷火。……おもしろいな、わしはこれでも太閤さまが、徳川とかみ合わせようとなさった蒲生氏郷公の家来。どうも江戸は虫が好かぬ」

「そのくせ、江戸城からの招きをひきうけたのは、だれ？」

と、阿国、あきれたようにいって、ツンとする。

「いや、商売は別よ。それに太夫、そうでなければ東下《あずまくだ》りを承知してくれんではないか。……だが、江戸城へいって、念仏踊りをやっておる最中、将軍もろとも地雷火でふきとばされてはわりに合わんな。せいぜい用心しよう」

こんな話をしているところをみると、天才的な興行師名古屋山三郎、あの巷のボスと連絡をつける一方、江戸城へも芸を売りこむ話をつけているとみえる。

突然、阿国がはなやかに笑った。

「大御所さまお召しの阿国かぶき、ただいま江戸へまかり下ります、といってやったら、役人ども、ぱっととびのいて、承っておる、とおじぎして、また西の方へドンドンはしってゆきましたっけ。ホ、ホ、ホ」

大八車のかげで、呉葉は影のように微笑している。肥後の刺客に狙われている。とあきらめて警告することを、半べエにためらわせるような、可憐にさびしい笑顔だった。

貼　紙

あの鈴鹿峠の戦慄で、いよいよお狩が懲りて、半べエとカンパチにだだをこね、火のつくようにせきたてる。——と、思いきや。

このとき以来、お狩さま、急に勃然として変心した。

「半べエ、こうなったら、撫衆の意地だ。江戸まで、きっとあのお姫さまとやらをまもってあげておくれ！　なんだい、あのカラス天狗のボンクレ野郎ども！」

本気で冷汗かかせられただけに、あの姫君にせまる恐怖の影がさまざまと身に思いしらされ、いまさらのように呉葉の哀れな運命に同情のこころがわいてきたこともあるが、それより、お狩、カンカンに腹をたててしまったのだ。

腹をたてているのは、お狩だけではない。それ以上に、半べエもムカムカしている。あの鈴鹿峠のように情けない目にあわされたことは近来ないからだ。半べエ、だんだん本気になってきた。

「いうにやおよぶ」

彼らは、こんどは、阿国一行のうしろについた。

そのガラス天狗どもは、依然として執拗についてくる。近江国から伊勢路へ、桑名から宮まで海上七里、むろん、舟はおなじではないが、宮から鳴海へ行く街道で、ちらっとまたうしろにみえた。

これが、鈴鹿以来、なんの行動にもでないのがふしぎにみえるが、実はそれにはわけがある。――いたるところ、徳川方の役人が血眼になってウロウロしているので、はからずもそれに邪魔されているらしい。

なぜ徳川方の役人たちが血眼になっているかといえば、街道の駅々の入口の橋や樹の幹などに、実に破天荒の貼紙があるからで、

「この度将軍家へ進上の地雷火、海道をまかり下るにつき、道中に於て行逢《ゆきあい》の節は不浄役人ども、かぶりをとり、つくばいまかりあり候事」

何者が貼ったか、人をくっているとも、大胆不敵とも、いいようのない文言。

むろん、発見しだい、ひッぺがすのだろうが、いたるところ貼りつけてあるいたとみえて、半べエたちもいままでに、二三ケ所これをみた。

はじめほんとうかと思った人間もあったようだが、よく読むと文句がどうもおかしいから、いたずらか冗談だと思う。そのうち、京からながれてきたあの噂が、みるみる東海道を波だててゆく。

真田か。あれが江戸城をふッとばすために地雷火を送ったそうな。うむ、あれのやりそうなことだ。——そうではない、真田はこの流言におどろき、ひたすら恐れ入っているそうな。——流言？　いや、そういえば役人たちが右往左往しているところをみると、どうして流言なものか。——流言でなければ、徳川家ではどうして真田をノホホン

と見すてておくのだ？

——それは徳川家では、得べくんば真田を味方につけたいために、よほど確証でもつかまぬかぎり、この噂だけでは手を出しかねているそうな。——

いや、けんけんごうごうたる流言。

これでは、徳川家の役人が、血眼になるのもむりはない。これがもし真実で、あの貼紙が嘲笑的挑戦であるならば、もしちかいうち江戸で地雷火が爆発でもすれば徳川家の面目はまるつぶれだ。

——こういう不可解な騒動のおかげで、あの修験者たちがかかってこないらしいのはもっけのさいわいだが、十三匹の送り狼のぶきみなこと。——知るや知らずや、阿国かぶきのはなやかな一行は、炎天の下を、緩々として、東へ、東へとうごいてゆく。

「わっ、なげえ橋だなあ」

と、カンパチが、まえのかぶき連中をわすれ、うしろの山伏たちをわすれて、あきれてたちどまったのは、三河国矢矧橋の橋上。ながさ二百八間、東海道第一の長橋だ。

蓬髪の快童カンパチの姿に、半ベエふと思い出したらしく、

「これが、太閤がおめえくらいのころ、ここにねていて、野武士と喧嘩した橋だ」

と、修学旅行的に歴史を教えているとき、うしろから凄じい鉄蹄のひびきがきこえた。

一騎、橋桁《はしげた》を鳴らし、鞭《むち》をあげてとんできた野袴の武士、すれちがいざまにふとみあげて、カンパチ、あっと小さくさけんだ。

「あいつだ！」

鈴鹿山の下で逢ったあの徳川隠密、中村右陣だ。西へはしっていったはずのこの男が、このようにあわててひきかえしてきたところをみると、なにか異変でも起ったらしい。——そのとき半べエの胸にひらめいたのは、いうまでもなくあの地雷火のこと。さては地雷火についてなにか新しい事実でもつかんだのだろうか。

橋をわたれば、岡崎五万石。徳川家の祖城、いまは功臣本多豊後守康重の居城だ。その城の下はなんでもなかったが、町の東大屋川の橋づめまできて、

「あれは？」

三人が疾風のごとくかけ出したのは、そこで何やら混乱している様子をみたからで、手前は阿国一行だが、むこうは数十人の役人たち。なかでなにやら声をからしているのは、さっきかけぬけていった中村右陣。

「とまれ、とまれっ、神妙にしろ、お調べのすじがあるのだ！」

「そこな葛籠《つづら》をあらためる。長持もおろせ。——」

と、もうひとり、馬づらに鋭い眼つきの武士もさけぶ。

どよめく一行のなかから、このときユラリとすすみ出たのは名古屋山三郎、秀麗な顔にうすら笑いを浮かべて、

「お調べのすじとはなんでござるかな」

「左様なこと、申しきかす要はない」

「地雷火ですか。あははははは」

ぬけぬけと笑われて、武士たちの顔いろがさっと変る。山三郎はへいきで、

「いかにも、あれだけからかわれて、しかも地雷火がぶじ江戸についたとあれば、あなたたちの腹をいくつかっさばいても事足るまい。つくづく御同情申す」

「えい、要らぬ口をたたくな。……それ、長持をあらためろ！」

怒号に吹かれてバラバラとび出そうとする番卒たちのまえに、山三郎、大手をひろげて、

「あいや、さっき申しあげた、これは大御所さま、将軍家お招きのかぶきのものどもだ

ということはきかれたか？」

「きいた。きいたが、それとこれとはべつだ。これ、一同、なにをいたしておる。はやくとり調べぬか！」

「待った！」

名古屋山三、ひどく挑戦的な瞳になった。

「よろしいか。あの長持や葛籠のなかには、上覧のさい、はじめてつける衣裳がござるぞ。そのために、わざわざ京で精進潔斎してつくらせた衣裳を、不浄役人の手にさわらせて——そして、あとで、異状はない、通れと申されても、そのままには参らんぞ」

「うーむ」

中村右陣、タジタジとして、うなってしまった。大見得をきる山三郎のそばによりそう阿国、ちらっとみた眼が、惚れ惚れととろけそう。紅潮した頰にニンマリとかたえくぼが入って、

「出雲の阿国、不浄の手にけがれた衣裳で、将軍さまに舞いを御覧にはいれられませぬ。もし左様なことがあれば、このまま、京へひきかえします」

「……相わかった。通ンなさい！」

と、不浄不浄とさも汚ならしそうにいわれて、馬づらの武士が、にが虫かみつぶしたようにいった。

名古屋山三郎と出雲の阿国、うってかわって、ばかていねいに会釈して、手をあげた。一行はそのまま、番卒たちのあいだを割って、ゾロゾロととおってゆく。

つづいて、胸なでおろして、あとを追う三人の撫衆。これは持ち物もほとんどないから、地雷火など疑いようもない。

このときまで、はるかうしろに一朶の妖雲のようにわだかまってこちらをながめていた修験者たちは、それとみてようやくうごき出す。みんなそろって兜巾に袈裟、背に笈をつけているが、ほかにむろん大きな荷などはたずさえていない。

中村右陣、まえを通ってゆくその群に眼をあげて、

「文六、あれは?」

馬づらの武士は、ぎろっと眼をひからせたが、

「うむ、あれではないかな、加藤家の刺客というのは――」

「おお、大須賀一平の知らせてくれた――」

「そうではないかと思う。小西の娘、呉葉姫とやら、これが切支丹で、切支丹ぎらいの

主計頭どのが、血眼になって狙っておるという」

「では、その姫は、もうさきへ江戸へいったのか」

「そうらしい。これはこれ、あれはあれでそれぞれ御苦労なことだ」

吐き出すようにいったが、そのことに興味をもつ余裕はないらしく、ぎゅっとひざをつかんで、

「そんなことより、ウカウカしておれないのは地雷火だ。右陣、ここより西に、たしかにそれらしい旅のものはないというのはまちがいないな？」

「まちがいない。網をひくように洗ってみたが――」

「そうか。そして、今日まで、ここより東にそれらしい一行は下らなかったこともまちがいない。……しかも尚且《なおかつ》、地雷火を江戸に入れたら、あの名古屋山三がほざいたとおり、まさにわれわれ伊賀者の名折れだ」

と、ギリギリ歯がみした馬づらの侍は、これも徳川隠密陣にさる者ありときこえた伊藤文六。

その地雷火を江戸におくる奇計の参謀は、あの大須賀一平のさぐり出してくれたとおり、真田の忍者猿飛佐助に相違ない。おそらく一平を殺害したのも猿飛なら、街道のあ

ちこちに、あの人をばかにした貼紙をしてあるいたのも猿飛だ。相手が甲賀流の忍者だけに、この百里にあまる警戒線をけむりのように突破されたら、まことに伊賀の忍者、また大御所手飼いの隠密として、なんのかんばせあってまみえんやだ。

「どうも、きゃつらが、くさい――」

うめくように、

「あの、かぶき者の一行。……」

「おお、やっぱりおぬしもそう思うか」

「あいつのことさら嘲弄するような眼がくさい。あの名古屋山三郎という男、あれは元来蒲生の家来だ。蒲生といえば、曾て太閤が、大御所さまとかみ合わせようと、会津百万石の主として江戸ににらみをきかせおった荒大名。――あの山三めが、徳川家をどうかんがえておるか、わかったものではない。……とはいえ、その大御所さまがきゃつを招かれたといわれれば、うかつに手を出せぬが。……」

「さて、どうする？」

伊藤文六、大刀の柄をちょっとたたいてたちあがった。

「いや、なんとしてもあの荷は調べねば相ならぬ。右陣、是非もない。土賊に化けよう」

「なに、賊？」

「されば、野盗が襲ったとあれば、万一あの一行に不審なことのない場合にも、大御所さまに顔がたつ。ばかばかしいが、いたしかたがない。ここから——浜名湖までのあいだ、どこか、よい場所よい時があれば、あの一行を襲って、あの長持のなかをあばいてくれる！」

大渦巻

夏の月御油《ごゆ》より出でて赤坂や。

これは、後年元禄の俳人芭蕉の句だが、その御油を出ればやがて四方山なく岡もなく、草土ともに蒼茫としている。東の野末にはやい夏の月がのぼりかかっていた。今夜の泊りは、御油から二里半四町、吉田の宿だが、日中の暑さにおびただしい荷に女づれ、女かぶきの一行、思わずこの原でたそがれにかかった。

「いそげ！」

いささかあわてて名古屋山三郎、鞭でぴゅっと草の葉をたたこうとして、ふっとあたりを見まわした。同時に、つれ立ってあるいていた三人の撫衆も、敏感な獣のように全身の毛穴をたててたちどまる。——茫々たるうす闇のなかに、しーっとせまる殺気、剣気だ！　きっとして、山三と半べエ、顔を見あわせたが、そのあたまにひらめいたことはそれぞれちがう。

半べエは、列のうしろのほうをトボトボあゆむ呉葉姫をふりかえり、たちまち風鳥のようにそっちへとび立っていったし、山三郎は、

「馬をとめろっ。……荷をうしろにひけっ、男の衆は女をとりかこめ！」

と、さけんだ。

砂塵をまいて一行の動揺する街道のまえ——左右の草むらから、ムクムクとあらわれた三十人ばかりの異様な群。山三郎の予期とはちがった。まるで原始の軍隊のように、大鉞《おおまさかり》や猪《しし》突《つ》き槍をもった連中だ。

「土匪か？」

と、山三、案外な思いがしたが、駅伝の制を定めたとはいうものの、むろんまだろくにととのわない時代のことだ。蜂須賀小六の末孫があらわれてもふしぎではない。しか

も、これは将軍家御用も何も効かない。まことに手に負えない相手だった。

魔軍は、地ひびきたてて ちかづいてきた。その先頭にたってあるいてくる首領らしい二人の男の顔をみて、山三郎、まばたきをした、男の顔――その顔をおおう般若《はんにゃ》の面。

「やい、その荷をおいてゆけ」

野ぶとい声で、一方の面がいう。もうひとりの般若も、

「いやだというなら、男どもはみな殺し、女どもは山へさらってゆくぞ」

山三郎、微笑した。

「みな殺し――わしひとりでも殺せるか」

「こいつっ」

そばの小賊がおどすように、ぶんと錆《さ》び槍をふるってきたのを、山三郎、わずかに身をひくと、その柄をつかんでひったくった。

「やるかっ」

どっと、とびさがってかまえようとする賊を、逆に槍を薙《な》ぎはらって、二三人もんどりうってたたきたおされる。狼狽とどうじに、逆上もしたらしく、ほかの賊たちは首領の命令もまたず、兇暴なわめき声をあげて襲いかかってきた。

たちまち展開された争闘のうしろに、すばやく身をひいたふたりの般若、面を見あわせたが、面のうちがわで小さく、

「しまった」

と、さけんだ。

いうまでもなく、これは徳川隠密、伊藤文六と中村右陣。

できることなら、こんな騒ぎをおこしたくない。ものものしい武器をたずさえた土賊に化けて、こんな騒ぎを起したくないもないものだが、そのものものしい武器も、実は相手を威嚇したい目的からのこと。あの荷のなかに地雷火があること確実なら話は別だが、それがハッリしない以上、これから大御所将軍家に舞いを上覧にいれる女かぶき、できることなら傷つけたくはない。――

機先を制して反撃に出た山三郎をみて、案外な思いにうたれたのは一瞬のこと、さすがに場を経た利け者だけあって、

「よしっ、そいつには十人ばかりかかれ。あとはかまわず荷を奪えっ」

と、指揮した、
このとき、うしろの呉葉姫の傍にカンパチをつけた半べエ、

「カンパチ、敵がきたらわめけ」

「へっ、わめくよりおいらの山刃《うめがい》のほうがはやい」

「なにをぬかす」

笑って、稲妻のようにとんできて、乱闘のなかにわけ入った。たちまち血の旋風が渦をまく。わずか五寸の山刃ながらいやその眼もあけられぬほど凄いこと。

しばし、三十人ちかい襲撃隊が、たったふたりにさえぎられて、岩に赤いしぶきをあげる奔流のよう。――それでも、二人、三人、すきをくぐってとびこんでくる奴のまえに、風にちる花のようにひとりの娘がとんできてたちふさがる。

「この、あまっ」

かるくふッとばそうと殺到する賊のからだが、逆にふッとばされて、ツンのめりながらおさえる脇ばらからは、ぱっと草にまかれる血の噴水。

「馬鹿《ぼんくれ》、撫衆《なでし》の山刃を知らねえけ」

颯爽と立って、お狩さま、凄然たる笑顔だ。

野末からしだいにはなれる月輪のくらいのは、砂ほこりか血の霧のせいか、もともとこれは、足軽の狩りあつめだから、ようやく恐怖にとりつかれてくずれかかろうとする気配を感じて、右陣と文六、ついにのぼせあがった。こうなったら、襲撃どころか、身をまもるのに死物狂いだ。

「えい、女を斬れ、ほかの女どもにかかれっ」

とりもちのように山三郎と半べエに吸いつけられていた賊たちが、木の葉のようになると、かえって始末にわるい。

背後にたまぎるような女の悲鳴があがったのに、はっとしてふりかえると、これはまぎれこんだ賊のひとりを、阿国が懐剣でつき刺したのを、そばの女弟子がかえり血をあびてあげた悲鳴だ。

それをしおに、街道を迂回して横からとびこもうとする土賊ども、右往左往する女たち、その土賊を追いまわす山三と半べエ。混戦紛戦となれば、もとよりこちらは分がわるい。

――危機はようやくいたらんとして、

「あっ、半べエ――また賊が！」

カンパチの悲叫に、ふりむいて半べエ、さすがに全身寒風にふかれた思いがした。いつあらわれたのか、うしろのほうに湧き出した十幾つかの影。月光にうかんだその姿は、さきの土賊よりさらに奇々怪々だ。みんな黒い頭巾をつけているが、首から下はまる裸だ。なんのまじないかわからないが、そのふしくれだった腕に、いっせいにかがやく刀のもの凄さ。

「心得たり」

さけんで、はせもどって、殺到してきたその一人の刃と山刃、はっしとかみ合わせたが、ジーンと肩までひびくその手応え。これはいままでの土賊などとは段ちがいの連中だ！

「もしや？」

と、愴然《そうぜん》とあたまをつきぬける或る思いをうらがきするように、

「十三人！　半べエ！　はだかは十三人いるぞっ」

と、カンパチが恐ろしそうにさけんだ。

そのはだかの群から、うなるような声があがった。

「呉葉――呉葉――呉葉――」

必死に身をひるがえして呉葉姫のほうへとってかえそうとする半べエの背に、はだかの腕の豪刀がきらめきのびる。危うし！　とたん、

「ううふっ」

悲鳴をあげてのけぞったのは、土賊のひとりだ。なにを血まよったか、賊がそのはだか頭巾にとびかかって、一刀のもとに斬り伏せられたのだ。

賊たちがカンちがいしたのもむりはない。右陣も文六も、このふしぎな連中はまったく見も知らないから、女かぶきをたすけにあらわれた一隊かと思った。またそう思うのもあたりまえで、はだか頭巾たちは、実に遠慮会釈もなく、むらがる賊たちを豪刀でなぐりつけ、雑草みたいに斬りちらす。なぐりつけ、斬りちらしながら、いっせいに、呪文のようにとなえるぶきみな合言葉は、

「呉葉――呉葉――呉葉はどこにいる？」

彼らは一意、呉葉姫をさがしているのだ！　と気がついたのは半ベエとお狩とカンパチと、それから当の呉葉ぐらいなもので、ほかのものには、わけがわからない。いや、それをかんがえているいとまもない混乱の中。

その混乱がもっけのさいわいで、なかなか呉葉がみつけられないらしく、焦るのか、無慈悲なのか、このはだか頭巾たちはいったい土賊たちをどう思っているのか、とにかく刀をもった人間は、草でも刈るようになぎ伏せてまわる。

——いや、もう、手もつけられない三つ巴の大渦巻。

　が、そのあいだにも、月はのぼる。満月はのぼる。いまにも呉葉姫は発見されて、惨たる終末がくるだろう。——と、半べエが、ふたりのはだか頭巾と相対峙《あいたいじ》したまま、血にかすむ眼でちらっとふりかえったとき、野のはてに、ぼうっと一条の火ばしらがたちのぼった。

「……あっ」

狂喜して、カンパチがさけんだ。

妖《あや》しの炎はいちどきえたかと思うと、また赤く、血のような色でもえあがった。

「親分火《やぞうび》だ！　親分火だ！」

これが撫衆なかまの信号だとは、撫衆以外のものにはわからない。しかし、カンパチたちには、彼らと相前後して親分天城の義経麾下《きか》の撫衆らが、煙霧のごとく江戸へ移動しつつあることを知っている。二三度、連絡にあの早足の野ぶすまの銀太がきたこともある。おそらく、銀太がちかくでこの騒ぎをみて、夜の野をただよいうごく仲間に合図したものだろう。

三度、親分火があがった。——この怪火には、敵も味方もぎょっとしたものだろう。

あっけにとられてこれをながめていた伊藤文六、奇怪なはだか頭巾の援軍が、またあらわれたものとでも思ったのか、ついに、

「ひけ、ひけひけっ……みんなにげろっ」

と、さけんで右陣とともにまっさきににげ出した。

思いはおなじか、はだか頭巾のむれ、兇刃をひいてポカンと怪火をみていたが、これまた土賊の助勢でもきたかと考えたか、たちまちはだかの背をみせて、月影くらき曠野《こうや》の草むらのなかへかききえてしまった。

餌を投げる

「夢の浮世にただ狂え
　とどろとどろと鳴るいかずちも
　君とわれとのなかをば裂けじ。……」

鳥の声も足の下にかすかな佐夜《さよ》中山を、東海道ひらいてこのかた曾てなかろうと思われるほどにぎやかな唄声がのぼってきた。いうまでもなく、これは阿国かぶきの一隊

だ。

わけのぼる佐夜中山なかなかに、こえてなごりぞ苦しかりける、と古歌によまれた深山幽谷を縫うつづら折り。この唄声は、ともすればアゴを出しそうな女たちをはげますため、また途中で先夜逢ったような野盗のたぐいの度胆をぬいて、跳梁《ちょうりょう》の余地なからしめんがための名古屋山三郎の智慧だ。

「さあ、元気を出せっ、江戸までまだ半ばはあるぞっ」

と、笑顔でふりかえりつつさけぶ山三郎の傍で、阿国はふくれっ面だ。くたびれてくると、いよいよ江戸ゆきが鬱陶しくなる。

「だから、江戸ゆきはいやだというのに、途中であんな化物はでるし――」

「ここまできて、なにをいう」

「あなたは、大御所があんまり好きじゃないくせに――」

「左様さ、われわれかぶきの芸人にとっては、大坂が天下をとったほうがありがたいな。なにしろ太閤さまの御一家だ」

「それで、江戸へゆこうとなさる」

「天下をとるのは徳川だから、商売上、やむを得ん」

「そのくせ、徳川のお役人衆をからかって」

「ヘソがまがって、うごくのだ」

と、山三郎と阿国、また喧嘩をしている。惚れあっているくせに、よく喧嘩する夫婦だ。

ふもとからとくにやとってきた人足のかつぎあげる葛籠、長持。それにすがりつくようにあえぎあえぎのぼってくる囃子方や女たち。

これが西部劇なら、どこか遠くからインデアンのぶきみな眼がひかっているところだが――そのとおり、ここでも一方の林のおくから、六つの眼が、じっとこれをながめていた。

どうにもこの一行に疑惑のみれんのたちきれぬ伊藤文六、中村右陣、またこの遠江ラインを守っていた間淵小伝次という徳川隠密たち。みれんどころか、御油《ごゆ》の月の野での山三郎の抵抗にいよいようたがいをふかめているが、おおッぴらに取調べもできず、かといって、あれだけの人数をひきいて襲撃しても失敗したのだから、いまここで三人でとび出してみても、成功の見込はちょっとない。

はなやかな唄声が林のむこうにきこえて約半刻《はんとき》、こんどはまたうってかわって陰鬱な一群がのぼってきた。金剛杖をつき背に重そうに笈を背負った山伏たち。――その数十三人。

これが、この山中、おたがいに一語もかわさず、いずれも秋霜《しゅうそう》のようにきびしい顔つきで通ってゆくのは、この世のものとも思えない。――もっとも、陰気なのは、そのうち二人三人、足でも負傷しているらしく、ちんばひきひきおくれがちなせいもある。

「きゃつらだ」

と、伊藤文六が無念そうにうめいた。

「人数からみて、きゃつらだ。あのはだか頭巾めらは――」

「そうにちがいない。あの夜、あのはだかどもがふりまわしておったのは、たしか戒刀であったぞ」

と、中村右陣もうなずく。するどい眼を見あわせて、

「きゃつら、あのとき――呉葉、呉葉、呉葉はどこにおる？　――とうなっておったな。すると、あの女かぶきのなかに、呉葉姫がまじっておるのか？」

「そうらしいな。はて、どの女か？」

と、小首をひねった伊藤文六の眼が、このとき突然ピカリとひかった。息をつまらせ

て、

「おいっ、右陣、――」

「な、なんだ？」

「きゃつらは、加藤家の刺客だといったな。そして、小西摂津の娘呉葉をねらっているといったな？」

「大須賀の報告にはそうあったが、それが、どうした？」

「容易ならぬことに気がついたのだ。きゃつらは、たしかに呉葉姫をねらっているのか。それとも――」

「それとも？」

「呉葉という娘が、真にあのかぶきもののなかにおるのかどうか、さぐって見ねばならん。また、事実おったとしても、きゃつらの狙っているのは、はたしてその娘か、それともわれわれ同様に、あの荷かもしれんぞ」

「な、な、なんだと？　文六。――」

「思い出してみろ、あの野盗に化けて襲った夜のことを。あの山伏ども、なるほど、呉葉呉葉とわめいてはおった。しかし、きゃつらは何をした？　われわれの手下を斬りちらし、あばれまわったではないか？」

「ああ、なるほど。――」

「きゃつらの目的は、呉葉ではないのではないか。われわれがあの荷をしらべるのを邪魔しようとしたのではないか？」

「では、では、きゃつらは、われわれを上賊とは思わず、徳川家のものだと知っておってやったのか」

「さればこそ、きゃつらは、山伏の衣をぬぎすて、裸になって正体をかくそうとしたのだ」

「ううぬ、不敵なやつ、どうしてくれようか？」

「待て、くやしいが、われわれもまた上賊に化けておったのだから、文句のつけようがない。なにしろ、肥後のものどもだ、徳川の手のものと知っていても、やりかねまいて」

「おおっ、すると、主計頭《かずえのかみ》め、左衛門佐《さえもんのすけ》と結託して地雷火を――」

「それもかんがえられる。加藤主計頭といえば、豊太閤随一の忠臣であることは、万人みとめるところだからな。しかし……」

と、なおくびをひねる伊藤文六に、間淵小伝次がうなずいた。

「左様、加藤は、やはり真田の地雷火を江戸に送らせてはならぬと苦慮して、それを追跡させておるのではないかとわしも思う。主計頭は、われわれのさぐり得たかぎりでは、ただただ徳川家とのあいだに事なかれと念じておることにまちがいはない。それが大坂の安泰を得る唯一の道だと判断しておるのだ」

「そ、それが、なぜわしたちの邪魔をするのだ?」

「徳川家の手で、あの地雷火をあばかれたくないからだ。われわれが地雷火をとらえたと思え、真田の誅戮されることはいうまでもない。が、ただそれだけにとどまるか? あの大御所さまのことだ。かならず大坂まで手をおのばしになろう」

「おお、いかにも――」

「それを、加藤はおそれているのだ。じゃから……加藤はいかにしてか真田のこのたびの陰謀を知り、密々にそれをおさえて蓋《ふた》をしたいと思っておるのだ。そういえば、加藤が多勢の家来にそれを追跡させておるという流言の上方にあることを耳にしたおぼえがあるが、それが呉葉の刺客とみせかけたあの修験者たちのことではないか?」

「ウーム!」

うなったきり、三人は眼をひからせて、だまってしまった。さすがは徳川隠密、ついにここまで事態を洞察してきたものだ。やがて、小伝次が、

「小西の娘をかくまって、江戸城で踊りを上覧にいれようとする不敵な奴、あの女かぶきの荷のなかに地雷火のあることは、九分までたしかだと思う。――ただ、それを、いかにしてたしかめるか?」

「あの山三め、それは知らなんだとそらとぼけかねない奴だ。……、表立ってとりしらべれば、かならずや将軍家御用とひらきなおるに相違ない」

と、中村右陣、弱音をあげる。

「――よしっ」

と、伊藤文六が大きくひざをたたいた。

「先ず第一に、あの一行のなかに、呉葉と申す女がいるかどうかたしかめる。そして、それがたしかなら、これをひっとらえて、あの山伏にあたえてみよう。狼のまえに、餌《えさ》をなげてやるのだ」

「それで?」

「この餌をくって、満足してきゃつらが西へひきかえすなら話はべつじゃ。それでもな

おあの一行を追跡するなら、地雷火があの女かぶきのうちにあること必定《ひつじょう》なりっ」

「それは名案！　じゃが、どうしてあの女をひッとらえる？」

「荷調べよりらくだ。呉葉という女は切支丹なそうな。もしそうならば――間淵、おぬし、まえに切支丹の動勢を探索したことがあったな――おぬし、切支丹に化けろ、そうして、その女をおびき出せ」

「かしこまった。で、場所は？」

「ウム！　富士川はわたすまい。左様、それでは宇津谷《うつのや》峠で！」

壁の虫

暑い。暑いことはむろん暑いが、この旅は、それだけお天気にはめぐまれた。佐夜中山をぶじこえて、金谷《かなや》の宿へ。――落日を背に大井川もつつがなくわたる。

このころから、空模様が少々おかしくなったが、それでなくとも歩みののろい一行だから気だけはいそぐ。今夜は駿府泊りときめて、朝島田をたった。そのあいだわずか六里半だが、途中に名だたる宇津谷峠がある。

湯谷口坂の下から峠まで一里。

唄もなく、ただあえぎあえぎ女かぶきの一行がのぼっていってからややあって、その急な坂路を軽がると、猿のようにとんでいった小さな影がある。少年カンパチだ。

雲煙万里の山岳をはしるのをつねとする撫衆の子、こんなチャチな峠など、平地をゆくようなもの――いや、その坦々たる東海道をゆくよりも、せめて峠や坂にかかると、むしろ魚が水を得たように、その小さな足が躍動する。

「半べエ」

峠の上の茶屋で、名物の団子をたべていた半べエ、ふりむいて、

「お、待っていた。カンパチ、食え」

「安心、安心、あのガラス天狗ども、麓の熊野権現のやしろのところで汗をふいてら。柳虫《やなぎむし》いままで三人ちんばをひいてたうち、ひとり、うごけなくなって、ウンウンうなってるぞ」

「ははは、そうか、そうだろう」

と、山三郎が笑った。阿国やお狩の姿がみえないが、これは裏の山かげに氷のような清水のわいているところがあると茶屋の婆さんに教えられ、女弟子たちにひっぱられて

いってしまったからで。――

「たしか、わしはふたりほどあのガラスの足のすじをきってやったが、あの傷で、よくいままでついてくる。――その執念には感服したいが、狙う相手がかよわい小娘だと思うと、可愛げがない」

といって、山三郎はふと小首をかしげた。

「しかし、どうもふしんなことがある」

「なにが？」

「きゃつらが、なんのために呉葉をそう執念ぶかく狙っているのか、わけがわからない。――というより、ほんとうに呉葉が狙われているのかどうか、どうも腑におちかねるふしがある」

さすがは名古屋山三郎、期せずして徳川隠密と見解が一致した。

「いや、それは――」

と、いいかけて、半べエは口ごもった。

山三郎が、呉葉の素性や修験者の正体をまだ知らないのはあきらかだが、それでへいきで呉葉を一行のなかにくわえて旅をつづけているのは、気楽というか、放胆というか。——

「あなたは、まだあの娘の素性を——?」

「知らないね。とにかく、最初、たすけをもとめられたときから、物騒な奴に狙われておるふしぎな娘、とだけは思っている。一二度きいたが、どうも身の上をかくしたいらしい。強いてきけば、泣くか、うそをつくか。——なにはともあれあれが悪い娘でないことは、山三郎、天眼鏡にかけてわかるし、だいいち悪い娘だとしても、大の男が追いまわすのは、みっともないし、気にくわない。——」

山三郎は明るく笑った。半べエと、その意気おなじだ。

「それに、あれをつれていると、いろいろと化物がとび出すようで、旅がたいくつでない。——阿国といさかいすると、ムシャクシャして、ひとあばれでもしないと、ノイローゼになります」

「それで、なぜ呉葉どのが——ほんとに狙われているかどうか、腑におちかねると申される?」

「それはね、あの娘が、いやにおちつきはらっているからですよ。実に、従容《しようよう》たるところがある」

「さ、それは」

と、半べエ、うなずいた。この山三郎という男にはまだよくわからないところがあるが、すくなくともあの姫の敵ではない。敵どころか、世にもまれな天空海闊《てんくうかいかつ》の侠気、大いにすがって可なりだ。姫が素性をかくしているのは、大名の娘にしてこの芝居の一座にまじっていることを恥じているからだろう。それならば、ここで少なくともじぶんの知っていることだけでも、山三郎に教えておいたほうがよいのではあるまいか。

その半べエの思案顔を、山三郎はちらっとみて、

「むろん、あなたは御存知でしょうな。どうやら道中、呉葉をおまもりの御様子だ」

「いや、それがあなたとおなじ――縁もゆかりもないが、ただあのガラス天狗どもが気にくわんので」

ついにいう気になった。

「実は、あれは、肥後の加藤家からの刺客です」

「ほ！　……どおりで、つよい！」

「あの娘は、小西摂津守どのの忘れがたみ。さればこそ、あの従容たるものごし」

「――なるほど、読めた！」

紀州白良浜三段壁で、カンパチがみたという山伏たちの姫へのむざんな所業を説明する半べエの話のうち、山三郎はふときとがめて、

「ははあ、姫は、切支丹だといわれるか」

「そうらしい」

「半べエどの、これをみられい」

と、山三郎がふところの奥ふかくからとり出しだのは、小さな黄金の十字架である。

半べエ、眼をまるくして、

「お……あなたも？」

「いや、これはそのむかし、わたくしが奉公しておった蒲生氏郷公から拝領したもの。……わたしはそうではないが、氏郷公は、教名レオンと申されて、そのほうでは小西どのの仲間でござってな」

山三郎のきれながの眼が宝石のようにかがやいた。

「これは、いよいよおもしろい！　あれが小西どのの御息女なら、名古屋山三にとって、おなじ豊太閤股肱《ここう》の臣といわれた大将の縁につながり、またこの十字架につながる。ひとごととは思えない。いやさ、山三、ますますこの細腕まくってまもる甲斐《かい》があ

るというもの。——それに」

じろっとまわりをみまわして、なぜかニヤニヤと白い歯をみせた。

「阿国も、あの呉葉——呉葉姫を、おのれの踊りのあとをつぐ天性あるものとみこんでいるらしいが——いかにも美しい！　さすがは大名の忘れがたみだけあって、あの気品、巫女あがりの阿国のあとつぎにはもったいないくらいです」

半べエ、眼をまるくした。阿国がいないからいいようなものの、きいていたらたいへんだ。山三郎は、いいきもちそうに、

「いや、あれの悍婦ぶりには手をやく。はじめはそうでもなかったが、このごろ年のせいか、ひどくヤキモチやきになりましたな。……いや、そういえば、あなたといっしょのあのお狩どの、これも若いが、なかなかヤキモチやきで、あなたもほとほとテコずっていられるようだが、まことに相身たがい、御同情のいたりで」

半べエ、あわてた。これもお狩にきかれたら、ひとさわぎだ。あわてて話をもとにもどそうとして、

「ところで、山三郎どの、われわれを狙う連中のことですが、先夜三河でわれわれを襲ったあの賊ども、あれはれいの山伏組とはちがったようだが——」

「はははは、お察しのとおり、あれは岡崎でわれわれを調べた連中らしい。般若の面などつけて、顔をかくしておったがよほど思案にあまってのことであろう。可笑しいやら、気の毒なやら」

「なに、それ知っていて、なお追いはらわれたところをみると、もしや——」

半べエ、息をのんだ。

「もしや、あの地雷火というのは、この——」

声が小さくなったので、西日のあたった油障子に、いっそう耳をちかづけた人間がある。腰高障子だから、その姿は内側からはみえないが、これはいま山三郎の悪口いったお狩さま。

女たちといっしょに裏山にいったが、むろん彼女らとあそぶにはあまりにも育ちがちがうから、すぐに飽いてひとりもどってきたが、茶屋でふたりの男のなにやら仔細らしい話をきいて、ふと耳をそばだてていたところ。——

——え、地雷火？　地雷火が、このビラシャラした役者の一行のなかにあるって？　それでは、あの荷のなかのどれに入っているのだろう？　あの葛籠だろうか、あの長持だろうか。それとも、阿国さまが江戸のお城で舞うときにきるという衣裳をいれた、あの大八車の上の長持にあるのだろうか？　……あれをいちばんだいじにしているらしいから、どうもあれがくさい。……

そうとはしらぬ名古屋山三郎、ヌケヌケとした声で、

「地雷火といえば、あのお狩どの、まったく地雷火のような娘御ですな。それにくらべると、呉葉姫は、雪洞《ぼんぼり》か。……きえなんとする名家の孤燈、どうですな、半べエどの、どちらもここは男の意地にかけて、あくまであの姫をまもりぬいてあげようではないか」

「もとより、わしもそのつもり」

お狩、腹をたてた。あの姫への同情はゆめひとにおとらないが、そのひきあいにじぶんを出して、地雷火みたいだの、ひとをテコずらせるヤキモチやきだの。あんまりだ。それをまた半べエのやつ、のうのうとして、「もとより、わしもそのつもり――」なんて、にくらしい！

「そこで、その地雷火だが、あれは――あの荷のなかにあるのですか？」

と、半べエにうながされて、

「さあ、どう思われる？」

と、山三郎、なぜか、そらっとぼけた。半べエ、かんがえこんで、

「あるとすれば、どの荷のなかにあるか？」

「はははは、あたったら、おなぐさみ。──」

「じらされるな。どうぞ、教えて下されい」

「それが──」

お狩、耳を腰高障子にこすりつけた。山三郎の笑い声がつづく。

「壁に耳あり──との世のたとえでな」

戛然《かつぜん》たる鍔鳴《つばなり》！　お狩、パッと六尺もうしろへはねとんだが、その一瞬、茶屋の反対側にあがった物凄い絶叫。

「これだから、うかとした話は申されぬ……」

その山三郎のつぶやきもきかず、お狩は、茶屋の向う側へまろびはしった。

──はたせるかな、そこの地面に胸から血をまいて、板壁ごしに蜘蛛の標本みたいに刺し殺されている男。

みた顔だ。あの鈴鹿峠で、番卒たちをつれて西へのぼっていた男。また矢矧橋《やはぎ》で、馬を東へ駈けさせていった男。また岡崎で、阿国一行をとめてわめきたてた男。すなわ

ち、お狩は名を知らないが、徳川隠密、中村右陣。

「なるほど、これは例の——」

と、刀を鞘におさめて出てきた山三郎、いたずらっぽい眼で、唖然《あぜん》たる半べエをふりむく。

そのとき、むこうから、女弟子たちをつれて阿国がバラバラとかけてきた。まだこちらのさわぎには気がつかないらしく、

「呉葉はこちらにかえっていませぬか」

「姫が？」

「姫？　とは、だれ？」

「いや、その呉葉が、どうしたのだ？」

「いま、裏山にいっしょにいって、どこやら姿をみせませぬ。ところが、小笹の申すには、そういえば、呉葉が汚ない百姓風の男に手をひかれて、谷のほうへおりていったのをちらっと見かけたと——」

「なに、百姓風の男？」

半べエがカンパチをふりむいて、

「カンパチ、あの山伏どもは、みんなまだ麓にいたといったな?」

「うん、いたよ、たしかに十三人。——」

「麓からここまで一里。それならまだきゃつらがここにのぼってくるわけはない。すると——はてな?」

蔦の細道

宇津谷峠の樹立のなかで、呉葉姫は、ふと木の幹に彫りつけられた魚のかたちをみとめた。

余人はしらず、彼女がこれをみて瞳をひらき、棒立ちになり、やがてそっとあたりを見まわしたのは、この魚のしるしこそ、ローマ帝国時代暴君ネロの迫害に苦しめられたキリスト教徒が、たがいに、連絡するときに用いたギリシャ語の隠符。

すなわち、「イエス・クリスト　テオ・ウィオス　ソーテル」——「イエス・キリスト、神の子、救い主」

この頭文字をとれば、イクトス——魚。

これはまた、日本の切支丹でも、その志をおなじくするもののみが知る聖なる合図だった。

呉葉はふりむいた。一間ばかりはなれて、また一本の木に魚のしるしがみえる。そこへちかづくと、またむこうの木の幹に——こうして呉葉が、しらずしらず阿国や朋輩たちのさんざめく群からはなれたとき、

「もしっ——カタリナさま」

と、しげみのなかから呼んだものがある。彼女の教名を知っているものが、この山中にあろうとは？

はっとしてのぞきこむと、汚ない布で頬かぶりしたひとりの百姓。目礼して、ひそやかに、

「おどろかれますな。同宿のものでございます。あなたさまのことはよく存じあげております。あなたさまが、江戸のソテロ神父さまをたよってお下りなさいますことも。

——」

「え？」

「カタリナさま。そのソテロさまは、いまこの駿河の切支丹のあいだを巡回なされてい

るのでございますぞ。……いえいえ、ほんのすぐそこまできておいでになるのでございます。さっき、峠の下でふっとあなたさまのお姿をみかけ、あれこそカタリナ、話があるから、ちょっとよんできてくれいとのことで、わたくしがお迎えにまいりました」

「おお、では」

「すぐおいでなされませ。お話次第で、やはりソテロさまよりさきに江戸へお下りあそばすなら、お連れの方々のところへは、駿河の切支丹ども、天帝《ゼウス》にちかってあとでお送りいたします。――」

こうして呉葉はその男に手をひかれて、南へ、谷を下り、山をのぼっていった。――しばし、楨の林をわけ、苔《こけ》の岩根をはしると、ここにまた蔦《つた》に覆われた細道がある。これ、宇津谷峠をこえて西の湯谷口《ゆやぐち》坂の下と東のたいら橋をつなぐ、本街道よりみじかいがけわしいためにいまは廃道となっている、古来からいわゆる『蔦の細道』。

そこの、とある檜《ひのき》の大木の下までくると、呉葉の手をにぎっている男の力が、ぐっとつよくなった。

「……?」

ふしんな眼でみて、手をひこうとする呉葉のまえに、その男はバラリと頬かぶりをとった。

「もうよかろう。やい、娘」

「えっ？　そなたは――」

「だれでもいい。まず、切支丹ではないとだけいっておこう。それより、ここでしばらく待っていてもらおうか。やがて天狗どもを呼びよせる。――」

とびのこうとした呉葉のうでに、キリキリッとまきついた縄。身をくねらせながら、さすがは小西の娘、さっと懐剣をぬいてこれをきろうとしたが、この縄は蛇のごとくたくみにうねって、あれよというまに、呉葉のからだをギリギリとしばりあげてしまった。

いうまでもなく、伊賀者秘伝の縄さばき、これは徳川隠密間淵小伝次。

笑いながら、橧の根方に呉葉をしぼりつけると、この男はむささびのようにどこかへかけ去った。

みだれ雲のあいだからのぞいていた西日がきえ、空はいつしか荒れ模様だ。……歯をかんで、身もだえする呉葉の耳にやがて半刻、西のほうから、おどろおどろきこえてきたぶきみな声。

「……南無妙法蓮華経……南無妙法蓮華経……南無妙法蓮華経……」

——さて、それよりすこしまえのこと。

湯谷口坂の下で、鼻取地蔵とむかいあった熊野権現のやしろのまえで休んでいた十三人の山伏。

「さあ、ゆこうぞ」

ようやく足に手傷を負っていた二三人の手当をおえて、

と、首領株らしい虎ひげの修験者がたちあがったとき、やしろのうらの熊笹をガサガサとわけて、ころがるようにひとりの樵夫《きこり》があらわれた。

「あっ、もしっ、山伏の衆」

「なんじゃ」

「たいへんでごぜえます。旅の女子衆がひとり、山賊に襲われております。はやくたすけにいってあげて下せえまし！」

「旅の女子？」

と、いいながら虎髯は、その百姓の手にもったものを眼ざとく見とがめた。銀の小さな十字架だ。

「や、それはなんだ？」

「なんだかえたいがわかりましねえ。おら、木を切ってたら、ちかくで女の悲鳴がきこえて、とんでいってみたら、美しい娘がひとり、はあ、どうしてまあまよいこんだか、蔦の細道の猫石ンとこで、山賊につかまえられて、どっかへつれてゆかれましただ。あとにおちていたのが、この妙なもので――」

　山伏たちの眼が、ぎらっとかがやいて、おたがいにうなずきあう。

「――あれではないか！」

「ウム、いかがして蔦の細道へそれおったか？」

「これ、樵夫、ほかにはでな身なりの女や男どもの姿はみえなんだか」

「へっ、そういえば、どっか遠くで唄みたいなものがきこえたようですが、べつに、ちかくには――」

「――よしっ」

　虎ひげが、金剛杖をはたとついて、

「樵夫、その蔦の細道とやらは、このやしろのうらを参るのじゃな？」

「そうでがす。谷川を三つ四つわたると、道はわるうがすが、むかしの街道だそうで、

——は、はやくいってやって下せえまし！」

修験者たちは、鴉のようにむら立って、やしろの側《かたわら》からうらの熊笹のなかへ、どっとなだれこんでゆく。

——あと見おくってその樵夫、にやっとした。これは地雷火ふせぎの徳川隠密、駿河管区うけもちの寺沢民部という男。——と、どこからか、忽然《こつぜん》と伊藤文六があらわれた。顔みあわせて、

「うまくいった」

「つけろ」

そして、しばらく間をおいて、獣のように音もなく、山伏たちのあとを追ってゆく。

さて茅すすき萩のおいしげった細道を、トットとはせのぼっていった修験者のむれ、ふとそのうち虎ひげがたちどまった。

「まて。——あの手強い奴、ふたりまた出てくるかもしれぬぞ。念のため、飛道具をつくれ」

と、傍に四五本立った檀《まゆみ》の樹をゆびさした。

たちまち戒刀をふるって、その枝をうちはらい、どこからかとり出した弦でその丸木

をたわめて弓をつくる、一方では篠竹をきって先をけずって、矢をつくる。いや、その手ぎわの迅速なこと。おそらくこういうことには熟練した手合なのだろう。

やがて、その原始的な弓矢を小わきにかかえた山伏たちは、

「南無妙法蓮華経……南無妙法蓮華経……南無妙法蓮華経……」

と、ぶきみに唱えあいながら、魔風のように山をかけのぼっていった。

これを追う伊藤文六、寺沢民部のふたりに、途中からあの百姓風の男——間淵小伝次が加わる。

「どうだ?」

と、きいたが、文六はだまってくびをふる。犠牲者を釣り出し、獣を狩り出したが、はたしてこのあといかが相成るやら、演出者にもわからない。

魔　弓

——やがて。

蔦の細道は猫石という猫の臥したかたちの古巌《こがん》をすぎて、楢の根方にしばりつけられ

た呉葉を発見した山伏たち、異様などよめきをあげ、地ひびきたてて殺到した。

「……姫っ」

「…………」

呉葉は、白い顔をきっとあげたが、だまっている。山に乱雲とんで、蒼味をおびた凄壮な風が、ざっとあたりの林のこずえを鳴らす。

「紀州では、姫御信心の天帝《ゼウス》とやらの加護があったとみえますな」

虎ひげは、にやっと笑った。呉葉の頬に、けなげな微笑がけいれんした。

「いかにもそなたの申すとおり」

「なに？」

山伏たちの顔が、さっと朱にそまった。ギラギラする眼を見かわしていたが、すぐ虎ひげが歯をむき出して、

「いや、申したな。その天帝にまもられた姫が、仔細はしらぬが山賊とやらにしばられて、まんまとわしたちにつかまえられたとはこりゃどうじゃ」

と、笑おうとしたが、手もブルブルふるえて、

「よし！　ならば天帝の加護あるか、われらが法華の折伏《しゃくぶく》成るか、そのしゃらくさい

口に破魔弓十三本射こんでくれる。それっ」

しげみにひそんでいた三人の隠密は、ぴたっと蜘蛛のように地に伏した。修験者がさっとうしろへ散ったからだ。

「武大坊っ」

「おう」

「まず、射よ、姫の胸——右の乳を！」

「承った！」

あまりの残忍なこころみに、さすがの隠密たちも、全身が鳥肌になる思いがした。蒼白い眼が、うなずきあう。

——オイ、これはほんものだ。姫を狙うというのは。

——やるのか、ほんとうに。

——やるらしい。これは、少々、薬がききすぎた。

——しかし、いまさら、追っつかない。

キリキリッと、れいの檀弓をひきしぼった武大坊、姫の右の乳房をねらって、炎ともえたつ眼。

このとき、姫は、天を仰いでさけんだ。

「童貞マリア！　カタリナは殉教《マルチリ》はおそれませねど、敵は、異教の邪神と御力をくらべようと申しまする。童貞マリア！　子があなたさまの栄光をあらわさんがため、あなたさまの子の栄光をあらわしたまえ！」

ひょうふっ！　と切ってはなたれた篠竹の矢、うなりをあげてとび来たって――姫の右の胸へ――その右腕スレスレの木の幹へ、はっしとあたり、パシッとふたつにおれた。

「ややっ」

どよめく山伏たちのなかから、すっくと虎ひげがあがって、

「未熟者っ」

にくにくしげに叱咤されて、武大坊、赤面してひきしりぞく。

虎ひげはつかつかとすすみ出て、満月のごとく檀弓ひきしぼり、びゅっと射はなした。

「おおっ」

その牡牛にまがう咆哮とともに、稲妻のような手さばき、これみよといわんばかりの

手練の矢は。

ファウル！

いや、ホームラン。

これはどうしたことか、その首領の矢は、とちゅうで大きくカーブをえがいて、外れも外れたり、檜の幹から三尺もはなれ、木の葉をたたきおとしつつ、しかも射手の強力をまざまざしめして、左の谷底のほうへ——そのゆくえもしれず。

——山伏たちが笑わなかったのは、この首領の平生の厳酷さ、或いはその手練のほどを知ればこそか。——あるべきことか、とあきれたようにポカンとしているのに、

「ウーム、奇態の魔法をつかいおる！」

むしろ、沈痛な声で、虎ひげはうめいた。ここぞとばかりさけび出したのは武大坊だ。

「お頭、いっそ、この刀で！」

と、戒刀の柄に手をかけるのを、虎ひげはさすがに制して、

「待て、それはあとでもできるわ。それより……いかにも不可思議の術をつかいおる。あれが切支丹伴天連の秘法か。よしきさまら、ひとりひとり射て、手柄にあの秘法や

ぶってみよ!」

さて、それから、しげみのなかの観覧者、三人の隠密のまえで、ときならぬ弓術のコンクールがはじまった。

が、これは決してあそびではない。遊戯とするなら、恐るべき遊戯だ。金剛力士のような踏足、爛々たる眼、獣のような矢声——的は、立木にしばられた清麗の美少女。

しかも、みよ、つぎつぎに風をきって射ちこまれる矢は、呉葉の髪に、耳の下に、肩の上に、胴の横に、或いは折れ、或はつき立ってふるえているが、ひとすじもあたらず、檜に篠竹の輪廓をえがき出すのみだ。

「……ウーム」

悪魔でもみるように瞼《まぶた》をしばたたく隠密たちの眼には、風に黒髪ふきみだして凝然と天を仰いでいる呉葉の姿が、いつしか、ぼうっと妖幻の暈《かさ》にふちどられているようにみえた。……

「えーい、もはやがまんならぬ、斬れっ」

ついに、おどりあがって怒号する虎ひげの下知一下、弓なげすてた山伏たち、いっせいに戒刀をぬきはなって、姫にはしりよる。

「南無妙法蓮華経！」

唱名とともに、まず迫った武大坊、戒刀を大きくふりかざしたが、そのとたん、なぜか、うわっとおめいて、よろめいた、ふりむいて、虎ひげがなにかさけんだ。

武大坊の肩につき立っているのは、ひとすじの矢だ。しかも、いま彼らが射散らした篠竹の矢だ！

愕然として、その矢のとんできた方角をあおいで、修験者たちはいっせいにうなった。むこうの松の横に這う枝のうえに、いつのまにか、すっくと立っている山男。乱髪のなかにひかる眼、口にくわえた一条の光芒。

「むげえことする天狗じゃねえけ、半べエ」

うしろの天空で、少年の声がすると、杉の枝からさっと魔鳥のようにはばたいてとびおりた怪童、なんたる不敵さ、あきれてあおのいている十三人の山伏のうち、五人までの頭を、タッタッタッと杭みたいにふんで宙をはしった。

「ええいっ」

狼狽しつつ、頭をふまれた五人めの山伏がぬきうちにはしらせた片手なぐりの豪刀のまえに、カンパチ、両手を枝に、機械体操の大車輪のようにブーンとまわると、空をツ

ンのめる山伏の背の笈をドンと蹴って、

「たね、掘れ、カラス」

と、笑った。

つづいて、口にくわえた山刀をにぎってとびおりてくる半兵衛。さっき投げた矢は、実は虎ひげの射たあの矢だ。呉葉をもとめて、宇津谷峠から谷底をさまよう半兵衛らのまえにふいに梢《こずえ》のうえからまいおりてきたあの流れ矢が、はからずも発見の端緒となった。

この不可思議な山男の腕ッぷしは、ついさっき虎ひげが警戒して弓を用意させたくらいだから、たちまち彼をめぐって旋風のように吹きちる山伏、そのうしろから、

「姫——いや、呉葉、はやくにげろ、ここはわしたちがひきうけた」

その声にふりかえると、檜の根方に、呉葉の縄きりほどいて、ニンマリと笑う名古屋山三郎。その笑顔と刀身に冷たい水がしたたるよう。

「カンパチ」

と、あごをしゃくった。

「あそこのしげみのなかにも、土蟇《どがま》のような妙なガン首が三つ這いつくばっておるぞ。

鳴くか、鳴かぬか、踏んでみろ」

三人の隠密、きもをつぶして、ツツーとさがり、それこそ保護色能力のある蛙のように、ふっと青い密林のうちに溶けこんでしまった。

車長持

府中を出て、興津へ——興津川をわたって、高波よせる薩埵《さった》山の海岸をとおり、由井へ。

ここらは、海道屈指の風物のはずだが、お狩は、めずらしくうなだれて、ふくれッ面をしてあるいている。

「お狩さま」

カンパチ、心配そうだ。さっきから、何をはなしかけても、お狩はだまっている。

「お狩さま、富士がみえねえから、かなしいのけ?」

「…………」

「いよいよ、くるなあ、二百十日が」

と、カンパチ、しさいらしく空をあおぐ。きのうごろから空模様が険悪になって、いかにも富士は暗澹《あんたん》たる雲のうずにとりまかれている。今夜の泊りは蒲原《かんばら》の予定で、明日は富士川わたりだが、それまで雨にならなければいいが。

「カンパチ」

お狩さま、由井の宿《しゆく》に入りかかったとき、やっとポツンといった。

「いっそ、半べエたちとわかれて、仲間のほうへゆこうじゃねえけ？」

「え、ど、どうしてサ？」

「………………」

「もう江戸まで三十里か三十五里くれえだろ？　なるほど、大疾駆《おおのり》でふっとばしゃ一日たらずだが、ここまであのお姫さまをまもってきてやったのに――ハハア、お狩さま、おめえあのお姫さまにヤイてるんだな？」

「ナマイキ――この、馬鹿野郎《ぼんくれ》！」

お狩、まっかになって、カンパチをはりとばそうとしたが、少年は、路傍の立札のうしろへ、雀みたいににげた。これを追っかけてとぶお狩。――一行はまだずっとあとだ。塩やくけぶりたちのぼる夏のゆうぐれの、曇天の海を背にして子をとろ子とろ。

しばらく、その立札をめぐって、クルクル少年を追っていたお狩、ふっと気がついて、その立札をみあげた。

――あれだ。あれが、ここにもある。

「このたび将軍家へ献上の地雷火一車、東海道をまかり下るにつき、道中にて行き逢いの節は、不浄役人ども、かぶりをとり、つくばいまかりあり候こと」

立札は、新らしい。道中、あっちこっちでみたが、いつも、いま立てられたようだった。――まったく、ふしぎだ、とお狩は口をぽかんとあけて、その立札をあおぐ。あの女かぶき一行の人間でじぶんたちの眼をかすめて、さきに追いこし、こんな立札をたてあるく者の姿はみえないのに。しかも、いつもあの一行の先触れのごとく、東海道に立ってゆくこの立札。

いったい、どこに地雷火があるのだろう？

あの、三台の大八車のなかの――というより、そのなかにいわゆる車長持《くるまながもち》と称される、車輪つきの長持がひとつある。どうもあれらしい、とお狩はみている。

街道のうしろに、行列がみえてきた。きのうの宇津谷峠の危難で足をいためたとみえ、呉葉は馬に横なりにのせられている。その両側に、ピッタリついて、なにやら面白そうに笑っている半べエと名古屋山三郎。

「ちくしょう、半べエの野郎」

と、お狩はペッと唾《つば》をはいた。制禦《せいぎょ》というものをしらない野性の血が、五臓六腑をにえくりかえらせる。

その半べエにまけずににくらしいのは、あの山三郎だ。道中でも、お狩どのの乳房はきものをつきやぶりそうだの、そのお臀《いど》にはじかれたら、たいていの男は三間くらいふっとばされるであろうの、とか、しゃあしゃあと、いやらしいからかい口をきいて、そのくせひとのいないところでは、手にあまるヤキモチヤキだなんて。——しかも、ふたりとも、昨日あの娘がみえなくなったときのあわてぶり、血相をかえて山をかけまわって。——ポロッとお狩の頬に、涙の珠《たま》がにえこぼれた。

「お狩さま。……どうかしたのけ?」

カンパチ、あっけにとられて、にげるのをやめて、オズオズちかづいてきた。

「おいらのいったこと、そんなにかなしかったのけ?」

ぎらっと、彼女の涙の眼がかがやいた。ふっと、或るしッぺがえしを思いついたのだ。

「ようし、いまに、みておれ！」

――さて、お狩とカンパチがすぎ、阿国一行がすぎ、まただいぶたって、笈を背負い、金剛杖をつき、四五人の手負いをたすけあいつつ、あの十三人の山伏がとおりすぎたのち、もう黄昏《たそがれ》のしずみはしめたその立札のまえに立った三人の武士がある。

「ウーヌ、ここにも、立っておる！」

「あくまで、われらを嘲斎坊にいたす不敵なやつ」

「こうなっては、もうたかびしゃに面の皮ひンむいてくれるよりほかないぞ」

伊藤文六、間淵小伝次、寺沢民部の三人。

宇津谷峠にかけた罠はみごとに成功したが、間一髪のところでよけい者がとびこんできて、いけにえも獣もにげ去った。――どうやら、あの様子からみると、加藤家から出た修験者風の一隊が、姫を追っているというのは本当らしいが、かといって阿国一行に地雷火がないとはいいきれない。いいきれないどころか、ハッキリわかっているのは、峠の茶屋で刺し殺されていた仲間の中村右陣。

そこまで向うが覚悟をきめているのなら、やっぱりきゃつらが地雷火をはこんでいるにちがいない！

「しからば！」

と、三人、血ばしった眼を見かわし、とぶように蒲原にまたたく灯《あかり》めがけて、いそぎ去った。ポツリ、ポツリ——と、そのあとから雨が大地をたたきはじめる。

——その夜半から、駿河地方は凄じい嵐となった。ちょうど颱風《たいふう》の候なのである。

蒼白く夜はあけかかってきたが、ただ雨風のみあれ狂う蒲原の宿。低い屋並は黒い亀のようにはいつくばり、眠れもしないが、騒ぎもできず、ただ死の町のように息をとめている蒲原の往来を、

「おういっ、川止めだ、川止めになったぞっ——」

と、わめいて知らせていったものがあるのは、一里八町むこうの富士川のわたしの川役人か人足だろう。

出雲の阿国らの泊っている蒲原の大旅籠《はたご》花屋の下男が、大戸をあけてのぞこうとしていると、裏庭の馬屋のほうから、馬をひいて出てきたものがある。下男は、ねぼけ眼をまるくした。

「これアー」

なんといっていいかわからないが、

「御女中、馬をどうなされます?」

雨しぶきのなかに眼をひからせているお狩、だまって、往来にそうてながくつき出した軒の下にまわって、あけられた大戸口から、勝手土間に入ってきた。表大板の間につみあげてある大荷物には眼もくれず、土間におかれたれいの車長持を、娘とも思えない力でひきずり出すと、馬にむすびつけた。

「へ、ど、どうなされますので?　あの川は川止めで――」

「うるせえ!　ひっこンでろ草覆虫」

「へっ」

きもをつぶした下男のまえで、お狩、ヒラリと馬にとびのると、

「ハイヨーッ」

びしっと馬腹に鞭をたたきつけると、車をつけたまま、吹きしぶく雨のなかを、ガラガラとはしり出した。

水煙にゆれつつ、その馬と車が町のむこうへきえたかきえぬかに、こちらの角をまわってきた一隊がある。みんな蓑笠《みのがさ》をつけているが、その数二三十人、まるで山あらしの群のようだが、その先頭に立ったひとりが、

「はてな、いま、むこうに妙な車がかけ去っていったようではないか」

と、笠をあげたのは、伊藤文六だ。寺沢民部が眼をひからせて、

「さては、気がついて、失せおったか?」

「よし、わしが追ってみよう。むこうは、富士川で、ゆきどまりだ。――おぬしたちは、花屋のほうを、万事しかとたのんだぞ」

と、いいおいて、間淵小伝次、手勢のうち十人ばかりをひきつれて、風雨をついてかけ出した。

さて、のこった伊藤文六と、寺沢民部、あいたままの大戸口から、ソロゾロと花屋の土間に入ってきた。

「これっ、家のものはおるか。御公儀のものだ。お調べのすじがある。――」

といいかけて、大板の間をみあげて、伊藤文六、眼をパチパチさせた。

大板の間の荷のなかに立って、こちらをみているのは、愛刀を片手にさげた名古屋山三郎と出雲の阿国。まえにこの大旅籠の主人と下男がいるのは、いまこの下男から、お狩の脱走事件の報告をきいていたところだ。

「これは、道中、よく逢いますな」

と、山三郎、ニヤリとした。

「お役目、御苦労、まだ地雷火さわぎでござるか？」

「よけいなことを申すな」

と、伊藤文六、怫然《ふつぜん》と顔をそめて、ぐっと肩をそびやかし、

「左様な用ではない。この旅籠に——謀叛人小西摂津守の娘がひそんでおるとの密訴あって参ったのじゃわ。一同、早々神妙にしてひかえおれ」

と、真っ向から、きめつけた。

山三郎は、はっとしたようだ。さすがにしばらくだまりこんで、やっと、

「この宿に？　——はて、この旅籠に宿泊しておるは、大世帯のわれら一行のものばかりですが、それではわれらの一行のなかに、左様なものがいると申されるのか」

と、おしかえした。

おしかえしたが、こう智慧もなく大上段からこられては、処置なしだ。——が、山三郎はいよいよ不敵な顔で、

「われら一行の女弟子ども、みな将軍家のまえで舞うアトミック・ガールズで、一人一人、えらびにえらびぬいたはずのものばかりでござるが、このなかに謀叛人の娘がいるなどとは、拙者にとっても心外千万。……よほどなにか、たしかな証拠でもありますか？」

きたな、といった表情で、文六はくびをふって、

「あいや、一行のなかにいるとは申さない」

と、じろっと山三郎と阿国をねめすえた。

「訴人によれば、その娘は、その方の荷のなかにひそんでおるとか。——役目を以てとりしらべるから、左様心得ろ」

山三郎、じっと文六を見かえしていたが、急にそりかえって笑い出した。

「あははははは、とりひきですな。いや相わかった！」

ポンとひざをたたいて、

「しからば、御執心の葛籠《つづら》長持のなか、御覧にいれよう。……もし、そのなかに地雷火――いや、その女とやらがいなんだら、……このまま、おひきとり下さるか?」

「………」

「そこまでゆずったら、もはやわしたちが、闇夜に般若の面でおどされたり、女をさらわれたりすることのないように、お心入れねがえましょうな? なにしろ、われわれは、将軍家の――」

「――心得た」

と、伊藤文六、ぶッちょう面でうなずいた。

小西の娘もいずれひっとらえたいのはむろんだが、先ずそれはあとまわしでもやむを得ない。それよりいまは、なんとしても地雷火をふせぎとめなければならぬ。そのためには、小西の娘をかくまっているという向うの弱点につけこんで、何はともあれ、この一行の荷をしらべねばという、ここ数日以来の焦躁が火のように彼の胸をやきたてて、

「よいか、調べるぞ。――それっ」

と、部下に命令した。

たちまち、役人たちは猟犬のように荷の山にとびついて、土間や大板の間に、ひっく

りかえし、ぶちまけ、かきまわしはじめる。あたり一帯はときならぬ嵐に襲われた花園のように美しくもむざんな光景に変った。

「ホホ、これは将軍さまのまえで、紐のきれた鉦《かね》やほころびた衣裳で踊らねばならぬ。その責めはこちらにはありませぬぞえ」

うすきみわるい阿国のことばを、わざときかないふりをしているが、

「ないか——ない？　そんなはずはない、底のほうをよくのぞいてみろ」

と、伊藤文六、血まなこだ。山三郎、うしろで腕ぐみしたまま、ニヤニヤして、

「砂ぶるいにでもかけると、姫君が出てくるかもしれませんぞ」

ない。ない。どこをさがしても黒火薬などは見あたらない。あるとすれば、たしかに長持に半分はたっぷりあるはずの黒火薬だが。——

そのとき、大板の間のむこうに、ねとぼけた顔で、半兵衛とカンパチがあらわれた。

「名古屋どの、おかしいことがある。お狩がいないのです。——」

山三郎、はじめて気がついたように、

「ウム、忘れておったが、これは一大事、半兵衛どの、お狩どのはついさっき、ひとりで馬にのってどこかへ逐電なされたとのこと」

「な、なに――逐電？」

「されば、富士川のほうへ――」

「カンパチ、来いっ」

半兵衛、狼狽してキリキリ舞いしたかと思うと、閃光のように旅籠をとび出していった。

同時に、寺沢民部が、伊藤文六の横っ腹をつきとばした。

「おお、あれは？　――小伝次はいかがしたであろう？」

――たたきつけるような雨をついて、馬上のお狩は鞭をふるっていた。はしる、はしる、大地におどりあがりつつ、いまにも車輪もはじけてとびそうに、車はひたばしる。

「ザマみやがれ、山三郎め！」

キチガイのように笑う口に、どっとそそぐ雨、雨、雨。

「半べエ、おれ、このまま富士川へつっこんで、地雷火といっしょに死んでやるぞ。いいか、半べエ！」

はりさけるように見張った眼に、涙がとびちり、また雨がしぶく。

「し……死んでやるから……おめえ……お姫さまばかり大事にしろ。……」

遠くうしろに、わあっという人の声がきこえた。馬の蹄《ひづめ》の音もきこえる。お狩、ちらっとふりむいて、じぶんを追跡してくる一群をおぼろげにみたが、彼女はこれを山三郎たちの追跡とみた。——ちくしょう、つかまってたまるものか！

「お狩さま」

ふいに横で声がする。おどろいて横眼でみると、これは撫衆仲間の野ぶすまの銀太。

「えれえ元気じゃねえけ。どこへゆきなさるのけ？」

「おれ、死んでやるんだ」

「へ——どうして？」

「おめえの知ったことじゃあね。いっしょに富士川へたたっこむぞ」

銀太、タッタタッタッと大疾駆《おおのり》でかけながら、ニヤッと笑った。

「へ、それじゃおさきに」

というと、ちらりとうしろの追跡隊をふりかえり、馬の三倍くらいのはやさで、どこかへみえなくなってしまった。

前方に、灰色にふくれあがった富士川がみえてきた。これはこれ、ただでさえ海道随一の急流、ましてや夜来の豪雨に、濁流は河原をうずめ、奔騰する水けぶりにそのはてもみえず——角倉了以《すみのかくりようい》がこの河に舟制を定めたのが、やっと去年のことだから、いま川止めになるのはむりもない。そこへ。——

「待てっ」

お狩の馬腹に狂乱したようにはせよってきたのは間淵小伝次。馬は途中どこからか手に入れたのだろうか、そのまま荒れくるう富士川へ、つっこみそうなお狩の車に髪の毛をさかだてつつ——しかも、かくまでしてのがれようとする長持は、てッきりあれに相違ないという確信に、いまや必死だ。

「待たぬか——御用だっ」

と、絶叫して、片手をお狩のからだにのばそうとしたが、

「いっしょに地獄にゆけ」

ぴしっとお狩の鞭にふりはらわれて、馬から車の上へ、どっとばかりにころがりおちた。あっとかじりついた車は、そのまま凄じい水けむりをたてて、濁流のなかへつッこんでゆく。

狂奔して前肢《まえあし》だちになる馬に、お狩、火のちるような一鞭また一鞭、ザザザッとおしながされつつ、中流めざしてなおかけ進む。

「わあっ」

あわてて追かけてきた番卒たちは、思わず膝を没するところまではしりこんできたが、恐怖にうたれてたちすくむ。その眼に、車の上の間淵小伝次が、ポーンと激流のなかへほうり出されるのがみえ、長持がぐうっと横だおしになりかけるのがみえたが——あとは、なんにもみえなくなった。

水のすだれを張ったような雨としぶきにへだてられたのと、あとは彼らじしんが、うずまく河中へひっくりかえったからだ。

何者であろう。その足をひッとらえて、水へひきずりこんだものがある。彼らは何が何だかわからなかったが、気がついたら、水死よりさきに気死したろう。この濁流のなかからニョキニョキとあらわれた無数の毛むくじゃらの手。

その毛むくじゃらの無数の手が、またお狩の馬と車をささえている。横だおしになりそうなものをあやうく支えて、さすがにみるみる大きくおしながされつつ、しかも魔神のうちのる蓮台のように、対岸めざして泳いでゆくのだ。

——さながら、河童祭。

この超人的な一群は何者か。——いうまでもなく、天城の義経麾下の撫衆の一隊。山窩が水泳もたっしゃなのはふしぎにみえるが、なにしろ千古の自然児ばかりだから、みんなザトペックと力道山と古橋のあいのこ――いや御先祖さまみたいなもの。

だいいち、これは天城の義経の手下なのだから、義経の家来が河わたりのうまいのは、宇治川以来のことだ。

芦の湖軍議

二三日まえにすぎた嵐は、空から暑さまでぬぐい去ったようで、はやどこか秋の涼しさをみせるちぎれ雲が、箱根芦の湖に白い影をおとしていた。

「……きたか」

「……ウム！」

屏風《びょうぶ》山の穂すすきのなかからたちあがったふたりの武士、伊藤文六と寺沢民部。

三島からのぼってきて、いま眼の下を湖沿いにやってくる女かぶきの一行。――それは血ばしる眼にいくどみたかしれない風景だが、

「あれだな、あの車長持」

「……それにしても、間淵小伝次らはどうなったか？」

まったくわけがわからない。彼らが半べエらと富士川にかけつけたときは、ただ滔々《とうとう》とたぎりながれる洪水ばかり、さきにきたはずの小伝次らの人数は、ひとりのこらず消え去って、ただ馬が一頭かなしげにいななきすくんでいるばかりだったのだ。

――ところが、いまかんがえると、蒲原の大旅籠花屋の土間には、それにまでの道中たしかにあったあの車長持がなかったようだ。それが――富士川をこえて、吉原から沼津へくるまでに、どこからかひょっこりまた現われて一行に加わった。あの車長持が、どこをどうして富士川をわたったのか、想像もおよばない。

――あれか。

――もういちど、ひッとらえて調べるか。蒲原の花屋で、もはや手出しはせぬと、山三郎と約定《やくじょう》したが。……

――いや、それは、むこうからして長持を一棹《ひとさお》チョロまかしおったから、約定などはどうでもいいが、とにかく容易ならぬ曲者《くせもの》、間淵らをどこかに消してしまったのは、ただごとの業ではない。

――それに、あの切支丹の姫だ。魔除けのふしぎな術を心得ておる様子。ひょッとしたら、いつか三河の夜襲のさい、野の果てにもえた妖しの火も、あの切支丹伴天連の妖術かもしれんぞ。……

――とにかく、もはや尋常のことでは、あの山三郎一行をしめあげることはかなうまい。

はなやかな女かぶきの行列が、笑い声、唄声すらもまじえて、青い樹立のなかへきえてゆくのを見送るふたりの隠密のあたまは、いまや悩乱しそうだ。

箱根に関所ができたのは、これより十年ばかりのちの元和《げんな》五年のことだが、このころから関所の二大目的の必要がなかったわけではない。――すなわち、入り鉄砲に出女。江戸から西国へ出る女をふせぎ、西国から江戸へ入る鉄砲をふせぐ関門。

出女はともかく、江戸の治安をまもるために、断じて密輸などさせてはならぬ鉄砲。――いや、鉄砲どころか、江戸城を爆発させるという地雷火を！

やがて、おなじ山路を――もはや夕づきはじめた芦の湖に妖々と十三人の影を映して、ヒタヒタとあるいてきた例の修験者たち。宇津谷峠の乱闘でまた負傷者がふえたようだが、あくまで獲物からはなれない執念ぶかさは、いまは恐ろしさより、驚嘆の念すらよびおこす。

これを見おろして、もういちどじっと顔見あわせた伊藤文六と寺沢民部、

「――よしっ」

と、うなずくと、穂すすきかきわけ、疾風のようにはせおりていった。

――赤い太陽は、富士の肩にかかっていた。ながい影をひいて、芦の湖をあとに、二子山の麓にかかってきた山伏の群のまえに、バラバラッととび出したふたりの侍。

「あいや」

と、声をかけた。

「身をやつしておらるるが、肥後の加藤家の家中の方々と存ずるが――」

ぎょっとしたように立ちすくんでいた修験者のなかから、ややあって、虎ひげの首領がしゃがれた声で、

「お手前たちは？」

と、ききかえしてきた。文六は意を決した風で、

「もはや、かくしてもせんないことでござる。われわれは、徳川隠密で、伊藤文六と寺沢民部と申すものです」

山伏たちは、いっせいに、かるく目礼した。虎ひげはけげんそうに寺沢民部をながめ

ていたが、

「はて、貴殿は、宇津谷峠のふもと、鼻取地蔵のところで逢った樵夫《きこり》。……」

「わかりましたか、はははは、実はあれは、貴殿たちをあの小西の娘のところへ御誘い申す苦肉の策でござった。いや、貴殿たちが、呉葉姫をつけ狙っておらるることも承知でござる」

と、寺沢民部はおっかぶせるように早口でいって、

「それというのも、前をゆくあの女かぶきの一行に、地雷火があるかどうかをたしかめるため。――」

「じ、地雷火？」

と、虎ひげが小首をかしげるのに、文六、声はげまして、

「あいや、おかくしは御無用。おぬしたちも、道中諸所に立っておる、あのひとを小馬鹿にした不埒《ふらち》な立札を御覧なされたであろう。……もしやしたら、おぬしたちも、実はその地雷火を追っておられるのではないか？」

修験者たちは、愕然として顔いろも変ったようだ。伊藤文六は、図星とみた。

「拙者どものさぐったところでは、……紀州九度山の真田左衛門佐めが、江戸に地雷火

を送る。それを、主計頭どのが心痛なされて、途中でひそかにとめようとしておられる。……貴殿たちは、そのための追跡隊ではござらぬかな?」

「…………」

「ただ主計頭どのは、これを徳川の手におさえられては、そこからいかなる大難が豊家にかかるやもはかられずと案じられて、内密に、内密にとはかっておらるる御心底とみたはひがめか?」

「――ご、御推量にまかせ申す」

と、虎ひげ、沈痛な伏眼になる。文六と民部はずっと身をのり出して、

「主計頭どのの御苦心は相わかるが……それは、拙者どもも同様でござる。もし江戸に地雷火が入れば、拙者ども、腹をきっても追っつかぬ。……さて、われわれ、お手前方、めざすはおなじと判明いたした。そう考えて、ようござるな?」

「――御推量にまかせ申す。……」

「と、相なると、もはや両者がべつべつに――それどころか、互いに相うたがい、牽制《けんせい》し合って、めざす獲物を逸するは愚かもまたきわまれりというべし。――山伏どの、たとえ、地雷火をとらえても、そこまで主計頭どのの御苦心あるを汲《く》めば、決して豊家に

累をおよぼすようなことはさせませぬが、ここで、われら、貴殿たち、いっそかたく手をにぎって地雷火をふせぎとめようではござらぬか？」

と、蒼ずんだ顔いろできり出した。

「と申すのは、きゃつら、実にひとすじ縄ではゆかぬあばれ者。……それは、お手前たちもよく御存じのはず。——」

虎ひげ、キハダをなめたような、苦あい顔をして。——やがて、ひどく、ぼうっとした眼いろで、

「ところで、その地雷火はたしかにあの一行のなかにあるのでござろうか？」

と、いった。文六、愕然として、

「なに、それをお手前たちは、しかと御存知ではないか？」

「いや、われらもただ噂、流言によってうごき出したまでで——地雷火が東海道へ送り出されたことだけはまちがいないのでござるが——それがどこにあるか、まではよくわからぬ。ただ、あの一行のなかに、小西の娘がおるゆえ、それを狙っておるうちに、これはただの女かぶきではない、もしやしたら、あの噂の地雷火はあの一行にあるのではないかとみて、追跡しているだけでござる。……」

剣気ものものしいにかかわらず、かんじんのところが、どうもあいまいだ。が、それを笑う資格は、徳川隠密たちにもない。

「――ようし」

と、伊藤文六、ついにカンシャクをおこした。

「こうなっては、もう糸をなげたり、網を張ったりするのはめんどうだ。だいいち、まにあわぬ。いっそ――」

ぎらっと眼をひからせて、

「いっそ、玉石ともに焚かん。――大事のまえには、やむを得ぬ。きゃつらに地雷火があるか、どうか――きゃつらを木ッ葉みじんにして、それをたしかめると致そうではござらぬか。――」

文六、口を虎ひげによせて、なにかささやく。重々しくうなずく虎ひげが、やがてニヤッと凄い笑顔になった。それをとりまく十三人の山伏。まるで魔の眷属の軍議のようだが。

とにかく、ここに、この執念ぶかい二組の追跡隊は、たしかに同盟の握手をかわした！

地雷火ぐるま

「お狩どの」

と、山三郎がからかう。

「お狩どのに、たとえ天魔の術あるも——長持ひとつひッかかえて富士川をわたる怪力あるも、この箱根八里はそうはゆくまいて」

この箱根越えは、いうまでもなく、芦の湖から芦の湯、小涌谷、宮ノ下を経て湯本へ下る現代の街道ではない。芦の湖から畑宿をとおって、須雲山沿いに湯本茶屋へ下る峠道だが、それも、むろんのちの広重の名所絵などにみえるあの粗末な石だたみが、まだこのころあるわけはなく、実に大井川と並び称されるに足る険所悪路。

「フ、フ、フ、フ」

と、お狩、笑ったが、真っ赤な顔をしている。

嵐の富士川をあばれ渡ったら、さすがのお狩さまもヒステリーの憑《つ》きものがおちたようにキョトンとして、仲間の撫衆たちとわかれ、吉原の宿場はずれの松並木から、テレたような笑顔でノコノコとあらわれて、また一行に加わったのだが。――

「小田原まで下れば、あとは大道三十里」

路はすでに下りかかっている。いままで右にあった須雲山が左側にまわり、淙々《そうそう》たる渓流の音ふかく、一方は頭上にせまる聖岳の青い崖。

――と、馬がおびえたように首をあげていなないた。

「はてな?」

半ベエ、ふっと異様な剣気を感じて、はたと足をとどめた。ふりかえって、

「また、出ましたな」

「おお!」

いま越えてきた峠の頂上に、ぶきみに赤い夕雲を背に、鴉のようにとまっている十三人の山伏の影。

「やあ、荷を前に出せ」

と、山三郎が指揮したとき、山伏たちはたちまち狼群のように峠をはせおりてきた。

山三郎、なお頭《こうべ》をめぐらして絶叫する。

「それから――呉葉――呉葉も、さきへ!」

山三郎と半べエ、お狩、カンパチをのぞいて、長持と、阿国、呉葉をとりかこんだ一行が、騒然としてまえに出る。

「よし、わしたちにかまわず、さきへゆけ。一足でもはやく台の茶屋まで下るのだ。……よいか、半べエどの」

「心得た。あのうち半分は手負いだろう。道はせまい一本道、ちょうど好都合だ、みんな須雲川へ蹴落してくれる！」

小田原へ下れば、あとは江戸まで坦々たる大道ひとすじ、往還のはげしい湘南の街道で、もはやいままでのような大がかりな襲撃もできまいから、ここが最後の決闘だろうと思われる。——四人。まるで牡獅子牝獅子仔獅子のように勇躍して、峡谷の一本道にたちふさがった。

雪崩のようにかけおりてきた修験者たちは、はやぬきつれた戒刀をならべてしのびよる。

「一人一人でかかるなよ。——ただひた押しに押して討て！」

うしろに立って下知しているのは例の虎ひげだ。

さすがに軽々に斬りかかってこないのは、半べエ山三郎の手並を知りつくしているからだろうが、かといって、べつに恐れているともみえないのは、彼ら剣陣の気力、また虎ひげのニヤッとみせている白い歯からもわかる。

「それそれ、女と童《わっぱ》が崖のほうにまわったぞ。先ずあれを谷へおいおとせ。——」

ジリジリと、山三郎と半べエが、一方の断崖へ、お狩カンパチといれかわると、修験者たちはいっせいに山沿いにドドとまわりこんで、こちらの弱い部分から衝いて四人を、一挙に谷へ押しまくろうとする。

いうまでもなく、こういう坂路では、上に分がある。それに峠を背に山伏たちの姿は朦朧《もうろう》とくらく、残照を真っ向にあびて、四人は明るく浮かびあがっている。

「えい！」

「やあ！」

地底からうなりあげるような修験者たちの矢声は、ズンと山にも胆にもひびかんばかり。——この連中が、個々の果し合いだけでなく、たしかにいままで幾度となく戦陣のあいだを馳駆《ちく》したことがあるのはあきらかだ。加藤家の刺客といえば、或いは鶏林八道に明軍と刀をまじえたことさえあるにちがいない。——

「おーっ」

ヒタヒタとおしつめる剣の網目に、凄じい粘着力と、豪宕《ごうとう》きわまる厚みがある。——こう本格的にかかってこられると、その集中した殺気と迫力と鬼神も面をそむけんばかり、むしろ一本の峠路が、こちらに恐ろしい危機と変じてくる。特に、燕のような自在な跳躍力を天来の武器とするお狩とカンパチには。

「半べエどの！」

「——ウム！」

と、山三郎と半べエは、わずかに眼で合図した。山伏たちと入れちがいになることは、さきにいった一行を追わせるおそれがあるから、避けたいのはヤマヤマだが、このまま相対峙していては、刻一刻、エネルギーの袋小路においこまれるほかはない。

「参るぞーっ」

さっとふたりが躍りあがって、先ず肘《ひじ》の弦をきろうとした刹那、

「わあっ」

と、下で恐ろしい喚声がきこえた。

はっとしてふりかえると、——さきに下っていった一行のまえに、こはいかに、えん

えんともえあがる炎。いつのまにか、幾台かの荷車をひき出してあらわれた何十人かの男たちが、その車の上の枯草、藁たばなどに火をつけて待ちかまえているのだ。

「――しまった！」

タタ、タタタタとあとずさる四人を追って、どっと砂塵をまいて修験者たちがせまる。

どよめくように火の車のまわりで笑ったなかに、ひときわカンだかいのは、伊藤文六と寺沢民部の笑い声だ。

前門に炎もゆる虎の口、しりえにせまる狼群の剣の牙。右は絶壁。左は渓谷。

「ウーム！」

荷と女たちを中心に、さすがの山三郎半べエがたちすくんだとき、金鈴のように凜たる声がきこえた。

「車長持に馬つけて！」

呉葉だ。夕風にふきみだれる黒髪の下に、燦《さん》として星のように眼がかがやいている。金しばりになったような一行のなかから、カンパチがはね出した。

「お姫さま、どうするのけ？」

といいながら、車長持に馬をつける。呉葉はヒラリと馬にとびのると、

「みんな、この車をとりかこみ、一団となってあの火のなかをはしりぬけましょう！」

さけぶと、さっと手綱をかいぐった。

「わあっ」

さけんだのはお狩、嵐の富士川をかけわたったさすがのお狩も、総身の毛をさかだてた。なんたる無謀、なんたる冒険、いままでひっそりと夕顔の花のようにやさしくみえた呉葉がまなじりを決した騎馬姿は、

――おう、さすがは小西摂津守どのの姫君！

と、とっさに山三郎と半べエが舌をまいたくらいの壮絶さ。

「いざっ！」

さけぶと、馬に一鞭、車輪とどろかせて真っ逆おとし！

とぶよ、とぶ、前にそびえ、後《しり》えにさそう万丈の山、右に左にまわる千仞《せんじん》の谷、昼なおくらい杉の並木を、苔なめらかな羊腸の小径を、魔風のごとくかけおりる天馬とくるま、それをとりまく花の雲のような一団。

なにか、さけんだのは、炎をかこんで待ちうけていた隠密の一隊。思わず蜘蛛の子を

ちらすようににげおりたが、よけそこねて、三四人、虚空から谷へとび散った。

ガガガッ、ダダッ、凄じい音響と火の粉をあげて、もえる藁《わら》車がかたむき、車輪が崖からはずれると、そのあとを追っておちてゆく。——

これをはじきとばした車長持に——しかし、ぼうっと火がついた。

「おおっ」

追おうとした修験者たちが思わずぼう立ちになったのは、その車長持に何か入っているかに想到して、血を凍らせたからにちがいない。まして、逃げおりる伊藤文六、寺沢民部、じぶんで計画したことでありながら、

「地雷火だ！　地雷火だっ！」

「はやく、にげろっ」

発狂したようなさけびをあげて、なおぐうっと雪崩れかかってくる車に、伊藤文六、死物狂いに切手のように山側の崖にハリつき、寺沢民部はキリキリ舞いして、底もしれぬ谷底へ、われとみずから飛びこんでいった。

いまか——いまか——いまに火柱が天に冲《ちゅう》するか。——

いや、ながい炎の虹をひきながら馬を駆る呉葉姫、なんという神技、右に左にみごと

に手綱をあやつりつつ、伏勢《ふせぜい》をふみにじってはせ下《くだ》る。——

「や、や。……！」

「地雷火は、あの車にないぞ！」

「そ、それでは、どこへ？」

ふた声、三声、愕然たるうめきをもらしたっきり、すでにうす暗い箱根の山中に、茫然ととりのこされた修験者と伊藤文六、まるで虚脱したように麓を見おろしてたちすくむ。

突然、虎ひげが、

「ううぬ、さては途中で、ほかの長持といれかえたな？」

と、おどりあがって、

「なんでもよい、呉葉を追え！」

と、白刃をふるって輩下を下知してまたかけ下ろうとしたとき、向いの山に、また頭上の山に、どっとあがる笑い声。

こは、鬼か、魔か。——蒼然としてみまわす眼に、いたるところもえあがる妖しの火。――いつか三河の野末にみたやつとおなじだ。

これが天城の義経のひきいる撫衆の親分火《やぞうび》とは、はるか下ににげのびた半べエ、お狩、カンパチ以外にわかりようはない。

死人橋

お江戸日本橋。

この橋がかけられたのはもう五年前。――『慶長見聞集』に、『人馬の足おと雷電のごとし』とかかれた雑沓《ざっとう》はまだはじまらぬ夜明け前の時刻に。

何者であろう、その橋のたもとに、南詰の西側に、――じっと高札にしばりつけられている黒い影がある。背に背負わされている高札を、うすら明りによむと、
恐れながら申し上げ奉り候。

拙者儀徳川家隠密として、西国より江戸に送られたる煙硝一車、中途にて止むべしとの密命に服し、道中肝血《かんけつ》をしぼり候えども、微力ついに止むることかなわず、地雷火入府いたさせ候うえ、同志四人道中にて相果てさせ候段、恐れ入り奉り候。こ

こに自決してその罪をあがない候えども、かくてもし御公儀と上方とのあいだに風雲急をつぐる日あらんか、入府の地雷火はいつなんどきか鳴動を起さんやもはかりがたき儀と相成り、拙者の魂魄なお去りがたきはこのことに御座候。よくよく御用心下さるべく候。

伊藤文六

お——こいつは死人だ。

だが、これは書置きだか、訴状だか、脅迫だかわからない。

それに、この高札の字は、過ぐる日、東海道のあちこちにたてられてきた地雷火送りの通告の文字と、よく似ているではないか。——してみると、これは実に痛烈無比の、地雷火大江戸入りの宣言ともみてとれる。

橋の欄干に、霧のかたまりのようにもたれかかっている影があった。影はボンヤリと、放下師《ほうげし》のかたちをしていた。彼は瓢箪をかたむけて、なかの液体を橋の下の水におとしている。

「——フ、フ、フ」

彼は、ふたたび瓢箪を腰につけると、ブラブラ橋のたもとにもどってきて、高札を見あげた。

満足げにまだ墨痕淋漓《ぼっこんりんり》たる文字をながめ、また、唇からあごにしたたる血の糸のすでにコビりついた死骸を見おろし、

「ゆるせや、文六、おぬしも隠密稼業なれば、隠密同志のたたかいの無惨なことは、覚悟のまえであろう」

と、ひッそりつぶやき、

「なむあみだぶつ
なむあみだ」

ひくく口ずさみながら、朦朧ときえ去った。

——やがて、白い朝の陽が、欄干に、石垣に、冷たい水のたゆたいにさして来、また町の人々が通りかかりはじめる。高札をみてたちどまり、その下をみて悲鳴をあげ、そしてみるみる黒山のような人だかり。

「お、お役人を——」

だれかがころがるようにかけ去るのといれちがいに、西の方からはなやかにねりこん

できた行列。……阿国かぶきの一行だ。

「あれは？」

と、群衆のうしろに寄ってきた名古屋山三郎、阿国、半ベエ、お狩、カンパチ。――高札と死人をながめて、見かわしたときの表情のおどろきようは、決して余人におとらない。

「あの男……殺されて――」

「ひと足さきに江戸に入ったものではあろうが……だれにトドメを刺されたものであろうか？」

「そして、地雷火も江戸へ入ったと？」

いまは、地雷火が阿国一行のなかにないことは、阿国山三郎はむろんのこと、半ベエたちも知っているが、それにしても不可思議千万だ。

「いや、地雷火などは当方になんのかかわりもない」

やがて、山三郎は、肩をゆすって一笑した。

「われわれは、あの姫君をぶじ送りとどけたうえは、なんの心残りもないことだ」

うしろに、呉葉姫はうなだれていた。消えいるようにかなしげな姿である。じっとなにやらかんがえていたが、やがて意を決した風で、面をあげた。

「地雷火が、どうして江戸に入ったかわたしは存じております」

と、いった。

「まことに、あなた方さまとは、なんのかかわりもないこと。……いいえ、なんのかかわりもないわたくしまで、よくおかばい下されて、江戸へ送りとどけて下されたそのおこころざし。……だまって去っては、罰があたりましょう。月叟《げっそう》さまからおゆるしはいただきませねど、あなた方さまにおうちあけいたしましても、大事はございますまい。

――」

「なに月叟――真田月叟？」

「されば」

呉葉姫は、微笑した。

「紀州九度山の真田どのが、地雷火を江戸へお送りなされたは、むろん江戸城を爆破するようなおつもりではございますまい。ただ、その気になれば、何でもできるのだぞというお手並を、徳川に思い知らせるためでございましょう。……けれど、そのたくらみは、はやくも徳川の隠密陣にかぎつかれてしまいました。それは敵ながら、容易ならぬ、あっぱれな諜者の網です。それで月叟さまは、いっそう面白がられて、乗気になられて……わざと、京に、地雷火送りのこと、加藤家のものが、それを防ごうと追っているという流言をおはなちになりました。……」

姫は、しずかに語りつづける。

「東海道を、大量の地雷火を送って、隠密の眼をくらませる。……ひとどおりのことではかないませぬ。それには、いつわりの影武者が要ります。いかにも地雷火をはこんでいるらしい旅の一行が要ります。その一行に、あなた方さまがえらばれたのです。……わたくしが、あなたさまの一座に入れていただきましたのも、すべて月叟さまの御指図でございました。……」

阿国、山三郎、まじまじと眼をみはったきり、声もない。

「それを、加藤家の追手らしきものに追わせる。……それだけのはかりごとでは、子供だましです。五十三次、到底もちませぬ。その追跡隊も、いかにも仔細らしく、秘密の追跡らしくみせかけねばまことらしうありませぬ。そこで……まず小西の娘、わたしを追っているとみせ、まことは地雷火を追っているのだと、疑いぶかい隠密たちが納得するようにたくらまれたのです。……そのために、真田家の忍者猿飛どのと申される方が、まず敵の隠密のひとりをみちびいて、わたしという小西の娘、またそれを狙っている加藤家の刺客の関係をみせつけ、あとの東海道の追跡の意味が一応腑におちるように、隠密のあたまにふきこまれました。……されば、あの山伏どもは、道中いかにわたくしを苦しめ悩ますようにに見えましょうとも、それは徳川隠密の眼をくらませるためのもの。決して、わたくしを殺すようなおそれはなかったのでございます。……」

「では……では……あの山伏どもは」

実に、なんとも、仰天のこととはこのことだ。百二十里にあまる道中のあの猛襲ぶりを思い起してみて、――なるほど！　とも思われるが、また、まさか？　と疑わざるを得ない。

「しかし、加藤家の家来が、みすみす小西どのの御息女を――」

「あれは、加藤家のものどもではございませぬ。それはただ流言ばかりでございます。あれもまた、真田の――」

「えっ？」

「徳川家から加藤家にかけあっても、加藤家のほうでは、存じもよらぬことでございましょう。また、まことにそうでございますから、そう申すよりほかはございますまい。

……」

「姫！」

山三郎は、せきこんで、思わず声をたかくしてから、急に息をそめて、

「し、し、しからば、地雷火は、何者が――」

「地雷火をはこんだのは、あの追手の十三人の山伏が――」

呉葉は、コミあげるような無邪気な笑顔になった。

「あの十三の笈《おい》のなかに」

山三郎と半べエ、白痴《こけ》みたいに顔を見合わせ――ほうっと大息つきかけた肩が、急に波のようにゆすられると、爆発したように笑い出した。可笑しい、これほど可笑しいことがあろうか。地雷火を追跡する一隊が、地雷火を抱いていたとは？

……が、次の瞬間、ふたりはなんともいえない肌寒さにおそわれて、思わずピタとだまりこんでしまった。実に戦慄せざるを得ない真田左衛門佐の神算鬼謀！

「太夫さま。山伏どもが、あれにて礼を申しております」

呉葉にいわれてふりかえると、往来のむこうに粛然とたたずむ十三人の山伏とひとりの放下師。

「あの虎ひげの男は、実は真田どのの御家来、三好清海入道といわれるお方」

虎ひげ、重々しくかすかに目礼したが、白い歯がにやっとしたようだ。

「おそばのあの武大坊と申す山伏は、穴山小助どの。——それから、あの放下師が、海道に立札をたててまわられた猿飛佐助どの」

猿飛、ペロリと舌を出してみせたようだ。いたずらッぽい笑顔で、三好清海入道になにかささやき、うながすと、十三人の修験者は笈をゆすりあげて、江戸の朝ぼらけのなかへ、悠々とあゆみ去った。


「では」

と、呉葉はまたかなしげな笑顔をふりむける。

「わたくしも、おわかれ申します。お礼もいたさず、切のうはございますが——」

「呉葉、おまえはゆきやるか？」

と、出雲の阿国の眼に涙が浮かんだ。

「はい、……まことを申せば、徳川は父の讐《かたき》とは申せ、このたびのこと、心にそまぬことでございました。……なれど肥後から追われてきた天涯孤独のわたくしを、よくお世話下された真田月叟さまへの御恩にむくいたく、あとはただ石町《こく》の南蛮寺、ロザリオの聖堂へ、神父ソテロさまのおんもとへ」

彼女は涙のひかる眼で、十字をきった。

「あなた方さまの御恩寵を、天帝さまにお祈りいたしております。……」

――太陽の光芒にふちどられつつ呉葉姫が去ると、半べエお狩、カンパチも顔見合せる。

「では」

「撫衆の叛逆者《さからいもの》、あぶら火の門兵衛、蜘蛛の音若、むささびの吉は、この江戸に？」

「いるなら、天に翔けようと、地にひそもうと」

三人の撫衆は、山刃をしッかとにぎりしめて、これまたしずかにあゆみ去ってゆく。

「半べエどの、きゃつらの――青竹の手裏剣、よくお気をつけられよ。――」

「おさらば――」

花笠をふって見送った阿国山三郎の一行も、やがてはやくも槌音のあがりはじめた草創の江戸の光と砂塵のなかへ、水の渦にちる花びらのように消えて行った。

あとには、刻々に増す人の波と輪のなかに、秋風にふかれるあの妖しい高札と死人ばかりであった。

お江戸山脈の巻

慶長見世物町

「さあさあ、御評判の熊娘はこれじゃこれじゃ。生まれは木曾の山奥、猟師のひとり娘、殺生の罪が子にむくい、総身は熊と同様の因果女、このたび親父の一念発起から、罪障消滅のためとあって、みなみなさまに御覧に入れる。札銭《ふだせん》はわずか八文、話は末代までのこる、えいとうえいとう……」

小屋の前に『木曾のくまおんな』と染めぬいた大幟《おおのぼり》の下で、木戸番がしおから声をはりあげている。

反対側をみると、手品使い、玉乗り、曲馬、曲鞠、枕《まくら》返しなどの小屋——むろん、後年の文化文政のころのように頽廃《たいはい》と同時に洗練をきわめたものではないが、その見世物の原型は、すべてこの慶長十三年秋の江戸にもあった。

家康が入府したのが天正十八年、当時の江戸は、いまの麹町あたりに百戸ばかりの農家と商家があるくらいで、西北は蒼茫《そうぼう》果てしなき武蔵野、東南は潮入りの野に芦がそよいでいるばかりであったが、慶長五年、関ケ原以来、名実ともに天下の王者となった家康は、全国の大名に命じて、神田台（いまの駿河台）を崩して海をうめたてさせ、ために急速に覇府の相貌を形成しつつあった。

とくに、この一二年来、江戸城の本丸以下の大増築にかかり、天守閣をはじめ多数の殿舎や、二ノ丸、三ノ丸、西ノ丸、濠《ほり》に石垣をつくる一方、諸大名の居邸もいっせいに建てさせたので、江戸はおびただしい武士と人足に充満していた。

それを目当ての、この見世物町である。——

いや、町というより、広茫たる草原のなかに忽然と生れた奇怪な小屋群といった方がよかろう。場所はいまの常盤橋ちかく——当時浅草口とよばれていたところで、いまから思うと恐ろしいような話だが、このあたりが、奥州街道に出る江戸の果てだった。

「やあ、あそこは雷獣だ。半べエ、あれ、見ようよ」

黄塵《こうじん》けぶるその雑沓の中を、異様な三人連れがあるいている。

ひとりは蓬々《ほうほう》たる乱髪を藤蔓《ふじづる》でたばね、山着の腰に五寸ばかりの山刃《うめがい》をたたきこんだ三十ばかりの山男、汚ない中に、ふしぎな清爽《せいさつ》な感じがある。

　ひとりは、赤い腰巻をまき、髪に銀杏《いちょう》の葉のかたちにけずった竹笄《たけこうがい》をさした若い女、粗野ながら、溢《あふ》れる生命のような美しさがある。

　最後のひとりは、姿だけは最初の男を小型にしたような、まっくろな顔に、眼だけピカピカひかっている。どんぐりみたいな怪童だ。

　ほとんど日本中からあつまってきた人間の渦、しかも、それぞれ一クセも二クセもありげな一旗組のなかでも、この三人の姿はひときわ異彩をはなっている。いや、姿というより、そのはだかの皮膚そのものから発する山の匂い、風の匂い、雲の匂い――精悍きわまる野性の体臭。それも、当然だ。あとの二人、女と少年は生粋《はらこ》の撫衆《なでし》なのだから。

　最初の男は、もと武田家の遺臣で、関半兵衛という男だが、これも主家の滅亡を悲嘆して、撫衆のむれに入ってからもう幾年か、いまは魂まで、すっかり山岳の気に染まりきった風貌だ。

「おもしろいなあ、町ってところはクソ面白くねえものだと思ってたら、こんなところもある。半べエ、何か見ようよ」

　と、怪童カンパチは、むちゅうである。

たしかに、この一劃には、毒々しい、腐りかかった怪奇な花園のような感じととも
に、彼らと共通する野放図な野性があった。
福助、一寸法師、手足のない達磨男、砂から鍋釜まで食う鍋くい男、からだに五寸釘
をうちこむ蘇鉄《そてつ》男に、曲屁の名人花咲男、蟹娘、猫娘、鬼娘——よくまあ、これほど片
輪者をあつめたものだ。
曲芸、片輪ばかりでなく、孔雀《くじやく》、鸚鵡《おうむ》、大こうもりに火喰鳥、はては六本足の馬に八
本足の犬などの珍禽《ちんきん》奇獣。
のちの文化文政どころか、現代でさえなお人々の面白がるレクリエーションの原型も
このころからあった。たとえば、見物人から、
「綿入のふんどしとかけて」
と、謎がかかると、即座に、
「小野小町ととく、その心は、しめた人がない」
と、答える謎とき芸人。これは、いまのトンチ教室か、クイズの逆だろう。
それから、七尺ばかりの細い棒に、下から三寸上に小さな棒を通し、これに両足をの
せ、両手で縦棒をにぎり、棒のさきではねてあるく田楽法師。これは『蓮《れん》飛び』という

曲芸で、平安朝以来の田楽からきたものだが、そッくりいまのホッピングの元祖といってさしつかえあるまい。

ふるッているのは、『大陰茎』の見世物。

ひとたびイカれば一尺八寸九分、ちょうちょうとして腹鼓をうつ。

古《いにしえ》の弓削道鏡《ゆげのどうきょう》もいかでこれに及ばんや、というような意味のことばをかきつらねた大看板がかかっている。

「お狩さま、あれ何け?」

伊豆の撫衆の親分《やぞう》天城の義経の娘、お狩、ヒョイとあおいでふき出しかけたが、傍の半べエをちらっとみて、いきなりまっかな顔になった。

「いや、これはいかん」

と、半べエ大あわてで、カンパチの手をひいて、クルリとあとがえり。

「カンパチ、面白いものをみせてやろう。こっちの方がいいよ」

トットと、めくらめッぽうとびこんだのは、蛇娘のかかっている小屋。

そもそもこの三人の撫衆が、こんなところをうろついているのは、何も下界の見世物見物に山からきたわけではない。

この夏――カンパチの祖父天八老人が、もとは撫衆、いまは俗人《とうしろ》になっている、あぶら火の門兵衛、蜘蛛《くも》の音若、むささびの吉という三人の兇漢に殺された。仲間迷惑《てんば》の裏切者は、掟《はたむら》によってかならず制裁を加えねばならぬ。その三人は、どうやら江戸で興行師のような仕事をやっているらしいと知って、かくはさがしてあるいているわけだ。

さて――その蛇娘。

ここも、陰惨なむしろ囲いの小屋に、ウッカリ入った半べエ、「しまった」と思った。ほかの小屋の倍も混んでいるらしい気配だが、それも道理、いましも舞台に展開されているのは、実に面もそむけるようなグロな見世物。

みるからに青大将みたいな顔の男が、異様な音の笛をひと吹き吹いて、

「お高うはござりまするが、御免な蒙《こう》むり、これより口上を以て申しあげ奉ります。さて、ここに控えおりまする蛇娘、ごらんのごとく容顔美麗、花をあざむくばかりの美女にてありながら、生まれながらの蛇くらい、蛇さえくらえば、ほかに食うものは何にも要らぬという娘、食いものどころか、男要らずというわけは、これをかくしどころに出入さすれば、そのヌメヌメとした肌ざわり、やがて蛇がかくしどころを、チロリチロリと舌にてなめる。このとき総身の快味いわん方なく、あらたえがたやとヨガリ泣きす

る、そのありさまをお名残りに入れ替えとあいなりまするあいだ、お見おとしなくユルユル御見物のほど、ひとえにねがいあげ奉りまあす。まずは、口上、左様。――」

猥雑きわまる口上とともに、また奇妙な笛をヒュルヒュルと吹く。

舞台の中央に、ひとり若い女が坐っていたが、魂をぬかれたような――そのくせ、ぞッとするような美貌だ。それが、ノロノロとものうげに衣裳をぬいだ。うすぐらい、天井からふる日光が、黄金の波紋のように彩どる中に、そのまっ白な肌が浮きあがる。

「わあっ」

と、見物人がどよめいた。

前におかれた大きな笊《ざる》から、何十匹ともしれぬ蛇が、笛の音につれてニョロニョロとかまくびをもたげ、そのはだかの美女の足から、腹、腕、頸《くび》へ、ウネウネとはいのぼり、まといつきはじめたからだ。

「あっ、これもいかん」

と、半ベエ、カンパチの手をグイとひいたが、

「おれ、蛇なんかこわくねえげ」

「カンパチ！」

と、お狩が叱ったとき、客席のうしろで、たまぎるような声がした。

「姉さまーっ」

はっとしてふりかえると、いましも小屋に入ってきたらしい美しい町娘が、眼をかっと見ひらき、舞台めがけて、泳ぐようにかけてゆく。

「姉さまっ」

蛇の恐怖も忘れたように、その娘は舞台にかけあがったが、

「こら、何をじゃましやがる！」

と、その前に笛吹きが立ちふさがった。

「姉さまです。そこにいるのは、おとしさらわれたあたしのお縫姉さまですっ」

「何いってやがる。こいつは上州と信濃の国境、大源太山でとれた蛇娘だ」

「いいえちがいます。お姉さまっ、妹のお市です。さっ、はやくここをにげましょう！」

こっちで見ていたお狩が、半べエに、

「半べエ、あのふたりの娘、似てるじゃねえけ？」

「ウン、そうみえるな」

と、いったとき、笛吹きは、またヒュルヒュルと妖しい音で笛を吹いた。

その笛の音が、どんな魔力をもっているのか、蛇の群はたちまち方向をかえて、いやらしくもつれつつ、黒い河のように町娘の方へうねってゆく。はじめて娘は恐ろしい悲鳴をあげた。

「ちくしょう」

と、カンパチがさけんで、とびあがった。

と、みるまに、鉄砲玉みたいに舞台へはしってゆき、たちまち手あたりしだいにその蛇をつかんでは、笛吹きにたたきつけはじめた。山に育ったカンパチは、青大将などこわがる子ではなかったのだ。小屋は、にえくりかえるような騒動と化した。

「おい、蛇はおいらがひきうけたから、おめえ、はやく姉をつかまえな！」

町娘は、蛇女にしがみついた。

「姉さまっ、お市ですよ、この二年どんなに探しまわったか――お父さんも、お母さんもいまみんな江戸に来ているんです。お縫姉さまっ！」

蛇娘は、お市をじっと見つめた。ふしぎなのは、彼女がさっきから、まるで放心したように身うごきひとつしなかったことだ。しかし、そのあたまが狂っているのでないことは、その眼から白蠟《はくろう》のような頬へ、ふたすじの涙がながれおちていることでわかる。

彼女はイヤイヤをした。

「あたし……お縫ではありません。……お市などという妹は知りません。……」

と、ひくい、ふるえる声でいったかと思うと、急に夢からさめたようにあらあらしく
お市のからだをつきはなした。

「おどき！　あたしにさわると、おまえのからだが腐れますよ。……」

夜行蜘蛛

泣きもだえるお市という娘に、小屋の荒らくれ男たちがとびかかってひきずり出そう
としたのを、舞台におどりあがった半べエ、二三人なぐりたおして、やっと娘を小屋の
外へつれ出したが――さて、事情をきけばきくほど、奇怪な話だ。
お市の家は、もと水戸の武具屋であったが、おととしの春の或る夜、姉のお縫がふっ
と行方不明になった。水戸小町といわれた美女だっただけに、一家は悲嘆にしずんだ
が、それについて怪しいと思われるのは、その日の昼間、白いひげにうずまったような

老人と、猫みたいな顔の小男が武具につかう皮を売りにきたことと、それから、その日の夕方、軒に青くひかる蜘蛛が一匹、じっとへばりついていたことだ。

なんとなく異様な予感がしたし、その夜は早くから大戸をしめて警戒していたのだが、ふしぎなことに一家そろって魔のように眠りにおちて、朝がくると、お縫の姿だけきえていたという。それっきり、姉の行方はわからない。

去年、一家をあげて江戸へ出てきたのも、その悲しみを忘れるためと、姉の行方をさがすためだが、きのう、ふとこの見世物町に見物にきた小僧から、奇妙な、恐ろしい報告をきいた。蛇娘の絵看板が、お縫そっくりだというのだ。

「実は、あたし……三日ばかりのち、お嫁にゆくんです」

と、お市はちょっと、顔をあからめていった。

そんなとりこみの際でもあり、またあまりにも途方もない話なので、一家だれも一笑に付したが、彼女だけは、もしやという思いにかられて、のぞきにやってきたという。

果せるかな、まさに姉だ。あれはお縫にまちがいない！

「それなのに、ああ、姉はどうしたというのでしょう！　あんな浅ましいありさまになって、あたしを知らないなど申します。その浅ましさを恥じてのことかと思っても、それにも限りがございましょう。どんなに恥ずかしかろうと、いまのように恐ろしい目にあえば、あたしにすがりついてくるのがあたりまえなのに――」

お市は、袂《たもと》をヒシと顔におしあてた。

「娘さん」

と、腕ぐみしていた半べエが、

「のりかかった船だ。おれたちが、あの蛇娘の見世物の来歴をしらべてみましょう。おうちはどこですかい」

「日本橋の、常陸屋というんです」

「では、三日め、あなたがお嫁にゆく日まで、きっといい知らせをもってゆきますから」

――ところがである。

その翌日、半べエたちがふたたび見世物町へ行ってみると、蛇娘の小屋は、白牛《びゃくぎゅう》の見世物に変っていた。

そこの木戸番にきいても、となりの鍋くい男の小屋の木戸番にきいても、

「さあ、どこへいっちゃったかね」

と、木で鼻をくくったような返事だ。

やむを得ず、立ち去ろうとすれば——山で獣を相手として暮してきた半べエの背には、特殊の感覚がある。その背にじいっとそそがれている猜疑《さいぎ》と冷笑の眼！

はじめ、むしろ素朴な侠気《きようき》でのり出しただけで、娘ひとりの誘拐事件だとかるく考えていたが、半べエは、ようやくこの見世物町が、容易ならぬ組織をもつ恐ろしい集団であることを感じ出した。……

「半べエ、たいへんだ！」

三日めの夜だ。

ともかく、約束のまだ果たせない詫《わ》びをかねて、日本橋の常陸屋へ様子を見にゆかせたカンパチが、血相かえてかけもどってきた。

「なんだ、どうしたんだ」

「常陸屋の軒さきに、蜘蛛が一匹、青くボーッとひかって……」

「なにっ」

たちあがった半べエとお狩、顔見合わせて、やがてうめくように、

「たしか、あの姉娘がさらわれた夜も、そのひかり蜘蛛が出たといったな？」

「それに、あの娘《つる》は、今夜祝言といったじゃねえけ?」

三人、疾風《はやて》のようにかけ出した。

日本橋の武具屋常陸屋では、そのとおり、娘お市の輿入れの夜だった。

ゆく先は、神田の鞍師《くらし》の家である。

三人がかけつけだときは、その夜光蜘蛛はすでにどこかへ姿をかきけしていたが、常陸屋では大さわぎだった。

またあの恐ろしい蜘蛛があらわれた! それは何を意味するのか? もしかしたら、こんどは妹のお市がさらわれる前兆ではあるまいか?

「そうだとすると、こまったことじゃが、神田の方へは詫びを入れて、今宵の婚礼は、ひとまず延ばしてもらうよりほかはあるまいな」

恐怖と苦渋にみちた顔で常陸屋の主人がつぶやいたとき、半べエとお狩が、何やら相談をしていたが、顔をあげていった。

「いや、やっぱりこの婚礼は出された方がいいと思いますが」

「なに? もしお市がさらわれたら、どうなさる?」

三日まえ、お市が救われたことは知っているが、えたいの知れぬ半べエとお狩に、常陸屋の方は、むろん胡乱《うろん》な表情をかくさない。

「いや、その娘《つる》はここにおれ」

と、山の娘お狩は、もちまえの口調で一同をめンくらわせる。

「なら、だれが嫁にゆく？」

「おれが」

と、お狩は笑った。

「おれが花嫁になっていって、とちゅう化物が出るか、どうか——おれ、こう見えても、町中に出る化物くれえに負けねえぞ。その娘《つる》はここに残って、今夜ひと晩、ここの半べエがまもってやる、それで様子をみたら、どうけ？」

「お狩さまは、おいらがまもってやるげ」

と、怪童カンパチが、鼻の穴をふくらませる。

「なぜそんな真似をするかというと、囮《おとり》をつくって釣り寄せると、あのお縫さまをさらっていった奴らの正体をつきとめられると思うからでさ」

半べエの声には、粗野ながら、朴訥《ぼくとつ》で重厚な男の自信がある。

あぶら火の門兵衛

さて、それからしばらくののち、常陸屋から出た花嫁の駕籠《かご》。

白いかいどり、綿帽子——楚々《そそ》嫋々《じようじよう》として、だれがこれを撫衆《なでし》の娘と思おう？ 山から山へ、一日四十里はとぶ娘、事と次第によって荒れ狂う猪とさえ格闘するお狩、御本人は、まンまと江戸の花嫁に化けて大満悦、大はしゃぎだが、その見ちがえるような清艶《せいえん》さに、見送る半ベエ、眼を見はると同時に、ふっと異様な不安に襲われた。

「お狩さま、大丈夫《やなぎむし》け？」

「半ベエ、これがあるげ」

お狩が胸をおさえたのは、そのふところに忍ばせた撫衆の守護神山刃《うめがい》をさしたものだ。ニッコと笑ってしたがうカンパチ。

やがて、花嫁行列は、青い初秋の月の下を、粛々としてながれていった。

みんな裃《かみしも》をつけたなかに、小さな異形のカンパチは可笑《おか》しいから、五六間はなれて、うしろから河童小僧の影みたいにトコトコあるいていったが、やがて、と或る辻《つじ》で、何をみたか、はたと立ちどまった。

横のほそい路地——土塀のかげから、そのときふッとあらわれて、行列のうしろを見送った老人がある。白いひげにうずまったような老人だが、月光にひかる眼の物凄さ、

「——あっ」

と、カンパチはさけんだ。

なんで忘れよう？　その老人こそ、彼の祖父を殺した敵のひとり、あぶら火の門兵衛ではなかったか？

そのさけびをきいて、老人はふりかえって、ジロリとカンパチをみた。

と思うと、すうっとその影は土塀のかげに吸いこまれて、ふっと見えなくなってしまった。

「待ちやがれ」

カンパチは栗のはじけたようにとんでいったが、これはどうしたことか、その路地一帯、もはや白髪の老人の影もない、

「ちくしょう、何処へ失せやがった？」

山刃《うめがい》をつかんで、カンパチはかけまわった。

はるか彼方から、何人ともしれず、身の毛のよだつような悲鳴のきこえてきたのはそ

のときだ。

もとの往来にはしり出たカンパチは、爪《つま》さき立ちでゆくてを見る。

往来のむこう――いま花嫁行列のいった行方は、両側からコンモリさし出した樹々で、真暗だった。悲鳴は、そこできこえた。

「しまッた!」

カンパチは、宙をとんでかけつけたが、その樹の下に入って、ぎょっとした。

まるで樹のトンネルだが、それでも蒼い月光の斑は地上にゆれて、そこに展開されたもの凄じい光景を朧《おぼ》ろにみせていた。

ついいましがたそこに入っていった花嫁行列のつきそいの人々が、みんなそこにたおれている。そののどから恐ろしい苦鳴を発し、手でくびをかきむしっている。

「げっ」

カンパチが、水をあびせられたような思いがしたのは、彼らのくびに、一様に黒い紐《ひも》がまきついていたことで、次の瞬間、その紐のむれが、ニョロニョロとうごき出した。

「蛇だ!」

と、さけぶあいだにも、彼らは断末魔の声をたてて、ガックリとうごかなくなる。

毒蛇なのだ！

「お狩さまあ！」

駕籠は、地に横たおしになっていた。そこへとびついてみたが、白無垢《しろむく》姿のお狩の姿はない。江戸の化物などと高言したお狩。またその高言に決してそむかぬはずの精悍きわまる山の姫君お狩さま、それを一瞬さらってゆくとは、どれほど恐るべき妖怪であったことか？

「お狩さまあっ」

カンパチは絶叫して、またかけ出した。

土塀をまがる。――とたん、彼は、タタラをふんでたちどまった。

そこにあの白髪の門兵衛が、仁王立ちになっている。のみならず、そのうしろに、夜がらすのように従っている七つの黒頭巾。八頭の馬。その一頭には、失神したお狩がグッタリとしばりつけてあるではないか。

「小僧、御苦労」

ひげの中で、まっくろな口が、きゅっと笑った。

「このあいだから、おれたちの仕事をしツこくほじくり出そうとうろついていたのはてめえたちか、おかげで、てめえたちのすることなすこと、万事お見とおしだ。この駕籠の中身が替玉だってことも先刻御承知だわ」

「馬鹿野郎《ぼんくれ》！」

血ばしった眼でにらみつけていたカンパチの右手がさっとうごくと、月光にキラと山《うめ》刄《がい》がひかった。

「おっと！」

門兵衛は、すういとはなれて、

「みな、おれのあたまを」

その背の方から、スルスルと這《は》いあがった黒い蛇か、白髪あたまの上で、にゅっと三角のかまくびをもたげて、血のような眼で爛《らん》とカンパチをにらんだ。

「その山刄よりはやく、その山刄よりとおく、この蛇はとぶ。それを承知か？」

蛇よりも、この老人の姿の物凄さに圧倒されて、思わず息をひいた瞬間、

「それっ」

合図とともに、妖鳥のように殺到してきた黒頭巾たち、みるみる手どり足どりかつぎあげて、一頭の馬にひきずりあげると、そのうしろにひとりの黒頭巾がポンととびの

り、

「ゆけ！」

足で、馬腹をける。

夜の江戸の町に、たちまち鉄蹄《てってい》のひびきがあがり出した。お狩をのせた馬にも、あぶら火の門兵衛がのっている。満月の下を、八頭の馬は、魔風のごとく、いずこともなくながれとんでゆく。

門兵衛が、陰々と笑った。

「こいつあ、いい獲物だ。その小僧、とくにその女《あま》、おれ好みだあ。存分に細工をして、世にも面白い見世物にしたてやろうよ」

カンパチは歯ぎしりしたが、その背には、ピタと短刀がつきつけられている。

江戸の町はすぐはずれになって、馬は荘々たる月明の武蔵野を横ぎってゆく。北へ、北へ――いったいどこへゆこうというのか。おれたちを殺さないで、さらっていって、どうしようというのか。いまあの爺《じじ》い妙なことをいいやがったぞ。

「その女と小僧、存分に細工をして、世にも面白い見世物にしたててやろうよ」だと？

が、たとえカンパチが行方を知ったとしても、この危急を半べエに知らせるよすがもない。

手裏剣しばり

この奇怪事が、常陸屋に急報されたのは、それからまもなくのことだりた。通りかかった男が、その惨事を発見し、おちていた提灯《ちょうちん》や死んでいる人々の顔から、常陸屋へとんできたのだ。

半べエたちはかけつけたが、ただただ唖然愕然茫然《あぜんがくぜんぼうぜん》とするばかりだ。人々はことごとくクビリ殺されていた。そのくびをしめたものが蛇だとしったらおどろくだろうが、その蛇もどこかへ姿をけしていたから、いっそう事態は怪奇の霧につつまれている。

「じゃ、じゃから、こ、今夜の行列はとりやめにしようといったのじゃ。……」

と、ワナワナふるえつつ常陸屋の主人にいわれても、半べエ、一言もない。一言もないどころか、お狩、カンパチをさらわれたと知って、その眼の色まで変っている。

「いかにも、この相手は、容易ならぬ。……」

と、いいかけたが、ふっと常陸屋の主人の顔に眼をとめ、

「御主人、おうちは大丈夫でござるかな」

「えっ」

心中、まずおれの娘は助かったと思って胸なでおろしていた主人は、ぎょっとなる。

「これほどの恐ろしい奴、はやく帰って、よく見張りなされい、さらった女が人ちがいと知ればあらためて襲いかねぬ奴ですぞ」

「あっ……そ、それでは、ちかくに道場がある。あそこのお武家たちにでもおいでねがって――」

「それがよかろう。わしは、もうすこしこのあたりをさがしてみます」

常陸屋の連中が、泡をくらってはせかえっていったあと、半べエはなお数刻血まなこになってかけまわった。

撫衆《なでし》の仲間には、秘密の合図がある。彼らが急に移動するときには、樹とか壁とかに、矢じるしや三角のかたちを山刃で彫って、あとからくるものに、そのゆくさきを知らせるのだ。これをさいぎょうという。

しかし、いくらさがしまわってみても、それらしいものも見えなかった。

ただ、なんのためか、殺された者の中に、お狩カンパチの姿がないことが唯一ののぞみだ。女と子供ながら、ふたりの剽悍《ひょうかん》さに期待して、ひとまず朝を待つよりほかはない。

茫然として半べエが、常陸屋の方へひきかえしてきたときだ。その大戸が、中から、ガラリとひらいた。そこから出てきた十人ちかい男のかげと、そのひとりが背に負っている女の姿をみて、半べエ、はっとして柳のかげに身をひそめた。

月は小さく、深夜の中天にある。娘はお市だった！

なんたる不敵、はたせるかな、ふしぎな魔の一団は、常陸屋をも襲撃していたのだ。

「江戸の娘をさらったのははじめてだの」

「だが、あれを姉と知られては、あとがうるせえ、ただではおけねえ」

「しかし、これほど別嬪《べっぴん》なら、見世物にしたて甲斐があるというものだろう」

「今夜この娘の祝言とか——待っている花婿にはきのどくだが、新鉢《あらばち》はこっちで割ってやろう」

「かったい坊になるのあくじ引きだぞ」

ふしぎにも恐ろしい対話ののち、黒頭巾たちは、傍若無人にどッと笑った。

しかし、それにしても、常陸屋の連中はどうしたのか。常陸屋の主人は、近所の道場から剣客団をたのむとかいってたが、それらの用心棒たちはどうなったのか？

　みていると、悠々たるもので、駕籠まで用意して、それに気絶しているらしいお市をおしこんでいる。

「待て！」

　半べエ、おどり出した。

「なんだ？」

　たちどまった黒頭巾たちは、どよめいて、半べエの姿をじっと見たが、その中で、

「あいつだ！」

と、さけんだものがある。声はたしかに、蛇娘のあとにかかった白牛の見世物の木戸番の声。

　とたん、半べエの眼を目がけて、びゅっと音たてててとび来ったものがある。半べエ、山刃をさっとぬきあげてそれをたたきおとしたが、戛然《かつぜん》と鳴った音で、それが青竹であることを知った。鋭く削った青竹の手裏剣！

　タタタタタッと彼の面前で音の旋風がまわって、半べエ、月光の中につづく六七本の青竹をはらいおとしたが、心中、これは！　と冷汗をおぼえた。

「やるな？」

嘲笑うようにさけんだ手裏剣の主は、猿のように小柄な男。

はじめて、半べエは気がついた。敵《かたき》と狙うあぶら火の門兵衛、むささびの吉、蜘蛛の音若は、恐るべき青竹の手裏剣を武器とする奴らであることを！

はっと思った。それでは、いまのが、もしやするとむささびの吉では？　と眼を見はったとき、

「こいつはおいらが引き受けた。はやく、ゆけっ」

と、もうひとりのッぽの頭巾がとび出して、

「くたばれ！」

声と同時に、その手から、またもくり出される青竹の手裏剣！

半べエ、パパッと二つ三つたたきおとすと、辛くも身をひねって、ふたたび柳のかげにのがれようとしたが、危うし、その袖をさっと縫とめられ、びりっとひきちぎりつつ振りはなしたが、慄然《りつぜん》と肌に粟《あわ》だつ思い。

「あはははは……」

そのまにも、駕籠はあがり、曲者《くせもの》たちはトットとにげ去ってゆく。

笑ったのッぽは蜘蛛の音若か、しかしさすがに半べエの腕利きをみて敢えて近よろうともせず、駕籠が遠ざかったとみて、小男と合図を交わすと、そのまま黒い風のようにのがれ去ろうとする。

「待て！」

追おうと飛び出せば、疾駆しながら、うしろざまに、またもとび来る青竹の流星、さすがの半べエも、金しぼりの態で、ただ歯ぎしりするばかり。

或る意味では、兇暴といってもいい撫衆の群に入り、人間ばなれのした奴は何人見たかしれないが、半べエ、これほど手強い難物と逢ったことがない。お狩とカンパチをさらわれ、まもってやるべきお市を奪われ、しかもそれがどうやらめざす敵と知りながら、地団駄ふむよりほかはないとは、なんたる不甲斐ないことか！

むりもない。その一団の残虐ぶりは、撫衆どころか、言語に絶した。

常陸屋は一家全滅していた。近所の道場の剣客たちも、武士らしくもなく、ひとりのこらずクビリ殺されていた。

たッたひとり、丁稚《でっち》部屋に寝ていてたすかった小僧がある。

その小僧が、半分あの世へいったような眼つきで語ったところによると、一同、お市をとりかこんで見張っていたが、ふと彼は、背すじをはしる異様な感覚とともに、激烈な痒《かゆ》みをおぼえた。気がつくと、みんなからだをポリポリかいている。そのうち、

「あっ、蜘蛛だ！」

と、だれかがさけんで、くびすじから、一匹の蜘蛛をほうり出した。ぶきみな青い蜘蛛たった。

侍のひとりが、

「各々方、御用心なされい。曲者は毒蜘蛛をつかうとみえたぞ！」

と、さけんだのまではおぼえているが、天性蜘蛛の大きらいな彼は無我夢中、ころがるように丁稚部屋ににげかえったが、そのままぶッたおれて、こんこんとねむってしまったものだという。

いかに戸を厳重にしめきっても、蜘蛛の這い入る隙《すき》はあるだろう。人間を魔睡におとす毒蜘蛛をつかう曲者、それなら、悠々とあの一団が押し入り、娘をさらい、ねむりこけている連中をみな殺しにして去るのも容易なことだ。

夜があけて、半べエは、見世物にかけつけた。もはや手がかりはここよりほかはない。

が、白牛の見世物も、鍋くい男の見世物も忽然ときえている。その行方を、よそのどの木戸番にきいても、

「さあ、どこへいったかな。知らないねえ。……」

例の、木で鼻をくくったような返事とともに、ぶきみな冷笑がかえってくるばかりだ。

半べエには、この見世物町の小路が、蜘蛛手の迷路とみえ、その粗末なむしろ壁が、底知れぬ鉄の壁のようにみえてきた。何も知らず、笑いどよめく江戸の人々の流れを黄塵が覆い――その天日も暗いばかりの空から、ヒラリと一枚の紙きれが、半べエの足もとにおちてきた。

何気なくのぞきこんで、その足が釘づけになる。

紙に、墨くろぐろと、

「撫衆よ、もはや、探るをやめよ。なおさぐらば、娘、わッぱの命はないぞ」

「うぬ！」

と、ふりかぶった腕に、雑沓の中でいつ誰がとまらせたか、じっと動かぬ一匹の青い蜘蛛！

ああ、お狩、カンパチはどこへいったか。やわか毒蜘蛛や手裏剣やおどしの言葉におそれて身をひく半ベエではないが、彼らの行方を知らねば、救い出しようもない。それを救うためには、もはや、ただひとつの方法しかない。それは、江戸にある仲間の撫衆を、のろしをあげて呼びあつめ、江戸の巷《ちまた》を隅から隅まで大捜索することである。

しかし、それすらも――お狩かカンパチが、どこかにさいぎょうを残しておいてくれなければ、万に一つの見込みもあるまい！

地獄蔵

ここは、武州巣鴨の村。

これは本郷駒込から板橋へ通る路で、板橋はここ二三年鋭意整備しはじめた中仙道口だから、このごろようやく往還もしげくなったとはいうものの、まだ江戸のまんなかでも巨大な田舎町の観をまぬかれないころのことだから、ここらあたりは、草原と雑木林と古沼と――瀟殺《しょうさつ》たる武蔵野のまッただ中。

むかし、豪農か郷士の住んでいた家ででもあろうか。いたるところ亀裂をはしらせながらも、宏大な土塀をめぐらし、黒ずんだ土蔵も四つ五つならんだ古い屋敷がある。

この屋敷は、もう二十何年か、無人だった。ちかくの百姓たちはこれを化物屋敷と呼んで、ちかづこうともしなかった。というのは、この屋敷の住人たちは、そのむかし群盗に襲われてみな殺しになったのだが、それは二十数年もまえのことだから、ほとんど伝説的になっているので、人々の恐れるのはそれではない。

この数年来、この屋敷にはだれか住んでいる。ひとりではない。深夜、ソロゾロと大勢の跫音《あしおと》が入ってゆくことがあるし、また馬でかけ出してゆく物音もきこえる。それから、遠く遠く、若い女や子供のすすり泣く声のきこえてきたこともある。——いくどか、百姓の子供が、或いは遊び呆《ほう》けて、或いは好奇心でその屋敷に迷いこんでいったことがあるが、すぐににげ出してきた。この邸をとりまく蓬々たる庭の草のなかには、冬でも蛇がいッぱいいるというのだ。

お狩とカンパチ、それからお市がはこびこまれたのは、その奇怪な虫屋敷のなかだった。——三人とも、別々の土蔵である。

さて、カンパチの場合。

彼のほうりこまれた土蔵の中には、無数の檻《おり》があった。その中に入っているのは、動物ではなく、人間だ。しかも、子供が多い。

それが、ことごとく片輪——いや、恐ろしいことに、片輪にされつつある人間だ。手足を斬って、縫いあわせて、達磨みたいにころがされている者がある。顔を切りきざまれて、猫や蟹そッくりに作りかえられつつある者がある、皮膚に毛を植えて、目下のところ上半身だけ熊みたいにされている者があれば、からだをねじまげられて、足のからんだ章魚《たこ》みたいなかたちにされている者もある。

なかでも恐ろしかったのは、土蔵の奥にならんでいる大きな陶器の壺《つぼ》で、だれがその中に入っているものが何であるか想像できたろう？

「おい、これはもう何年になる？」

と、あぶら火の門兵衛がふりむいて、手下にきいた。

「へい、ちょうど五年で」

「それじゃ、もうよかろう。壺をこわして、この小僧に見せてやれ」

あとでわかったことだが、その壺は、日中はまっすぐにされているが、夜は横に寝かされる。こうした歳月をくりかえすうち、中のものは成長し、膨張して、壺の中の空間を満たす。そして——

棒がうなって、瓢簞型《ひょうたん》の壺がこわされた。

「あっ」

と、さすがのカンパチ、眼をむき出した。

壺の中から、人間が出てきた。見よ、そこには、瓢簞型の人がいる!

「重宝なものだ。小人だろうが、福助だろうが、お好み次第じゃ」

と、門兵衛は満足げにゲラゲラ笑ってから、火のような眼でカンパチをにらみ、

「小僧、どれが所望じゃ」

「おいら、どいつも所望なんかしねえ」

カンパチ、カタカタふるえている。門兵衛はまた笑った。

「おめえが所望しなくっても、こっちが所望する。おめえには、ちいっと変った壺を考えて、あてがってやろう。盃型の人間はどうじゃ?　……その壺をやくまで、しばらく蛇蔵《へびぐら》で考えてろ」

そして、カンパチは、別の土蔵にほうりこまれた。

「いいか、もしあばれでもしたら、蛇責めにするぞ」

手下が、そういいすてて出ていったあと、土蔵の外で重い錠のおちる音がきこえ、ポ

カンとまわりを見まわして、カンパチ、またぎょっとした。

隅に三つばかり巨大な樽《たる》がならべてある。またあの中に人間がいるのかと思ってのぞきこむと、樽の上には重しをのせた金網が張ってあって、その下に、うごめき、もつれ、這いまわっている幾百匹ともしれぬ蛇！

カンパチ、わっとばかりにころげおちて、あぐらをくみ、世にも深刻なため息をついてしまった。

何はともあれ、あぶら火の門兵衛一味の仕事がわかった。これは単なる見世物の興行師ではない。よくまああれほど片輪者ばかりあつめたものと感服したのも道理、彼らは見世物の製造もやっていたのだ。

――時もおなじ、この十七世紀のころ、遠くヨーロッパでも、『コムプラチコス』という小児売買団が横行していた。

『コムプラチコス』とは、イスパニア語で、子買いのことだ。彼らは、子供を買い、さらい、化物にしあげた。なぜ？　おもちゃにするために。見世物にするために。笑いものにするために。

鉄仮面はぬぐことができる。肉の仮面はそうはならぬ。彼らは木や土に細工するように、子供に細工をした。――人間のやる悪業のうち、想像の極致をゆく、戦慄すべきむざんな業だ。

あぶら火の門兵衛たちは、和製コムプラチコスだった。

「――半べエよ、たすけてくれろ！」

ついに、カンパチは悲鳴をあげてしまった。

万に一つの見込みはある。この屋敷につれこまれるとき、門の傍に大きな漆の樹があった。その下を通りつつ、夜にまぎれてカンパチ、発止《はっし》と山刃《うめがい》をなげあげた。山刃はそのまま、たかく樹上につき刺さっているはずだ。

だが、この広茫たる武蔵野のなかに、ただ一閃《いっせん》の小さな山刃。それをはたして半べエが発見してくれるか、どうか？

――次に、お市の場合。

夜のあけたのもわからない。黒闇々たる土蔵の中だった。錠のきしる音で、なかば気絶したように坐っていたお市はとびあがった。

扉はひらいた。外はめくらめくような真昼である。そのひかりを背に、十人あまりの男の影が、不吉な鴉《からす》のように、浮んでみえたかと思うと、ゾロゾロと入ってきた。

扉がしまった。土蔵の中に、あかあかと灯がゆらめく、まひるなのに、二三人、雪洞《ぼんぼり》を用意しているのだ。

雪洞なんかそぐわない獰悪《どうあく》きわまる人相ばかりだが、お市のおびえた眼はチラチラして、わずかに白髪白髯《はくぜん》の老人の姿のみを見とめた。

「お、お助け下さいまし」

と、あえぎながら、身をずらせるのに、

「心配するな、大事な玉を殺しはしねえ」

と、あぶら火の門兵衛は錆《さび》のあるしゃがれ声でいって、隅にある葛籠《つづら》に悠然と腰をかけ、じいっと娘を見下ろして、

「ウム、あの姉の妹だけあって、おれ好みだわえ」

と、ニタリとすると、

「音若！」

と、呼んだ。

「おめえ、こいつと祝言しろやい」

命ぜられて、すすみ出した背のたかい男を見あげて、お市は思わず、

「ひーっ」

と、悲鳴をあげた。

陰惨な雪洞の灯が、テラテラと浮かびあがらせたその顔、――いやらしくブヨブヨにふくれあがり、赤黒いその皮膚に膿疱のようなものがいちめんに出来て、そこから膿汁がしたたりおちている。

「へ、へ、そんな哀れッぽい眼でみるなよ。お頭から、夫婦《みょうと》のおゆるしが出たんだ。いま、おいらの毒をつぎこんでやるから、ジタバタするな」

音若、お市の襟をつかむと、グイとおしひろげ、裾《すそ》をつかむと、これもひき裂いてしまった。衣服は帯のまわりにまといつくのみとなった無惨な娘の、白いまるい胴に長い手をギュッとまきつけると、

「そうら」

「あっ――」

ぐうっとせまってくる醜怪な顔、吐気をもよおすような悪臭――必死にそむけるお市の顔を執拗に追いまわしながら、猫が鼠をいたぶるように、音若は娘の熱いあえぎを、口をパクパクさせて満喫している。

さけぶ口に、ペタと吸いつく蛭《ひる》のような感触。――その中から、狼みたいな歯がとび出して、柔かい花のような処女の唇をかみしゃぶった。

血泡のようなものが、ふたりの口のあいだから糸をひく。

これだ、お市の姉のお縫が、浅ましい蛇娘になり果てたのは！

男に汚され、その肌を傷つけられては、もはやふたたび人間の世界にはもどれないものと絶望して、女はきっと、その地獄のあやつり人形と化すだろう。

「へ、へ、へ、毒は、からだじゅうに注ぎこんでやるぞ」

音若は、腫物《はれもの》だらけの腕で、まっしろな娘の両足をかついではねまわる。ガックリ失神したお市の黒髪が、からす蛇のようにユサユサと床を這う。

「こら、眼をさませ、しッかりしろ。これから、ひと夜、さまざまな芸当をさせてやるぞ。イヤだといったって、御見物衆がお待ちかねなんだ。イッヒッヒッ」

この淫虐無比の地獄図絵を、雪洞かかげた男たちは、妖しいひかりと、うす笑いの浮かんだ瞳で、魔像の群のごとく見下ろしている。……

「ゆ、ゆるしてっ」

蛇の穴

扉のひらく音に、お狩は顔をあげた。

闇のなかに、気がついてはいたものの、お狩ともあろうものが、どうしてこんなところにはこびこまれたのかわからない。あのとき——わっという悲鳴とともに、ドンと駕籠が地におとされ、彼女は外へ出ようとした。その一瞬、彼女の鼻孔に、何やらふわっと煙のようなものがながれたかと思うと、それっきり気絶してしまったのだ。

ただ、その刹那《せつな》。月光のまだらにおちる路に、頭上の樹々から無数の黒い紐みたいなものがおちてきて、つきそいの人々のくびにまきついた光景が、妖しい残像としてのこっているばかりだ。

ここはどこか。なんのためにじぶんをさらってきたのか、それはわからないが、じぶんが恐るべき妖虫をつかう賊の手中におちてしまったことはあきらかである。……それにしても、カンパチはどうしたろう?

あわてて身のまわりをさぐってみたが、守り神の山刃《うめがい》はすでになかった。

ひらいた扉の外は、まっかな夕焼けだった。夕焼けの中から、十幾人かの男の影が、妖々として入ってきた。

扉はしめられたが、二つ三つ、浮動する雪洞の灯が、彼らの眼を血色にかがやかす。

「お狩」

そう呼ばれて、彼女ははっとした。じぶんの名を知っているとは？

「伊豆の撫衆《なでし》、天城の義経の娘《つる》。……みんな知っておるのだ。どうだ、おどろいたか。あはははは……」

その言葉にもおどろいたが、前につッ立って、そッくりかえって笑った奴にもおどろいた。小さな男だが、紫いろに腫れあがった顔に、ブツブツがいっぱいに出来て、膿さえもながれている。

そいつが、ニッタリ笑って、

「だが、そいつもきょうかぎりだ。きょうから、おれの女房《きやはん》になれ」

「なんだと？」

「おめえ、そのための花嫁衣裳じゃあねえか」

というと、抱きついてきた。お狩は、ふりはなそうとしたが、小男のくせに、なんという粘強なからだだろう。……折り重なってたおれると、二三度からだがゴロゴロと反転して、お狩の白無垢の衣裳が、ぴりっと裂けた。

「おい、み、みんな！　こ、こいつの手足をおさえてくれ！」

悲鳴とともに、まわりの男たちの輪が、どっと小さくなって頭上にかぶさってくるのをみると、お狩は急にグッタリとなって、眼をとじた。……

「へ、へ、へ、観念したのか」

と、男が、お狩の頬ッぺたをペロリとなめた瞬間……彼は突然恐ろしい声をあげて、三尺もはねあがった。急所をどうかされたのだ。

はねあがって、おちて、海老みたいにまるくなってノタウチまわる男の上を、お狩の白いかいどりが、フワリと大きくとんだ。

「こいつっ」

なだれをうって折り重なる男たちの腕の下に、ふしぎやお狩の姿はない。

「あ！　……」

きもをつぶして、キョロキョロすると――かいどりをなげたのとちょうど反対の壁の下に、すッくとたったお狩、なかば乳房のあらわれた姿で、片手にキラリとひかる竹筓。

「寄ってみやがれ、四五人、眼玉につき立ててやる。死んだっておめえたちのままにゃならねえぞ」

燃える牡丹《ぼたん》にもまがう凄《すさま》じい美しさ。

「何を――」

どよめく男たちに、ヨロヨロたちあがって渋面の中にも大あわてで、

「待て待て、いまから片輪にするなあ惜しい。それより、もういちど眠り艾《もぐさ》をたいてねむらせたら？」

「それじゃあ、なんのためにいままで醒《さ》めるのを持ったかわからねえ」

と、うしろの方で、しゃがれ声がした。

「正気で、おもちゃにしてやらなきゃあ、見世物になる修業にゃあならねえんだ」

なんとも恐怖すべき言葉だった。すなわち、彼らの目的は、女の自尊心、差恥心、人間性をねこそぎ剝奪することにあるのだ。

「吉、どけ」

と、その声の主がすすみ出た。白い髯《ひげ》にうずまったような老人である。

「お狩、おれがあぶら火の門兵衛だ、おめえらが敵《かたき》とねらっている爺いだよ」

かっと眼もはりさけんばかりににらんでいるお狩に、門兵衛は冷然たる笑顔をむけて、

「それを眼のまえにみながら、おめえもみすみす死にたかあねえだろう？　……しばらく、和睦とゆこう。おい、小僧のいるところへゆきたかあねえか？」

「カンパチのことけ？　カ、カンパチはどこにいる？」

「となりの土蔵だ。ゆく気があるなら、いっしょにつれてってやろう。どうだ？」

これに恐ろしい罠があるとはお狩は気がつかない。また気がついても、カンパチ恋しさの思いにかりたてられて、

「よし、おれをそこへつれてゆけ。……もしおれのからだにさわると、この竹笄が眼にとぶぞ」

門兵衛は笑ってうなずくと、床に這ったかいどりをひろって、お狩に投げかえした。竹笄を口にくわえたまま、お狩はそれを羽織って、

「さあ、ゆけ！」

大いばりである。

円陣にかこまれて、外に出た。荒れはてた屋敷の景観をながめるいとまもなく、蓬々

たる草をふんで、すぐとなりの土蔵に入る。

扉はすぐにとじられたので、お狩はしばらく盲目になった。

「カンパチ！」

声たかく、二度呼んで、やっと隅の方で狂喜した声が、

「お狩さま！」

「何してるのけ？」

「ねてたんだ」

いや、のんきといおうか不敵といおうか、カンパチ、思案につかれてひるねをしていたらしい。

鉄砲玉みたいにとんできてしがみつくカンパチを抱いて、お狩、ふっとまわりの円陣が消失していることに気がついたとき、暗い天井の一部が、ぽかっと明るくなった。

そこに、二階にあがる梯子《はしご》があった。いままでふたをしてあったものらしい。その穴に、スルスルと梯子が吸いこまれると、さっきの男たちが、逆にのぞいて、

「これ、ふたり、おれたちに降参するまで、そこでしばらくはね踊っていろ。あははは……！」

と、ゲラゲラと笑った。

笑いにゆれる顔々の中から、一本、奇妙なかたちの細い棒がのびてきて、ヒュルヒュルと妖しい音をたて出した。……あの蛇笛だ！

はっとたちすくむまもなく、うす闇の彼方で、なんともいえないぶきみなざわめきが聞えはじめた。物とも人ともつかぬ、衣《きぬ》ずれのような、潮騒のようなひびき。——

「あっ、ちくしょう！」

と、カンパチとびあがって、かけ出そうとしたが、もうおそい。

眼がなれてきて、土蔵の中の恐ろしい光景がおぼろに浮かびあがってきた。無数の檻、その檻の中の化物たち、そして——その檻のあいだを、黒い流れのように這ってくる何百匹何千匹という蛇のむれ！

いつのまにか、隅にならんだ三つの大樽の金網をとりはらったらしい。その樽の一つは、あきらかに頭の三角な毒蛇ばかりなことを、すでにカンパチは知っている。

こういう拷問は、いままでいくたびか行われたことがあるのだろう。檻の中の化物たちは、いっせいにむしろをかむって、まるくなってうずくまってしまった。

ぶきみな蛇笛は、いよいよ狂ったように鳴りつづける。

お狩とカンパチは、檻のあいだをにげまわり、檻の上によじのぼった。蛇の奔流は、あふれ渦まき、それを追う。これには山刃《うめがい》も竹笄もふせぎようがない。

「いっひっひっひっ、わっはっはっはっ」

天井の穴で、赤い顔が哄笑《こうしょう》する。酒をのみながら、見物しているのだ。

それから、どれほどの時がすぎたであろうか。それはほんの二十分か三十分であったかもしれないが、ふたりには、半日、一日とも思われた。汗と蛇のぬらめきに、ふたりはたおれ、檻を這いあがる手足はすべった。

「お狩さま、もうだめだ！」

ふりかえるカンパチの眼に、艦のひとつによりすがったお狩の白いふくらはぎにも、はや数匹の青大将がからみついているのがみえた。

「どうじゃ、降参するか！　おれたちのいうことをきくか？」

と、あぶら火の門兵衛が穴で笑ったとき、その向うで、何やらへんな叫び声がして、いっせいに穴から顔がきえた。

「あっ……たいへんだっ！」

そんな絶叫がきこえてきたようだ。

立体的死闘

——これより、一刻ばかりまえのこと。

巣鴨の草原をトットとかけてきたひとりの猿廻しの男、百姓が見て、その足の迅《はや》さが人間ばなれしていてまるで稲妻のようなのにきもをつぶしたが、その足の方向も大きく稲妻型をえがいていた。

そして、彼は、突然たちどまった。化物屋敷を見下ろす丘の上である。

ややかたむいた太陽が、下界に一点、火のようなひかりをキラめかしているのをみて、その猿廻しの眼も、火のようなかがやきをおびた。彼は化物屋敷の門前の漆の大木にたかくつきたてられた一本の山刃を発見したのだ。

三分とたたぬうち、草むらの中から、一条の白煙がのぼり、蒼空《あおぞら》にぽっと小さな花をひらいた。——と、しばらくして、はるか南の森のかげで、またひとすじの白煙がのぼるのがみえた。……ほとんど、だれも気づかぬ武蔵野と江戸の空に、みるみる十数本の狼煙《のろし》があがったのは、なんの合図であったのか。

ましてや、その屋敷の住人たちは何も知らなかった。それから一時間もたたぬうちに、屋敷の外の草むら、樹々に、数十人の男たちが、豹か猿のようにひそんでいるのを。……

撫衆《なでし》のひとりが、ついにカンパチのさいぎょうを見つけ出したのだ。そして、敵を求めて江戸に潜入していた天城の義経の輩下《ながれ》の撫衆たちが、その剽悍無比の足にものをいわせて、雲のごとくあつまってきたのだ。

たちまち彼らは、音もなく土塀の内側へとびおりた。屋敷の住人たちが気がついたときは、ほとんどその一人一人のうしろに、一人ずつの撫衆がついて、腕をのばしてそのくびにまきつけていたといってもよい。

お狩さまはどこへ！

カンパチはどこへ！

彼らは、傍若無人に、また黙々として、それから必死に、屋敷の庭、建物のあいだを疾駆してまわった。

――例の土蔵の二階の窓から、あぶら火の門兵衛たちが見たのは、実にその驚くべき光景であったのだ。

声におどろいて顔をあげたのは、土蔵のかげで薪を割っていて、まだ何も知らなかったひとりの手下。

「はやく、蔵の戸をあけろっ」

と、門兵衛がどなったのは、むろん土蔵の重い土戸は外から閂《かんぬき》をかけてあったからだ。

あわててその方へかけつける手下を、もうひとつの影が宙をとんで追った。――乱髪、風になびいて颯爽《さつそう》たる関半べエ。

その姿をみるいとまもなく、あぶら火の門兵衛たちは窓から身をかえし、穴から梯子をおろすと、雪崩をうって下へかけおりている。彼らは事態を知った。もと撫衆だった門兵衛たちは、復讐と憤怒に狂った撫衆たちの襲撃が、いかに恐るべきものであるかを知っている。もはや、お狩やカンパチどころではない。蛇の沼をふんで、彼らは扉の方へはしった。

「あけろっ」

どっと一団となってとびつく扉が、半分ひらくや否や、眼前に舞う血の霧のなかへ、三四人まろび出して、またツンのめった。

「あっ、いかん！」

門兵衛があわててまた扉をしめたのは、時すでにおそし、その瞬間、ひきぬいた門をもったままのけぞった手下と、それに折り重なる手下の向うに、魔神のように山刀をふるう半ベエの姿を見たからだ。

「こいつをあけさすな！」

四五人、扉の把手《とって》にとりついて、両足ふンばって、ともかく外界と遮断したが、さてそれからあとをどうするか。

「うぬ！　あの娘《つる》と童《わっぱ》をつかまえろ！」

と、門兵衛が絶叫し、蜘蛛の音若とむささびの吉が、血ばしった眼をふりむけたのは、むろんこの二人の人質こそ、九死に一生を得る唯一の方法だと気がついたからだ。

蜘蛛の音若とむささびの吉、実は、じぶんで勝手に、門前の漆の木から樹液をぬりつけて、ひどい漆かぶれにかかって、女たちをさいなむ効果をあげようとしたものだ。

「はてな、いないぞ！」

愕然としてふたりがさけんだとき、頭上でケラケラと笑い声が起った。――あきれたこと
二階の穴に、すうっと梯子がひきあげられて消えるのがみえた。

に、その二人の人質は、いつのまにか二階にかけあがって、穴から下をのぞいていたのである。

「あっ」

とばかり、あいた口がふさがらない。

「馬鹿野郎《ぼんくれ》」

この撫衆独特の悪罵が、これほど痛烈にあびせかけられたことはなかったろう。怪童カンパチのはねかえるような笑い声が、

「うぬら、おれたちに降参するまで、そこでしばらくはね踊ってろ。あはははは……！」

下の連中は、ふたりの素早さより、じぶんたちのまぬけさに地団駄ふんだ。

そのあいだにも蛇の大群は、彼らの足もとから、ウネウネと這いのぼろうとしている。門兵衛は蛇のあつかいに馴《な》れているが、仲間のうちには、蛇科とは専門のちがうものもいるし、また蛇のなかにはまだ未訓練の奴もいる。

形勢は逆転した。

「藤五郎！」

よばれてふりかえったのは、あの蛇娘の見世物の蛇使い——蛇笛をふいた青大将だが、あいにく扉の防衛に参加していた。

「はやく笛を吹いて、蛇を樽に追い入れろ！」

「合点だ！」

さけんで、ひとりはなれると、扉がぐうっと外へひらきかかった。「わっ」と、内では大狼狽である。外ではすでに何人かが、力をあわせてひらこうとしているらしい。重い上戸をへだてる兇暴な集団力の死闘だった。

上では、お狩が窓にとびついていた。さっき、門兵衛たちをあれほどあわてふためいてかけおりさせたものの正体を見ようとしたのだ。屋敷を俯瞰して、彼女は狂喜のさけびをあげた。

「来た！　来た！　カンパチ！　仲間《てんば》が来たぞっ！」

カンパチは、そのとき汗まみれになって、酒樽を押していた。いままであの連中がのんでいた奴だ。

「エイショ、エイショ」

下では、蛇笛が必死に鳴りわたって、蛇どもはいっせいにあたまをあげ、小首（？）

を傾け、さて、いっせいに退却にかかろうとしていた。

そこへ、穴から、どーっと酒の滝がおちてきたのだ。

「そうら、御馳走をやるぞ」

滝は細かったが、飛沫はたかく、やがて酒は床を這い、蛇どもを浸しはじめた。……蛇どもは、また小首（？）をかしげた。退却の行動があやしく、不規則になり出した。

青大将の藤五郎が、悲鳴のようなさけびをあげた。あり得ないことである。しかし、たしかにその一匹が、彼の足をかんだのだ。

もうひとり、誰か身もだえしてまろび伏した奴がある。

あぶら火の門兵衛は、白い髯のなかで、鉛色の顔いろになっていた。

要するに、彼は、お狩に手を出さなかった方がよかったのだ。危険と知りつつ、ちょいと、彼女の野性美に、恐るべき見世物師としての芸術的意欲を起したのが、この逆襲をまねいたもとであった。

藪《やぶ》をつついて蛇を出した、とはまさにこのこと。

が、門兵衛の凄じい顔いろには、おのれの悔いより、冷酷無残な怒りの炎がゆらめいて、

「しっ、しかたがねえ！」

と、うめいて、あごをしゃくった。蜘蛛の音若とむささびの吉は、腰のあたりに手を這わせた。青竹の手裏剣をたしかめたのである。

「出るぞ。――」

帰りなんいざ

門兵衛、音若、吉と、それから蛇の毒にたおれた奴をのぞいてまだ四五人が、扉の内側にしがみついていたが、門兵衛の声と同時に、さっと左右にはなれた。

地ひびきたてて、扉がひらく――ものと思われたが。……

これはふしぎだ。扉は寂として微動もしない。

「……？」

内では顔を見合わせたが、考えこんでいる余裕はない。いまとなっては、土蔵の中にふみとどまりたくも、いたたまれないのだ。

「開けろ」

開けたくない扉を敢て開けろと命じるあぶら火の門兵衛の声音は、むしろ荘重のひびきをおびている。

この門兵衛が、首領として、どれほど恐ろしい人間であったか、それは輩下が歯をくいしばりつつ、命のままに、死への扉をひらいていった顔つきにもみえた。

徐々に、扉はひらいた。身の毛もよだつような静寂のうちに、光の糸がふとくなり、やがてまず、ぶきみなざわめきをたてつつ、蛇の奔流があふれ出してゆく。——

土蔵の外には、猫の子一匹もいなかった。

「……だろうと思った。この蛇は、きゃつらだって持てあまさあ」

と、むささびの吉が、足もとをすべり去る蛇を蹴ッとばしながら吐き出すようにつぶやいたが、これは粗雑なあたまの錯覚だ。このとき、外の撫衆たちは、彼らが蛇になやまされているとはまだ知らなかった。

ただ半ベエは、この土蔵の扉の頑強な抵抗から、例の青竹の手裏剣をあやつる連中が中にいるだろうと直感した。その恐るべき手並みは、すでに身をもって知っているところだ。で——思いなおして、扉をひいていた撫衆たちを、いちじ退却させた次第。

門兵衛、腹心の音若と吉に何やらささやくと、

「それゆけ！」

と、わめいた。

声と同時に、まさに檻からはなされた獣のように、手下たちは、土蔵からとび出して、ひろい庭へかけ出してゆく。――それらの姿が、建物や草のかげにかくれたかと思うと、遠く、あちこちで、かすかな絶叫のようなものがきこえたようだが、それっきり、広い庭にはまた静寂がおちて、あかあかと照らす落日ばかり。

――手下を飛ばしておいて、門兵衛たち三人は、土蔵の外に、じっと立っている。まず瀬踏みをさせたわけだが、扉のすぐ外は安全だということだけはわかったものの、手下の運命がどうなったのか、あとの静けさがいっそうぶきみで、彼らは凄惨な顔色を見合わせた。

「あいつらを散らして、ひッかきまわした方が――」

「よし、三人、べつべつに別れよう」

「それじゃ、逢うところは――」

「小日向の日輪寺の森で！」

ささやきあって、三人、三方にあるき出した。

――と、庭の中央まできて、蜘蛛の音若は立ちどまった。前の草むらの中から、すッくと立った先夜の男。関半べエ。

「うぬか！」

うめいて、ぱっと腰に手がはしる。

このさけびをきいて、門兵衛と吉が、ちらっとこちらをふりむいたが、それからあとの反応がちがう。門兵衛は冷然として、そのまま方角も速度もかえずあゆみ去ってゆくし、むささびの吉は、狼狽してまたもとの土蔵の方へかけもどった。

半べエは、しだいに近づいてきた。

音若は、まさに一触即発、その名のごとく、獲物にとびかかる蜘蛛のような姿勢だが、容易にその肘《ひじ》の弦《つる》をきらない。

――先夜、手裏剣をみごとにはねのけられた手並みをみているだけに、むやみに貴重な青竹をはなてないのだ。

十間……九間……八間……

「くたばれっ」

獣のような叫びとともに、青い虹をえがいてとぶ竹の剣。パシッ、パシッと傍の立木にあたって、はねおちたが、半べエはおなじ速度であゆみ寄る。

五間。

半べエの左肩に、青竹がつき立った。

それでも彼は、鉄の車のように近づく。音若の眼に、突如恐怖のひかりがゆれた。のこる手裏剣はわずかに一本！

二間。――一瞬、半べエのからだが跳躍した。

そのからだが、実に二丈の空をとんで、最後の竹をふりかざした音若のまえにおどったかと思うと、その胸に根もとまで山刃《うめがい》が刺し通されていた。

「わうっ」

物凄いさけびをあげてそりかえる音若の姿が地にくずれおちた刹那、土蔵のかげに身をひそめていたむささびの吉の右腕が、さっと躍ろうとした。彼の眼には、仁王立ちの半べエの姿が、必殺、必中の好目標にみえた。

「死ね！」

宙にとぶ青竹――それは横に大きくそれて、草むらの石に、かすかな音をたてた。吉の頭の上――土蔵の二階の窓から、どっとカンパチがとびおりてきて、その首ッたまに馬乗りになったからだ。

「ぐわっ」

頸と腰の骨がおれたようにへたばッたむささびの吉、いちど反射的にカンパチをほうり出してのしかかったが、たちまち苦鳴を発してのけぞった。その下腹に、ブッスリつき立てられた刀。――こいつは、土蔵の二階にあった奴で、いまカンパチが窓の網戸を切りひらいた刀だ。

「お爺、みたか！」

血まみれになって、その下からはね出して、笑顔で天を仰ぐカンパチに、ニンマリとのぞきこんだ半べエの顔がうつった。

「やったな、カンパチ」

と、肩をたたいた手で、その刀をうばいとり、

「それを貸せ、久しぶりに、長いのを使ってみよう。……もう一匹、残っているのだ」

――あぶら火の門兵衛は、ノロノロとあるいていった。

彼は、じぶんが眼にみえぬ撫衆の鉄環の中にあることを知った。いたるところに、さっき逃げ出したはずの手下の屍体が横たわっている。

屋根の上、樹蔭、草むらの中で、どっと笑う声がする。

門兵衛は、馬小屋の方へちかづこうとしていた。

彼はたちどまりも、ふりかえりもしなかったが、ただ、

「叛逆者《さからいもの》！」

「屍骸《おろくじ》になれ！」

「吊《つ》り殺《あや》めにしてやるぞ！」

そんな声がかかると、その腕から、びゅっと青いひかりがとんで、そのたびに「うっ」といううめき声があがる。老人ながら、凄じい手練。とにかく、音若やむささびにその術を教えたのは門兵衛なのだから、当然だ。これでは、鬼神といえども敢て近よりかねる。

馬小屋の前の広場にきて、彼はハタと足を釘づけにした。

一頭の裸馬のまえに、関半べエが立っている。

「おやじ、みんな死んだぞ」

片手に刀身をぶらさげて、ツカツカと無造作にあるき出そうとするのに、

「死んだ？」

と、くびをかしげてみせて、相手がニッと笑ってうなずいた刹那、その胸へ青い虹が吸いこまれた。半べエの手から大きく刀がとび、彼は馬小屋のまえにどうとうつ伏せにたおれている。

「死んだとは、おめえもか！」

物凄い笑い声をあげると、門兵衛の白髪が風に吹きなびいて、馬小屋めがけてはしり出した身体が、半べエの上をおどりこえて、裸馬にとび乗ろうとした。

とたん、門兵衛は血の旋風と化して宙にまわっていた。下から身をおこした半べエが、山刃《うめがい》を臍《へそ》につき通していたのだ。同時に、彼が左腕の下に発止とはさみとめていた青竹の手裏剣が、カラーンと地におちた。

半べエは、凄然たる笑顔で、断末魔の門兵衛を見おろしてつぶやいた。

「そうだ、おめえもだ！」

真っ赤な落日を追って、草の波また波の武蔵野を、数頭の馬をとりかこんで、ふしぎな集団が駆けていった。

馬には二人ずつ、その一人は、どれも、達磨みたいに手足のない人間、章魚《たこ》みたいに手足のからんだ人間、一寸法師に福助あたまなどで、地をはしる男たちもほとんど女や子供を負ぶっている。しかも、そのくせ、この一隊の迅さといったら、まさに天翔ける魔軍に似たり。

西へ、西へ、秩父の山脈《やまなみ》めざしてとび去るこの異形の一団は、いうまでもなく凱歌をあげて帰りゆく撫衆のむれ。

帰りなん、いざ、わが山河まさに暮れなんとす。——山よ、山よ、それこそは、下界の罪悪にきずつけられた哀れな人々を、大いなる胸にいだく唯一の母であろう。そしてまた、もとより撫衆は山嶽の子たち。

真っ赤な落日を追って、山の波また波の秩父の雲の果てへ、漂々として撫衆たちは、駆け、駆け、駆け、そして溶けこむように消えていった。

本作品中に差別的ともとられかねない表現が見られ、また、癩病（ハンセン病）について、発表当時の誤った医学知識に基づいて不治の病であるかのような描写がなされていますが、著者がすでに故人であることと作品の文学性・芸術性に鑑み、原文のままとしました。

（春陽堂書店編集部）

『いだてん百里』覚え書き

初　出　鳴け鳴け雲雀「小説倶楽部」（桃園書房）昭和30年6月号
飛び散る天狗「小説倶楽部」昭和30年10月号
どろん六連銭「小説倶楽部」昭和31年1月号
山窩まだら雲「小説倶楽部」昭和31年7月号
地雷火百里「小説倶楽部」昭和31年8月号
お江戸山脈「大衆小説」（双葉社）昭和32年6月号
※単行本では「山窩まだら雲」と「地雷火百里」は併せて「地雷火百里の巻」にまとめられている。

初刊本　同光社　昭和32年6月　※『山刃夜叉』

再刊本　東京文藝社　昭和38年11月　※『韋駄天百里』
東京文藝社　昭和40年1月　※『韋駄天百里』

東京文藝社〈トーキョーブックス〉昭和42年9月　※『いだ天百里』
東京文藝社〈トーキョーブックス〉昭和42年10月　※『いだ天百里』
東京文藝社〈トーキョーブックス〉昭和44年6月　※『いだ天百里』
東京文藝社〈トーキョーブックス〉昭和48年5月　※『いだてん百里』
東京文藝社〈トーキョーブックス〉昭和48年7月　※『いだてん百里』
廣済堂出版〈廣済堂文庫／山田風太郎傑作大全13〉平成9年8月　※『いだ天百里』
徳間書店〈徳間文庫／山田風太郎妖異小説コレクション〉平成16年4月
※『白波五人帖』との合本、タイトル表記は『いだてん百里』

（編集・日下三蔵）

春陽文庫

いだてん百里《ひやくり》

2023年5月20日　初版第1刷　発行

著者　山田風太郎

発行者　伊藤良則

発行所　株式会社　春陽堂書店
〒一〇四―〇〇六一
東京都中央区銀座三―一〇―九
KEC銀座ビル
電話〇三（六二六四）〇八五五（代）

印刷・製本　株式会社　加藤文明社

乱丁本・落丁本はお取替えいたします。

本書のご感想は、contact@shunyodo.co.jp にお願いいたします。

定価はカバーに明記してあります。

ISBN978-4-394-90443-4　C0193